# 日出之前

## Перед восходом солнца

[苏] 米·左琴科 著
戴骢 译

金城出版社
GOLD WALL PRESS
·北京·

# 序

我早就想写这本书了。我的《重返的青春》刚一问世，即已萌生此念。

我以将近十年的时间为这部新作搜集素材，一直在期待战事平息，天下太平，以便能在我书斋宁静的氛围中坐下来写作。

可是这样的氛围没有出现。

相反，德军的炸弹两度在我的这些素材附近爆炸。石灰和砖块纷纷落到放着我素材的公文包上。火焰都要烧着这些素材了。我至今惊讶不已，这些素材怎么会保存下来的。

我所收集的素材随我一齐乘坐飞机，从被围的列宁格勒出发，飞越德军的火线。

我携带了二十册沉甸甸的记事本。为了减轻它们的重量，我撕掉了布皮封面。可它们仍有八公斤重，而飞机允许携带的行李只有十二公斤。事后我曾后悔不迭，怎么不带几条绒布衬裤和一双供替换用的靴子，却带了这么一大摞废物。

然而，对文学的爱终于占了上风。我安于我不幸的命运。

我把我的素材装在一只破烂的黑公文包里带到了中亚，带到了如今成为我洞天福地的阿拉木图。

有整整一年时间，我在这座城市里创作伟大卫国战争的岁月所需要的各种各样的剧本。

我把带来的素材放在木制的沙发床里边，晚上我就睡在这张床上。

偶尔我掀开沙发床上的木棚。在胶合板的底板上，我那二十本记事本同一袋面包干静静地躺在一起。面包干是我按列宁格勒的习惯未雨绸缪地烘制好的。

我翻阅着这些记事本，一种苦涩的遗憾心情油然而生，因为着手写这部作品的时间还没到来。看来，现在不需要这种东西，它离战争太远了，离大炮的轰鸣、炮弹的啸声太远了。

“没关系，”我安慰自己说，“一旦战争结束，我马上动手写这部作品。”

我把我那些记事本放回沙发床的底板上。随后躺到沙发床上，在心里估计战争什么时候能够结束。我估计的结果是不可能很快就结束。那么究竟要拖到何年何月呢，这正是我无法确定的。

“可是凭什么说写这部作品的时候还没到来呢？”有一回我这么想。“要知道我的素材是讲人的理性的胜利，是讲科学，讲意识的进步。我的作品是驳斥法西斯主义‘哲学’的，后者认为意识给人带来无穷的灾难，人的幸福在于回到野蛮期，回到原始，在于摈弃文明。”

由此可见，正是此刻阅读这部作品较之今后有更大的意义。

1942 年 8 月，我把我的素材放到桌上，不等战争结束便开始动笔写作了。

# 目录

# 楔子

只要是抱着良好的愿望演奏，

演员的演技可以不予苛求。

十年前，我写就一部中篇小说，题目叫《重返的青春》。

这是一部常规的中篇小说，大多数作家都是这么写中篇小说的，然而我在小说中加进了不少诠释——都属生理学性质的探讨。

这类探讨旨在解释小说主人公们的行为，向读者提供有关人的生理和心理方面的若干信息。

我写《重返的青春》并非供科学界人士阅读的，然而恰恰是他们对拙著特别感兴趣，召开了许多讨论会，进行了争论。我听到了好多挖苦的话，但也有说好话的。

使我大为窘迫的是科学家们竟那么认真，那么热烈地同我争论。这并非说明我知识渊博（我是这么想的），而是说明科学界没有充分触及我由于涉世不深而敢于触及的那些问题。

科学家们，不论是挖苦我的还是说好话的，跟我交谈时，都几乎把我视作与他们平起平坐的同行。我甚至多次接到“脑科研究所”要我出席会议的通知书。伊凡·彼得罗维奇·巴甫洛夫还邀请我去参加“巴甫洛夫星期三”。

然而我要再说一遍，我写的并非科学著作。这是一部文学作品。科学素材仅仅是一个组成部分。

我一直感到奇怪的是，画家在画人体之前，必须先学解剖学。只有掌握了解剖学的知识，画家才能在作画时避免出错。而作家要描绘的远不止人体，还要描绘人的心理、人的意识，却很少去追求这些方面的知识。我认为我有义务要学点儿东西，并把学习心得与读者分享。

于是产生了《重返的青春》。

现在事隔十年之后，我清楚地看到我这本书失之片面，有不少地方不能自圆其说。看来过去为此对我的责骂还不够厉害，应当骂得更凶些。

1934 年秋天，我认识了一位大名鼎鼎的生理学家。

在谈到我这部作品时，这位生理学家说：

“我宁愿读您写的普通的短篇小说。不过我也承认您写的东西是应当写的。研究人的意识不仅仅是科学家的事。我认为就现阶段而言，恐怕更大程度上是作家的事，而不是科学家的，我是生理学家，因此我不怕说出这一点。”

我回答他说：

“我也是这么想的。意识的领域，高级心理活动的领域，更大程度上属于我们，而不是你们。人的行为可以而且应当借助于狗和柳叶刀的帮助加以研究。然而人（狗也一样），有时会出现‘幻觉’，而幻觉即使在同一刺激物的作用下，也会以异常的方式改变感觉力度。正因为如此，有时就有必要‘同狗交谈’①，以便摸清其错综复杂的幻觉。而要‘同狗交谈’就非我们莫属了。”

① 意指分析狗的条件反射。

科学家微微一笑，说道：

“您的话有正确的部分。刺激强度和反应的对比往往因人而异，更何况在感觉范畴内。如果您染指这个领域，那么恰恰在这里同我们相遇。”

这次谈话后几年，这位生理学家获悉我在写一本新书，便请我把书的梗概讲给他听。

我回答说：

“简单地讲，这本书写的是我怎样摆脱不必要的忧伤，从而成为幸福的人。”

“这是论文还是小说？”

“是一部文学作品。科学之纳入这部作品就像历史有时纳入小说一样。”

“又将插入大量的诠释吗？”

“不。这将是某种结构完整的东西，一如大炮和炮弹可以成为完整的统一体。”

“那么这部小说将写您自己吗？”

“有半本书将写我自己。不瞒您说，这使我非常难为情。”

“您将要讲您的私生活吗？”

“不，还要坏。我将要讲的那些东西是不怎么适宜写进小说的。我聊以解嘲的是那是我年轻时代的总结。这就跟讲死人的事差不多。”

“您将写到什么年纪？”

“三十岁左右。”

“也许再加十五年会更好吧！您的书将更完整，谈了您的一生。”

“不，”我说。“自三十岁起我完全变成另外一个人了，已不适合作为我作品中的描绘客体。”

“难道发生了这么大的变化？”

“这甚至不是用‘变化’二字可以形容的。出现了一种与过去截然不同的生活。”

“怎么会呢？这是精神分析学吗？弗洛伊德？”

“完全不是。这是巴甫洛夫。我运用了他的原理。这是他的思想。”

“那么您本人做了些什么呢？”

“我做的事实际上非常简单：我排除了那些妨害我的东西——我意识中错误地产生的不正确的条件反射。我消灭了这类条件反射之间的错误的联系。我斩断了巴甫洛夫所说的‘暂时性联系’。”

“用什么方法？”

当时我尚未充分思考我的素材，因此难以回答这个问题。但我还是讲了我的原则。当然是极其含混的。

科学家沉吟有顷，回答说：

“写吧。只是千万别诱使人相信任何东西。”

我回答说：

“我会谨慎行事。我只让人相信我已证实的东西。而且只让个性与我相近的人相信。”

科学家哈哈大笑，说道：

“这样的人不会太多。不多才是正常的。比如说吧，托尔斯泰的哲学只对他本人有用，对其他人都是无用的。”

我回答说：

“托尔斯泰的哲学是宗教而不是科学。是一种有助于他的信仰。我同宗教南辕北辙。我谈的既非信仰也非哲学体系。我谈的是由一位伟大的科学家所验证的颠扑不破的公式。我在这件事上所起的作用是渺小的：我根据人的生活实践检验了这些公式，把我认为没有联系起来的东西加以联系。”

我同这位科学家分手后，从此再没见到过他。大概他以为我由于力不胜任，一定搁笔不写了。

其实，我已在上文奉告各位，我在等待战事平息，太平年代到来。

然而战事迟迟没有平息。这是非常遗憾的。在隆隆的炮火声下，我写得很不顺手。作品的美感无疑大为降低。时局动荡，心意难平，作品的风格与时而变。心灵的焦虑使知识趋于贫乏。明明心神不宁，却误认为不过是下笔匆忙。而这一切势必授人以柄，被视为草率地对待科学，视为对科学界的大不敬……

> 科学家！
>
> 若你看到我哪句话有伤大雅，
>
> 我允许你用如椽巨笔勾掉它。

但愿有教养的读者原谅我的粗鄙和谫陋。

# 我真是不幸，<br>却又不知道原因何在

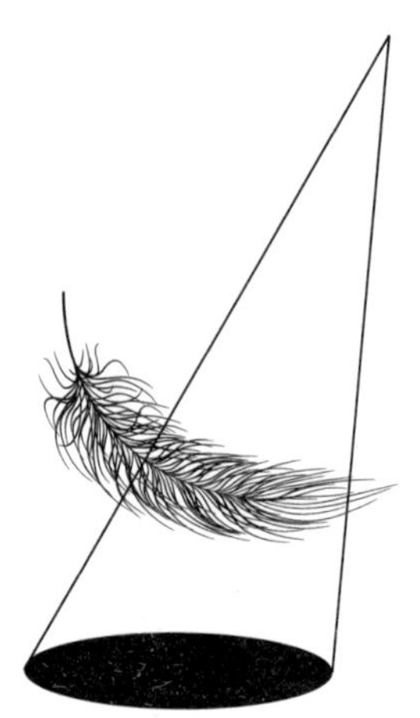

啊，真是可悲！躲开灿烂的阳光，

到监狱里去寻找欢乐的地方，

凭着一盏孤灯的光亮……

我一回想起我的青年时代，就感到惊讶，我那时怎么会那么忧伤，那么多愁善感。

最美妙的青年时代竟涂上了黑漆。

我在童年时从来没有这样郁郁不乐过。

可是刚一步入青年时代，一种无与伦比的莫名的愁思就如阴云一般笼罩着我。

我想生活会给予我欢乐的，便竭力去接近人们，寻找朋友、爱情、欢会……然而我并没有在其中找到丝毫慰藉。一切到了我手里就黯然失色。忧郁寸步不离地跟随着我。

我真是不幸，却又不知道原因何在。

可我当时只有十八岁，自以为找到了解释。

“世界是可怕的，”我那时这么想，“人是鄙俗的。他们的言行举止滑稽可笑。我可不是这些羊群里的羊。”

在我的书桌上方贴着索福克勒斯[①]的四句诗：

崇高的天赋绝不会栖于凡躯，
倘若你见到日光照亮寰宇，
啊，赶快登上归途，
回返太虚那亲切的故居。

当然我知道还有不少人持另外一种观点。对生活抱着乐观的，甚至是欣喜若狂的态度。然而我瞧不起那些生活鄙俗，在刺耳的音乐下兴致勃勃跳舞的人。这种人在我看来还处于野人和动物的水平。

凡是我在周围见到的一切，无不坚定了我的这种观点。

诗人写缠绵悱恻的诗，为自己的伤感而自豪。

“伤感袭上了我心头——它是我的圣母，是我白发苍苍的主母。”我反复吟咏这两句诗，只是记不起作者是谁。

我所倾慕的哲学家们对忧郁症的评价是敬重的。康德写道：“忧郁症患者具有崇高的感情。”而亚里士多德则认为：“忧郁的气质有助于深刻思考，并伴随着才华。”

把劈柴添进我暗淡的篝火中的不仅仅是诗人和哲学家。说来也怪，在我那个年代，忧伤被认为是善于思考的人的特征。在我那个圈子里，但凡沉思的、忧郁的甚至厌世的人都备受尊敬。[②]

① 索福克勒斯（约公元前 496—前 406），古希腊诗人，剧作家。古希腊三大悲剧家之一。

② 不久前我翻阅瓦·勃留索夫的日记，看到了这么一句话：“雅罗申科气质高尚。是个可爱的人。与生活格格不入……”——原注

简言之，我那时认为对生活持悲观态度乃是善于思索、感情细腻、出身贵族的人应当持有的唯一态度。而我正是贵族出身。

因此我认为我患有忧郁症是正常的，我的忧伤和某种程度的厌世正是我智能的特征。而且不只是我一人智能的特征，看来，是一切力求使自己的意识高于动物的意识的人的特征，是一切这种人的智能的特征。

如果的确是这样的话，那就非常悲哀了。然而看来的确是这样。在自然界中，优胜的总是粗糙的生物组织。粗鄙的感情，肤浅的思想总是无往不利。一切纤巧的东西都以毁灭告终。

我十八岁时就是这么想的。不瞒你们说，在此后很长一段时间内，我仍是这么想的。

然而这样想是错误的。现在我怀着幸福感向各位宣告，我这样想是犯了可怕的错误。

这个错误当初险些送掉我的性命。

那时我想死，因为我看不到其他出路。

1914 年秋天，爆发了第一次世界大战，我离开大学，参加了军队，准备以死报国，这样死就不是轻于鸿毛了。

不料在战争中我反而不再忧伤了。即使忧伤偶尔袭来，很快也就过去了。在枪林弹雨之下，我平生第一次觉得自己几乎是幸福的。

我反复思考：怎么会出现这种情况的？我当时得出的结论是我在战场上找到了生死与共的袍泽，所以我不再忧思重重。这是合乎逻辑的。

我在高加索近卫师米格列尔团服役。我们相处得非常友好。官兵亲如手足。也许这只是我当时这么觉得。

我十九岁时已擢升为中尉。

二十岁时已有五枚勋章，晋升为大尉。

然而这并不说明我是个英雄，而是说明我整整两年没有离开过火线。

我参加了许多战斗，挂了花，受毒气伤害，心脏出了毛病。然而我的情绪几乎始终是愉快的。

革命刚一爆发，我就回到了彼得格勒。

我没有丝毫恋旧的伤逝之感。相反，我希望看到一个崭新的俄罗斯，跟我所熟悉的苦难重重的俄罗斯截然不同。我希望周围的人都是健康的，朝气蓬勃的。而不要像我那样动辄忧从中来，郁郁不乐，多愁善感。

我没有感觉到任何所谓的“社会分歧”。可是我又像过去那样忧郁了。

我试着调换职业和城市。我想逃避这种可怕的忧郁。我预感到这忧郁将置我于死地。

我先迁居阿尔汉格尔斯克，继而又迁往北冰洋畔的麦津，后来又回到彼得格勒。未隔多久，又前往诺夫哥罗德，后又迁至普斯科夫。此后又搬到斯摩棱斯克省的红城。最后又回到彼得格勒……

不管我迁往哪里，忧郁始终寸步不离地跟随着我。

三年之内，我换了十二个城市和十种行业。

我当过民警、会计、皮匠、家禽养育家、边防警卫部队电话员、刑事侦查员、法院的书记员、文书……

这不是坚定地在生活道路上行进，这是——张皇失措。

我参加了红军，重又在前线度过了半年时间，那是在纳尔瓦和亚姆布尔格附近。

可我的心脏被毒气损伤了，我必须考虑新的职业。

1921 年，我开始写短篇小说。

自当作家之后，我的生活发生了巨变。然而忧郁却一如既往。不仅如此，它光顾我的次数越来越频繁了。

于是我去找医生。除了忧郁之外，我的心脏有问题，胃有问题，肝也有问题。

医生们大刀阔斧地给我治疗。

对于后三种病，他们用药丸和水来给我治疗。主要是用水，内服外用双管齐下。

对于忧郁，他们决定采用四面夹击的方法将它逐走，同时从两翼，从后方，从正面，向它发起攻势——就是说用旅行、海水浴、夏尔科[①]淋浴疗法和在我那样的年龄所不可或缺的娱乐将忧郁逐走。

每年我要去疗养地——雅尔塔、基斯洛沃茨克、索契，或者其他人间福地——休养两次。

我在索契认识了一个人，他忧郁的程度比我要厉害得多。他每年至少要悬梁自尽两次，幸亏都叫别人救了下来。使他痛不欲生的是一种无端的忧郁。

我怀着极度的崇敬同这人交谈。我认为从他身上将可以看到恢宏博大的睿智、满腹经纶的才华和天才那种悲天悯人的微笑。在浮生若梦的尘世天才必定是永生的。

结果这一切连影子都没看到。

这是个愚钝的人，不学无术，没有丝毫教养可言。他一生充其量只读过两本书。除了金钱、酒食和女色之外，他对什么都不感兴趣。

在我面前的是个最平庸不过的人，满脑子下流、愚蠢的欲念。

我甚至不是一下就看穿这一点的。起初我觉得屋子里好像烟雾腾腾，或者是气压计的水银柱下降了——预示要下大雷雨。我同他交谈时只觉得浑身不自在。后来我弄清楚了，这人是个蠢蛋。一个至多只能与之交谈三句话的木头橛子。

我的哲学体系出现了裂缝。我明白了，毛病不单单出在高级意识上。那么出在什么地方呢？我不知道。

我只得老老实实地听命于医生。

两年内我吞下了足足有半吨重的药粉和药丸。

我乖乖地喝下各种各样讨厌的药剂，闹得我翻肠倒胃地想吐。

---

① 让－马丁·夏尔科（1825—1892），法国医学教师和临床医师。为现代神经病学创始人，研究过癔症及其他型神经官能症及其治疗方法。

我听任他们给我扎针，透视，泡在浴缸里。

然而治疗没有见效。相反，在这种治疗下，没过多久，我走在街上，熟人就认不出我来了。我瘦得脱了形，成了一副骷髅，只是外边包了一张皮。我没有一刻不畏寒，两手瑟瑟发抖。我的肤色黄得连医生们都吃惊了。他们怀疑我的忧郁型癔病已严重到药石无效的地步。别无他法，只有进医学研究所用催眠术治疗。

好几位医生中，只有一位医生成功地催我入眠了。催眠术见效后，他在我耳边暗示我说，我忧郁、愁闷是毫无道理的，世上的一切都那么美好，没有理由悲伤。

有两天时间我精神抖擞，可两天之后，我的情况反而比过去更糟，而且糟得多。

我几乎是不出户。每当新的一日到来，我就觉得这是个沉重的负担。

> 日子来了，又匆匆地离去，
>
> 我没有计算岁月已流逝几许，
>
> 我似乎失去记忆，忘掉了
>
> 尘世的沧海桑田和荣辱毁誉……

我两腿虚浮，在街上歪歪斜斜地走着，由于心脏病和肝区疼痛而气喘吁吁。

我不再去疗养地。确切地说，我去了那里，勉强挨过两三天后，就动身回家了，处于比去时更可怖的忧郁之中。

于是我乞寻于书籍。我是个青年作家，总共才二十七岁。理所当然，我应该求助于我的伟大的同行——作家们、音乐家们……我想知道他们有没有类似的情况。他们是否也像我一样忧郁。如果是的，照他们看来出于什么原因。他们为了排遣忧郁采取过什么措施。

于是我着手摘录一切涉及忧郁的句段。我摘录时没有任何先入之见，没有条条框框。不过我尽可能做到所摘取的对这人来说是典型的，是在他一生中一再发作的，而不是偶发的，不是如火花一般转瞬即逝的想象。

这些语录把我闹懵了，有好几年时间清醒不过来。

……我从家里出来，漫步街头，只觉得忧心如焚，于是我回转家去。为什么要回去？为的是回家去忧郁……

（肖邦，《书信集》，1830 年）

我不知道躲往哪里才能避开忧思。我自己也不知道忧思从何而来……

（果戈理致母亲的信，1837 年）

我经常发作这样的忧郁，以致我担心我会跳海。我亲爱的朋友！我厌烦极了……

（涅克拉索夫致屠格涅夫的信，1857 年）

我是那样的郁郁不乐，我的身心郁郁不乐到了可怕的绝望的地步，我活不下去了……

（爱伦・坡致安妮的信，1848 年）

我的心灵那么郁怫，过去还从来没有过。我曾与这种忧郁症的影响做过斗争，结果是白费力气。我真是不幸，却又不知道原因何在……

（爱伦・坡致肯尼迪的信，1855 年）

我在一天之内有二十次想到手枪。在动这个念头时是很容易做出……

（涅克拉索夫致屠格涅夫的信，1857 年）

我对一切都感到厌烦了。我觉得现在我会高高兴兴地去上吊的，只是自尊心不让我这么做……

（福楼拜，1853年）

我生活得很不是滋味，觉得烦闷透顶。每天早晨起床时，我都想：倒不如开枪自杀的好……

（萨尔蒂科夫－谢德林致潘捷列耶夫的信，1886年）

加之又如此忧郁，非笔墨所能形容。我根本不知道何处可以避此劫难，去什么地方寻找精神支持……

（果戈理致波戈金的信，1840年）

世上的一切都是那么令人厌恶，都是那么难以忍受……无论生活、讲话、写作……都太无聊了……

（列·安德烈耶夫，《日记》，1919年）

我感到疲倦，感到痛苦，痛苦得几乎要从早哭到晚……朋友们的脸，我看了就恼火……日复一日地谈话，日复一日睡在同一张床上，日复一日听见自己的声音，日复一日看见镜子里自己的脸……

（莫泊桑，《在太阳下》，1881年）

上吊或者投河在我看来是良药和解脱。

（果戈理致普列特涅夫的信，1846年）

我累了，人际间的种种关系使我累了，所有的人和我自己所有的愿望折磨得我疲惫不堪。隐居到荒漠中去，或者索性永眠。

（瓦·勃留索夫，《日记》，1898 年）

晚上，只剩下我一个人时，我把绳子藏起来，免得我吊死在自己房间里的梁上。我不再拿着猎枪去打猎了，免得受开枪自杀的诱惑。我觉得我的一生是场愚蠢的闹剧。

（列·尼·托尔斯泰，1878 年。见列·尼·托尔斯泰所著《关于我父亲的真相》）

这类语录我写满了整整一本笔记簿。这些语录使我诧异乃至震惊。要知道我并未摘抄那些刚刚遭到不幸、变故，或者死了亲人的艺术家的自述。我取的是反复出现的心理状态。我引用的这些人中，有不少人自己也说他们不理解何以会出现这样一种心理状态。

我感到震惊，感到困惑莫解，时时袭上他们心头的痛苦是种什么样的痛苦？这痛苦从何而来？怎么同这种痛苦斗争？用什么方法斗争？

也许这种痛苦渊源于纷扰的生活，渊源于社会性的苦楚，渊源于世界性问题？也许正是这一切造成了这种忧郁的土壤？

是的，是这样。然而这时我记起了车尔尼雪夫斯基的一句话："人们不会为了世界性问题投河自尽、开枪自杀或者发疯的。"

这句话使我更加不知所措。

我无法找到任何答案。我不理解。

也许，说到底（我又这么想了）原因还是世界性的苦难吧？上述那些伟人由于他们具有高级意识便时常因这种苦难而忧心如焚。

不对！除了我所列举的那些伟人外，还有不少人伟大的程度不亚于那些人，可他们从来没有任何忧郁的感觉，尽管他们的意识同样是高级的。而且他们的人数要多得多。

我出席过一次纪念肖邦的音乐晚会，晚会上演奏他的《由乐队伴奏的第二钢琴协奏曲》。

我坐在后排，身心困乏，忧思重重。

但是《第二钢琴协奏曲》荡尽了我的抑郁。雄伟壮丽的乐声响彻大厅。

协奏曲的第三乐章中充满了喜悦、斗争的豪情、非凡的力量，乃至欢腾。

我不由得思索起来，这个病弱的人，这位天才的音乐家，他坎坷的一生我知道得非常清楚，他哪来这么巨大的力量？他哪来这样的喜悦，这样的欢乐？这么说，这一切在他身上都是存在的吗？只是被束缚住了？是被什么束缚住了呢？

这时我想起了我那些博得读者哈哈大笑的短篇小说。于是我又思考起笑来，在我的书中有笑，可是在我的心中却没有。

我突然产生了一个念头：应当去寻找原因，弄清为什么我的力量受到束缚，为什么我在生活中这么不愉快，为什么经常会有我这样的人，时常要发作忧郁症，被无端的愁绪所困扰。不瞒你们说，这个念头使我骇然。

1926 年秋天，我迫使自己去雅尔塔。迫使自己在那里待了四个星期。

最初十天我终日躺在旅馆的客房里。后来我终于走出旅馆去散散心。我常常去爬山。有时一连几个钟点坐在海边，为自己的情绪大有起色，几乎达到了良好的地步而喜不自胜。

在这一个月内，我康复得很快。我心里宁静了，甚至喜滋滋的。

为了进一步巩固我的健康，我决定继续休养。我买了张去巴统的船票。想从巴统坐直达快车去莫斯科。

我乘的是单人舱，怀着极好的情绪离开了雅尔塔。

海安谧而平静。我整整一天坐在甲板上，欣赏着克里米亚的海岸和大海，我那么喜爱这片海，为此我经常来雅尔塔。

第二天拂晓，我又登上了甲板。

美丽得惊人的早晨降临了。

我仰卧在躺椅上，沉浸在自己美好的情绪之中。我脑子里想的都是些最幸福的，甚至是愉快的念头。我在想这次旅行，想莫斯科，想我将在那里遇见的朋友们。我在想这下我的忧郁终于离我远去了。只要它从此不再来，我才不去费心解开它这个谜呢。

旭日初升。我若有所思地眺望着粼粼的细波、闪亮的日影和聒噪着落到海面上的海鸥。

可突然间我觉得浑身不舒服。这不是忧郁，这是焦躁、害怕，甚至几近于恐怖了。我好不容易才从躺椅上站了起来，好不容易回到了舱房。有两个小时，我躺在床上一动也不动。忧郁又回来了，其强烈的程度是空前的。

我试图与之斗争。我走到甲板上，听人们谈话。想借此分分心，然而没有成功。

看来，我不应当也没有能力继续旅行了。

我竭力支撑着，等船开抵图阿普谢，我上了岸，打算将息几天，再继续我的旅程。

一种精神上的热病蹂躏着我。

我坐上马车去了医院。到了那里就瘫倒了。

靠了意志的努力，一个星期后，我强使自己踏上旅途。

旅途转移了我的注意力。自我感觉有所好转。可怖的忧郁消失了。

长途漫漫，一路上我都在想我这不幸的疾病，它来得快去得也快。为什么？原因何在？

或者根本没有什么原因？

看上去不像有任何原因。想必只是“神经衰弱”，过于“敏感”而已。想必这是常发病，把我像钟摆那样晃过来又晃过去。

我想会不会我生下来就是个孱弱、敏感的人，或者在我的生活中发生过什么事，殃及我的神经，损害了我的神经，使我成为一粒倒霉的灰尘，什么风都能把我晃晃悠悠地吹走？

可我突然觉得我不可能天生就是这么一个无力自卫的倒霉蛋。

如果我天生是个病弱的人，是个药罐子，我受得了，即使我天生是个独眼龙，是个独臂，没有耳朵，我也受得了。可把我生下来，让我忧郁，无缘无故的忧郁，以致觉得世界是可厌的，这我受不了！

我又不是火星人，我是我们地球的儿子。我应当像任何动物一样，体验到生存的欢乐。如果一切都十全十美，应当感到幸福。如果有什么不好的，应当斗争。可干吗要忧郁?！连那种寿命只有四个小时的昆虫也因照到阳光而欣喜雀跃！不，我不可能天生就是这么个畸形的人。

突然间我豁然开朗，我不幸的原因潜藏在我的生活中。毫无疑问，一定发生过什么事，才使我这么忧郁。

然而是什么事呢？又是在什么时候发生的呢？

我怎么去寻找这件不幸的事呢？怎么去探究我忧郁的原因呢？

于是我想，应当回忆我的一生。我开始发狂似的回忆。可我马上就明白了，如果不把我的回忆加以条理化，是什么结果也不会有的。

“没有必要事无巨细通通都去回忆，”我想，“只消回忆印象最深、最鲜明的就够了。只消回忆同我心灵的激荡有关的那些事就够了。只有在那里才能找到谜底。”

于是我开始回忆保存在我记忆中的最鲜明的景象。

我发现我的记忆把它们保存得非常完整，没一点儿走样。琐事、细节、颜色，乃至气息都保存得好好的。

心灵的激荡犹如镁光灯一般照亮了往昔发生的事，这是一张张保存在我脑子记忆中的快照。

我怀着罕见的激情着手研究这些照片。我发现这些照片使我激动的程度，超过了我要找我不幸的原因的这个愿望。

# 落叶萧萧

重复又重复，构成每个人的生活，

他的前人做的事情，

前人的前人早已做过。

因此只要潜心钻研往事，

就能对未来事件的进程未卜先知……

就这样，我决定回忆我的生平，以便找到我不幸的原因。

我决心找到使我抑郁，把我变成一粒灰尘，什么风都可将其吹走的那桩事，或者那一系列事。

为此我决定只回忆我生活中给我印象最深的那些场面，只回忆跟我心灵的巨大激荡有关的那些场面，我料定谜底就潜伏在那里。

“不过没有必要回忆童年时代，”我想，“一个小不点儿，心灵哪会有什么了不起的激荡。还不全是针眼大的事儿！丢掉了三个戈比。挨了小朋友打。把裤子撕破了。给人偷走了高跷。老师给打了零分……这就是使孩子们激动的全部事情。最好还是回忆自识人事以后的情况。况且我闹病不是在童年，而是行将成年的时候。”我想：“从十六岁开始吧。”

于是我着手回忆自十六岁起给我印象最深的那些场面。

# 1912—1915 年

啊，重现的往事就像童话的情节！

啊，蝴蝶翅膀上的灰尘早已湮灭！

## 我正忙着呢

院子。我在踢足球。我已经踢得腻烦了，可我还是在踢，同时偷偷地望着二楼那扇窗户。由于思念那个人，我的心都揪紧了。

那儿住着塔塔，她是个大人了。二十三岁。她嫁了个老丈夫，都四十了。每天他微微伛着背下班回来，我们这些中学生总是取笑他。

窗终于打开来了。塔塔理了理头发，伸着懒腰，打了个哈欠。

看到我后，她粲然一笑。

嚄，她可真好看。活像动物园里那头年幼的母虎——身上的色彩也是那么鲜艳、明亮、炫目。我几乎都不敢看她。

塔塔笑吟吟地叫我：

“米申卡[①]，上我屋里来一下。”

我的心幸福得怦怦乱跳，可我眼也不抬地回答说：

“您不是看到我正忙着呢。我在踢足球。”

“那您用帽子接着，我给您掷下来。”

我张开中学生的制帽。塔塔把一个用缎带缚住的小包掷进了帽子。是巧克力。

我把巧克力藏在兜里，继续踢球。

① 作者名字米哈伊尔的昵称。

回到家里，我吃掉巧克力，把那条缎带在腮上贴了一会儿，藏进了抽屉。

## 信

餐室。栗壳色的壁纸。一只玻璃盐瓶，形状像倒立的金字塔。

餐桌旁坐着姐姐、妹妹和母亲。

我在学校里耽搁了一会儿，回家迟了。她们等不及我，先吃了起来。

姐妹们见到我，相互使了个眼色，哧哧地笑着。

我在自己的位子上坐了下来。在我的餐具旁搁着一封信。

信封是浅蓝色的，长方形的，香气扑鼻。

我用发抖的手撕开信封，打里边抽出比信封还要香的信纸。信纸的香味是那么浓烈，我的姐姐和妹妹忍不住扑哧一声笑了。

我板着脸自顾自看信，只觉得一个个字母都在我眼前跳动。

“啊，我能认识您是多么幸福……”我反复地默诵着这句话，要把它背出来。

我的目光跟母亲含笑的目光相遇了。

“谁来的信？”她问。

“娜佳。”我冷冰冰的，几乎是气呼呼地回答说。

姐妹们笑得更厉害了。

“我弄不懂，”大姐姐说，“住在一幢大楼里，天天见面，还写什么信。可笑。愚蠢。”

我冷峻地瞥了大姐一眼。随后我默默地吃面包喝着汤，面包渗透了香水的气息。

# 约　会

彼得堡。卡麦诺奥斯特罗夫斯基大街。“守护号雷击舰”[1]纪念碑。两个水兵屹立在打开了的通海阀旁边。青铜色的海水涌进船舱。

我目不转睛地仰望着青铜色的水兵和青铜色的水流。我喜欢这座纪念碑。

我喜爱看这幅战舰自沉的悲壮场面。

中学女生娜佳·B和我并排坐在长椅上。我们俩都十六岁。

娜佳说：

“其实我爱上您是白爱了……姑娘们没一个不劝我别这么做……”

“为什么？”我不再看纪念碑，掉过头来问她。

“因为我一向喜欢谈笑风生的机智的男人……可是您却有本事一声不响地坐上半个小时，甚至更多的时间。”

我回答说：

“我认为有数以万计的人的讲话声传进我耳朵的时候，我也讲话是有失自尊的。”

“既然不讲话，”娜佳说，“那您就该吻我。”

我环顾了一下四周，说：

“在这儿接吻会被人家看到的。”

“那咱们上电影院去。”

我们去了“闪电”影院，在那儿吻了两个小时。

---

① 这艘俄国战舰在1904—1905年的日俄战争中同数艘日本雷击舰作战，最后只剩下两名水兵没有战死。为不使战舰落入敌手，两名水兵打开通海阀自沉，两人同时牺牲。

## 与原本无误

我放学回家，半路上碰见了实科中学学生谢廖扎。他是个浅色头发、身材瘦长、生性忧郁的小伙子。

他神经质地咬着嘴唇，告诉我说：

“昨天我跟瓦莉卡彻底分手了。你料得到吗？她向我索还所有的情书。”

“应当还。”我说。

“那还用说，我把信通通还给她，”谢廖扎讲道，“可我要保留一份副本……正巧碰见了你，我想请你帮个忙，替我证明全部副本无误……”

“有什么必要？”我问。

“废话，当然有必要，”谢廖扎说，“以后她会到处宣扬说，她根本就没爱过我……而如果我手里有经人证明无误的副本……”

我们一起去谢廖扎家。谢廖扎是消防队长的儿子，因此我很有兴趣上他家去看看。

谢廖扎把三封信和三份已经抄就的副本放到桌上。

我不愿在副本上签字，可谢廖扎硬要我签。他说：

“我们都已成人，我们的孩童年代已经过去……我求您无论如何签上名。”

我没看内容，就在副本的每一页写上：“与原本无误。”并签了我的姓名。

为了报答我，谢廖扎带我到院子里去，让我见识消防梯和在那儿晾着的防火水龙带。

## 复活节之夜

我急着去做晨祷，穿好笔挺的中学生制服后，忙去照镜子，左手握着雪白的鞣革手套，右手理着挺帅的小分头。

我对自己的仪容并不太满意。过于稚气了。

按说十六岁的人可以再老相些。

我漫不经心地把制服大衣披到肩上，出门朝楼下走去。塔塔正上楼来。

今天塔塔穿着一件毛皮短大衣，两手插在袖筒里，美得惊人。

“您难道不去教堂吗？”我问。

“不去，我们在家里迎接复活节。”她笑容可掬地说道。走到我身边时，她轻声说：“基督复活了！……米申卡……”

“还没到十二点呢。”我嘀咕说。

塔塔双手搂住我的脖子，吻起我来。

这不是复活节时连吻三次面颊的那种吻，而是一次持续达一分钟的长吻。她吻着我的时候，我渐渐明白了这不是基督的吻。

起初我感到喜悦，然后感到惊讶，然后——我笑了。

“您笑什么？”她问。

“我现在才懂得，原来人们是这么接吻的。”

“不是人们，”她说，“是男人和女人，小傻瓜！”

她用一只手抚摸着我的脸，吻着我的眼睛。后来她听到她家的楼梯台上有扇门砰的一声关上了，便慌忙丢下我，上楼去了。她漂亮，神秘，我要爱的正是这样的女人，而且要爱一辈子。

## 我决不回家

我们徒步去新村。一共十个人。我们都非常激动。我们的同学瓦西卡中途辍学，离家出走，如今独立生活，住在黑溪畔的新村里。

他是在八年级上辍学的，甚至都不等毕业考试。可见他把一切都不放在眼里。

我们都暗暗地赞赏瓦西卡的这个举动。

一幢木头房子。屋外有一道朽烂了的、摇摇晃晃的木梯。

我们从木梯上登到贴近屋顶的那个房间，瓦西卡就住在里边。

瓦西卡坐在铁床上。衬衫的领子敞开着。桌上搁着一瓶伏特加、一个面包和一根灌肠。瓦西卡身旁坐着一个瘦弱的姑娘，年纪十九岁。

“他就是为了她才离家出走的。”有个人跟我咬耳朵说。

我瞅了一眼这位瘦弱的姑娘。她的两眼都哭红了。她有点儿害怕地看着我们。

瓦西卡豪迈地把伏特加斟到一只只玻璃杯里。

我下楼到果园里去。果园里有个上了年纪的太太。这是瓦西卡的母亲。

做母亲的朝楼上挥舞着拳头，尖着嗓子破口大骂，有几个大婶，不知是什么人，默默地听她叫骂。

“全是她勾引的，这个小骚货！”做母亲的詈骂道。“不是她的话，瓦西卡决不会撂下家里出走的。”

窗口出现了瓦西卡。

“妈妈，您走吧，”他说道，“干吗天天上这儿来，一待就是一整天。除了丢人现眼，其他什么事您都做不出来……走吧，走吧。我决不回家，跟您明说了。”

做母亲的悲伤地撅起嘴，瘫坐到梯级上。

## 刑　罚

我躺在手术台上。身下是雪白、冰凉的漆布。眼前是一扇大窗。窗外是阳光灿烂的蓝天。

我吞服了冲洗照片用的氯化汞晶体。现在要给我洗胃。

一位穿白大褂的大夫一动不动地站在手术台旁。

女护士递给他一根长长的橡皮管。然后她拿过一只带把儿的玻璃水罐。装满了水。我憎恶地注视着他们的一举一动。他们何苦来折磨我。让我这样死去有什么不好。至少我可以从此摆脱我的一切痛苦和烦恼。

我的俄语作文得了个一分。除了一分之外，在作文下边还用朱笔批了“一派胡言”四个字。作文的题目是屠格涅夫笔下的人物——丽莎·卡丽金娜[①]。说实在的，我跟那个女人有什么相干，何必要以死相报？……然而这事毕竟让人受不了……

大夫用力把橡皮管塞进我的喉咙。这根可恶的褐色管子越来越深地扎进我的体内。

女护士举起水罐。水源源不断地灌入我肚子。我呛得喘不过气来，在大夫的手下拼命扭动身子。我呻吟着，挥着手，央求停止用刑。

“安静些，安静些，年轻人……”大夫说，“您怎么不害臊……意志这么薄弱……就为了一点儿鸡毛蒜皮的事。”

水从我的七窍中像喷泉一般迸溅出来。

## 在大学里

校门口站着一名警官。除了入场券外，他还要我出示大学生学业成绩簿。我拿出了这些证件。

“进去吧。”他说。

校园里满是荷枪实弹的士兵和警察。

今天是托尔斯泰的忌辰。

我走进学校的长廊。这儿熙熙攘攘，好不热闹。

教育区[②]的督学普鲁特钦科气度非凡地在长廊里慢悠悠地踱着方步。他身材魁

① 屠格涅夫的长篇小说《贵族之家》中的女主人公。

② 旧俄教育区划。一个教育区往往包括几个省份。督学是这一教育区内各学校的实际最高领导人。

梧，满脸红光，文官制服里边白衬衫的胸口上，钉着几小粒钻石纽扣。

督学四周由大学生们组成一道活篱笆，全都是高等学府学生社团的成员，所谓的“白绸衬里大学生”[1]。他们手拉着手，把督学围在中央，保护他免遭可能发生的过火行为的侵袭。这帮学生中间最忙的数他们的头儿，这人身材高得像榆树，满脸疙疙瘩瘩的粉刺，穿一身制服，腰间挂着一把长剑。

一片喧闹之声。有人狂叫：“瞧，大象上街了！”学生们都在嬉笑打闹。

督学慢慢地朝前踱去。活篱笆毕恭毕敬地随着他向前移动。

走来了一个大学生，矮小的个儿，一点儿都不神气。可他的脸却惊人的聪明，刚毅。

他走到“篱笆”跟前，停了下来，护卫着督学的“篱笆”也身不由己地站下来。

这名大学生举起一只手，要大家静下来。

等到大家静下来后，他一字一顿、铿锵有力地讲道：

“我们俄罗斯有双重灾难：下边是黑暗的政权，上边是政权的黑暗。”

爆发出一片掌声，还有笑声。

那个身材高得像榆树一般的大学生连忙握住剑柄。督学疲惫地喃喃讲道：“用不着，让他去……”

佩剑的大学生关照身旁的一个什么人说：“去了解一下，这个流氓姓什么……”

## 值得上吊吗

大学生米什卡上吊死了。他留下了一封绝命书：“不要归罪于任何人。我的死因是——失恋。”

---

① 指十月革命前反对民主运动的贵族学生，他们的制服用白绸做衬里。

我同米什卡略有交往。这人笨手笨脚，头发蓬乱，胡子拉碴。头脑也不怎么聪明。

可同学们对他都很好。他是个随和的、乐于交友的人。

为了悼念他死于非命，大伙儿决定去喝一通酒，给他安灵。

我们在小马路的一家啤酒馆里聚会。

首先我们唱了《似水年华》这支歌。然后我们开始缅怀我们这位同学的往事。可谁也想不起他生前有什么不同凡响的地方。

这时有人追述米什卡在学生食堂内狼吞虎咽地一连吃掉好几份早餐的事儿。听得大伙儿都笑了。于是纷纷回忆米什卡生前各种各样鸡零狗碎的趣事。大伙儿笑得前俯后仰。

有个大学生一边笑得喘不过气来，一边讲道：

“有一回我们准备去参加舞会，我去叫米什卡。他手稀脏，又不想洗，急中生智，把十根手指伸进香粉盒去蘸层粉。本来他指甲缝里全是漆黑的污垢，这下污垢变成白颜色的了。”

哄堂大笑。

有个人说道：

“他怎么会失恋的，这下清楚了。”

笑了一阵后，又开始唱《似水年华》。有一个大学生，每当唱到“一旦死去，埋入黄泉，好似从未来过人间”这句歌词，便站起来，用手起劲地指挥着。

后来我们又唱了《我们要欢乐》《晚钟》和《铃儿响叮当》。

## 庆贺命名日

夜晚。我独自走回家去。心绪惆怅至极。

“学生仔！”我听到有人这么叫。

一个女人站在我面前，涂脂抹粉的。我抬头一看，在那顶插着根羽毛的帽子下边，是一张普普通通的颧骨高耸的脸和两片厚嘴唇。

我皱紧眉头，正想避开，那女人羞怯地微笑着，说道：

“今天是我的命名日……请您上我家去做客——喝杯茶。”

我没好气地嘀咕说：

“对不起……我没空……”

“一向不管什么人邀请我，我都跟他走，”那女人说，“可今儿个我决定庆祝我的命名日，我自个儿来邀请个客人。请您别回绝……”

我们顺着一道黑洞洞的楼梯，楼梯上有好些猫，向上走去，进了一间斗室。

桌上摆着茶饮、核桃、果酱、小甜面包。

我们默默地喝着茶。我不知道该说些什么，是我的沉默使她益发羞怯了。

“您难道连一个朋友和亲人都没有？”

“没有，”她说，“我是外地人，从罗斯托夫来的。”

喝完茶后，我穿上大衣，向她告辞。

“难道我这么不讨您喜欢，您甚至都不愿意留在我这儿过夜？”

我既感到高兴又觉得好笑。我对她并不嫌恶。分手时，我吻了她厚厚的嘴唇。她问我：

“下回再来吗？”

我走到楼梯口。心想也许该记住她的房间？我在黑暗中数着她的房门口有几级楼梯。可是数乱了。也许该划亮根火柴，看看她房门上的号码？不，没有必要。我再也不会上她这儿来了。

## 挑　唆

我穿过一节节车厢。手里捏着铁路上的检票剪子。

我的剪子夹出的是个半月形的洞。

基斯洛沃茨克和矿水城之间风景如画的铁路支线，到了夏天就招募大学生去打工。所以我来到了这儿，来到了高加索。我来这儿是打工挣钱的。

基斯洛沃茨克到了。我走下月台。在车站门口站岗的是个高大的宪兵，胸前挂着好几枚奖章。他笔直地站着，好似一尊塑像。

售票员满脸堆笑地走到我跟前，客气地向我连连鞠躬。

“同学，”他喊我道（虽说他并不是大学生），“跟您讲句话……下回您别在票上打洞，把票退还给我……”

他讲这话时心安理得，还堆着笑，像是在谈天气。

我不知所措地嘟哝说：

“干吗？……好让您把车票再卖掉？……”

“是的……我几乎跟你们所有大学生都达成了协议……收入对分……”

“坏蛋！……你撒谎！”我喃喃地说，“跟所有大学生？”

售票员耸了耸肩膀。

“不能说跟你们所有大学生，”他回答道，“然而可以说……跟你们许多大学生……您干吗这么大惊小怪的？大伙儿都这么做……光靠三十六个卢布的工资，我难道活得下去吗……我甚至都不认为这是犯罪。是逼得我们这么干的……”

我猛地转过身子走了。售票员追上了我。

“同学，”他说道，“要是您不愿意就算了，我不会死乞白赖地……不过我劝您别把这事讲给别人听。第一，没人相信；第二，无从证实；第三，会坏了您的名声，都会说您是个造谣生事的人……”

我拖着沉重的步子，慢慢地向住所走去……下着雨……

我感到惊骇，其强烈的程度是过去从来没有过的。

# 埃尔薇拉

基斯洛沃茨克的“瞬间”火车站。我有一间安静的房间，窗户对着果园。

我的幸福和安静未能持续多久。一位从左萨来的马戏团女演员，艺名叫埃尔薇拉的，住进了邻室。她身份证上的姓名叫：娜斯嘉·戈罗霍娃。

这是个强壮的女人，几乎目不识丁。

她在奔萨同一名将军有过一段露水姻缘。后来将军带着夫人来到了基斯洛沃茨克。埃尔薇拉跟踪而来，不知道打的是什么算盘。

埃尔薇拉从早到晚脑子里想的都是关于这个薄幸的将军。

埃尔薇拉把她的两只手伸给我看，这两只手不知多少回在马戏院的穹顶下同时吊起三个男子。她对我说：

“不是吹牛，我本来可以掐死他，我豁出去了。为了这种事，最多判我八年刑……您说呢？”

“说实在的，您究竟要他怎么样？”我问她。

“什么怎么样！”埃尔薇拉说，“我为了他才巴巴地赶到这儿来的。我在这儿住了已经快一个月了，就像个蠢娘们，什么都要我自己掏腰包。我要他至少给我贴补来回的火车票钱，这点儿礼数总该讲吧。我想写封信给他，跟他谈这个事儿。”

埃尔薇拉不识字。这封信由我代笔。我写得充满热情。我希望埃尔薇拉拿到钱后，离开这儿，回奔萨去。这个希望指引着我的手。

我已不记得我都写了些什么。我只记得把这封信念给埃尔薇拉听后，她说：“对，这是女人心坎里的话……要是他收到这封信后，一个子儿也不给我，我非要掐死他不可。”

我的信使得将军柔肠寸断。他派勤务兵给埃尔薇拉送来了五百卢布。这在当时来说是一大笔钱了，甚至是一笔巨款了。

埃尔薇拉惊呆了。

“有了这么多钱，”她说，“还要离开基斯洛沃茨克就太蠢了。”

她留下来不走了，而且认为是我使她发了大财。

这下她几乎一步也不离开我的房间了。

幸好很快爆发了第一次世界大战。我走了。

# 1915—1917年

命运对我和蔼可亲，

不像对其他许多人那么残忍……

## 十二天

我由维亚特卡河去喀山，接收我们团的补充兵员。我使用的是驿马，没有其他交通。我坐在有篷马车上，裹着好几条被子，好几件毛皮大衣。

三匹马在茫茫的雪原上奔驰。四周荒无人烟，天寒地冻。

和我同行的是C准尉。他是同我一起去接收新兵的。

我们已经走了两天。肚子里的话都说光了，脑子里的回忆都掏尽了。我们无聊到了极点。

C准尉从枪套里掏出纳甘式左轮手枪，瞄准电线杆子上的白瓷绝缘子砰砰地射击。

这枪声刺激着我的神经，我对C准尉大为恼火。出言不逊地冲着他说：“别打枪……蠢货！”

我准备他回骂，吼叫。可我听到的不是回骂，不是吼叫，而是令人心酸的回答。他说：

“左琴科准尉……别拦阻我。我想干什么就让我干吧。我回到前线就要牺牲了。”

我看着他的翘鼻子和忧伤的蓝眼睛。这件事已经过去将近三十年。可他的脸我还记得清清楚楚。果然，他回到前沿阵地之后的第二天就牺牲了。

在那场战争中，准尉能活的日子平均不超过十二天。

## 想睡觉了

我们步入大厅。窗户上垂着深红色天鹅绒窗幔。窗间的墙壁上挂着镶有金边的镜子。

响彻着的华尔兹舞曲是一个穿燕尾服的人在钢琴上弹奏出来的。他衣襟上别着一朵雏菊，可他的脸却像——杀人凶手。

军官们和女士们分坐在沙发上和圈椅里，有几对在跳舞。

一个醉醺醺的骑兵少尉走了出来，大声唱着：“奥地利人头脑发昏，发动了对俄国的战争……”

所有的人都跟着他唱起这支歌来，一边咯咯笑着。

我坐到沙发上。有个女人坐在我旁边，她三十岁模样，显得有点儿富态。肤色黧黑，性情活泼。

她朝我的眼睛瞟了一眼，问道：

“我们跳舞吧？”

我板着脸，皱紧眉头，摇了摇头，表示不跳。

“想睡觉了？”她问。“那就上我那儿去吧。”

我们上她房间去。房间里挂着一盏中国灯笼，围着中国屏风，备有中国睡袍。这既有趣又可笑。

我们躺下来睡觉。

已经午夜十二点了。我困得眼皮都黏在一起了，可是却睡不着。我感到浑身不自在，烦闷，心神不安，疲惫不堪。

她跟我在一起也觉得无聊，不时翻身，叹气。后来她碰了碰我的肩膀，说：

“我到大厅里去一会儿就回来，你可别生气。那里在打纸牌，在跳舞。”

“请便。”我说。

她感激地吻了吻我就走了。我立刻睡着了。

快天亮了也没见她回来。我又合上了眼睛。

后来她终于回房睡觉，睡得很沉。我蹑手蹑脚地穿好衣服走了。

## 初　夜

我走进农舍。桌上点着盏煤油灯。军官们在玩纸牌。中校坐在行军床上抽着烟斗。

我向屋里的人问了好。

“您就住在这儿吧，”中校说，随后转过身去，对着打牌的人提高嗓门说道：“K 中尉！八点了。您该干活去了。”

中尉相貌剽悍、英俊，蓄着两撇小胡子，一边发牌，一边回答说：

“遵命，巴维尔·伊凡诺维奇……这就去……等我把这一局打完。”

我钦佩地望着中尉。现在他要“干活去了”——深夜，摸着黑，潜入敌后侦察。他可能牺牲，或者挂彩。可他却回答得那么轻松，那么愉快，像闹着玩似的。

中校一边翻阅着什么文件，一边对我说：

“您休息吧，明天我们也要派您去‘干活’。”

“是！”我回答说。

中尉走了。军官们都上床睡觉。屋里鸦雀无声。我倾听着远处的枪战。这是我在紧靠前线的地方所过的最初一夜。我无法入眠。

天亮前 K 中尉回来了。他浑身是泥，又累又困。

我关切地问他：

“您没受伤吗？”

中尉耸了耸肩膀。

我说：

“今天要轮到我去‘干活’了。”

中尉笑了，说道：

“您想到哪儿去了，以为我去打仗了吗？我是带炮兵连到离这儿三公里的后方干活去的。我们在那儿构筑第二道工事。”

我窘得无地自容，懊恼得差点儿要哭了。

可中尉已经打起呼噜来了。

## 神　经

两个士兵在杀猪。猪尖声地惨叫着，叫人受不了。我走近去看看是怎么回事。

一个士兵骑在猪身上。另一个手里捏着把屠刀，正在麻利地割开猪的肚子。白花花的厚膘绽了出来，铺开在两边。

猪的尖叫声叫人不得不把耳朵捂起来。

“兄弟们，你们得想办法先把它打昏过去，”我说，“不该拿起刀来就捅。”

“不行，长官，”骑在猪身上的那个士兵说，“先把它打昏过去会走味的。”

他看到我镶银的佩剑和肩章上的花星，连忙蹦了起来。猪挣扎着想夺路而逃。

“骑着吧，骑着吧，”我说，“快点儿结束。”

“快了不行，”拿屠刀的士兵说，“太快了，肥肉会变味儿的。”

骑在猪身上的那个士兵用一种遗憾的目光望着我：

“长官，咱们在打仗！多少人在吃苦。可您却可怜一头猪。”

另一个士兵用屠刀做了个下结论的动作，说道：

“这些个长官的神经不怎么样。”

谈话已经有点没大没小的了。这是不允许的。我打算离开，可是没离开。

骑在猪身上的那个士兵说：

“在阿弗戈斯特树林里，我这只胳膊的骨头给打断了。立刻把我送到了手术台上。给了我半杯酒，就动手割开我的胳膊。我却自顾自吃着灌肠。”

“不觉得疼吗？”

“怎么不疼。疼得没命……我吃光灌肠后说，‘给我块干酪。’刚把干酪吃光，外科大夫就说，‘准备好，要给你缝线了。’我说，‘请吧。’……要是换了您，长官，就吃不消了。”

“这些个长官神经脆弱。”那个拿屠刀的士兵又说道。

我离开他们走掉了。

## 出　击

十二时整，我们悄悄地走出掩体。夜色非常暗。我手中握着纳甘式左轮手枪。

“轻点儿，轻点儿，”我压低声音说道，“别碰响饭盒。”

然而要不发出声音是不可能的。

德国人开火了。真是遗憾，他们已经发现我军的这次行动。

在嗖嗖的子弹声中，我们向前冲去，以便把德国人逐出他们的堑壕。

敌人开始了疾风扫射。机枪、步枪密集地射击着。炮兵也参加了进来。

我周围的人纷纷倒下。我感到有一颗流弹像火一样灼痛着我的一条腿。可我仍然向前冲去。

我们已冲到敌人的铁丝网跟前。我的近卫兵们开始铰断铁丝。

强大的机枪火力压制了我们的行动。我们连手都不可能举起来。我们一动不动地趴在地上。

我们趴了有一个小时，也许两个小时。

临了，电话兵把电话听筒递给我。营长说道：

“退回到出发阵地。”

我下令后退，口令沿散兵线传递下去。

我们匍匐着向后退去。

早晨，我在团医疗所包扎。伤不重。而且击中我的也不是枪弹，是弹片。

团长马卡耶夫公爵跟我说：

“我对你们连非常满意。”

“我们一事无成，大人。”我羞愧地说。

“你们做到了我们所要求于你们的事。要知道这是佯攻而不是进攻。”

“什么，这是一次佯攻？”

“是的，只是佯攻。我们必须把敌人从左翼引开。那里才是我们发起进攻的方向。”

我感到懊丧极了，不过未露声色。

## 在花园里

别墅的阳台前有个繁花似锦的花坛。花坛上有个托架，承托着一个黄色的玻璃球。

一辆大车把阵亡的人运来，就堆放在这座花坛旁边的草地上。

他们被摞成一垛垛的，跟劈柴一样。

他们肤色蜡黄，一动也不动，活像蜡人。

近卫兵们把玻璃球从托架上拿下来，挖掘阵亡将士合葬墓。

团长和参谋们站在台阶上。团部的神父来了。

四周一片寂静。从很远的什么地方传过来炮击声。

士兵用毛巾吊住一具具死尸，放进墓穴。

神父绕墓穴走着，一面念着追荐亡灵的经文。我们行举手礼。

大伙儿用脚把墓踩实。竖起了一个十字架墓碑。

不料又有一辆大车运来了一车尸体。

团长说道：

“先生们，这是怎么搞的。应当一起运来嘛。”

押车的上士报告说：

“大人，没法一下子把所有的尸体都找到。这些是在最左边的洼地里搜索到的。”

“那可怎么办？”团长问。

“报告大人，”上士说，“把他们先搁着吧。明儿说不定还会有死人。等明儿把他们一起埋掉得了。”

团长同意了。把阵亡的人搬进了板棚。

我们去吃午饭。

## 陷入袋形包围圈

全团在公路上走着，队伍拉得很长。士兵们已精疲力竭，几乎一昼夜多没合过眼，一刻不停地在加利西亚的原野上走着。

我们在退却。我们弹药已尽。

团长下令唱歌。

机枪手们矫健地骑在马上，唱起《蓝色的海浪》。

我们听到四面八方都是枪声，爆炸声。给人的感觉是我们好像陷入了袋形包围圈。

我们路过一座村庄。士兵们奔向农舍。我们接到命令——坚壁清野，消灭公路附近的一切东西。

这是一座死村。烧了它不可惜。村里没有一个人。不但没有狗，就连鸡也看不见。通常在村民撤走后的荒村里总会留有几只鸡的。

近卫兵们奔到低矮的农舍前，放火点着了茅草屋顶。浓烟升至半空。

突然死村于一瞬间复活了。女人和孩子满村乱跑。还出现了男人。牛哞哞地叫着。马匹咴咴嘶鸣。我们听到了呼救声、号哭声和尖叫声。

我看到一个士兵刚点着屋顶，又羞愧地用自己的军帽把火扑灭了。

我调转身子。我们继续向前走去。

我们一直走到暮色四合。然后天黑下来了，我们仍不停地走着。四面八方都是狼烟烽火，都是枪炮声，爆炸声。

拂晓前，团长讲道：

“现在我可以说了。有两天时间，我们团处于袋形包围圈中。今天我们走了一夜，终于突围成功。”

我们都瘫倒在草地上，立刻睡着了。

## 突破口

我记得那个村子的名字叫臭村。

我们在村里匆匆挖好了掩体，可铁丝障碍物来不及设置了。大捆大捆有刺铁丝撂在我们身后。

傍晚我接到命令，要我去团部。我带着我的勤务兵冒着枪林弹雨徒步向团部走去。

我走进团部的土屋式掩体。

团长微笑着对我说：

“小伙子，调您来团部。副官上后方接受一个营去了。您代替他。”

当夜我睡在板棚理。这是我一个星期以来头一次脱掉靴子。

天刚拂晓，我被炮弹的爆炸声惊醒了。我奔出板棚。

团长和参谋们都站在备好鞍鞯的坐骑旁边。我发现所有的人都很激动，甚至有点儿张皇失措。炮弹纷纷落在我们四周，弹片嗖嗖乱飞，树一棵接一棵倒下去。可是军官们都一动不动地站着，活像化石。

通信主任一字一顿地对我说：

“我们团被包围，要当俘虏了。再隔二十分钟德国人就要来到这儿……跟师部已失去联系……我团正面已被突破，突破口长达六公里。”

团长神经质地拔着他花白的颊须，冲着我吼道：

“立刻骑马去师部，看看他们有什么指示……告诉他们，我们正向我团辎重靠拢，那里有我们团的一营预备队……”

我纵身上马，带着一名近卫兵，顺着林间小路疾驰而去。

这时还是清晨。朝阳把我左方的一块林中旷地照得金光闪闪。

我拨马来到这块旷地上。我想看看发生了什么情况，德国人进攻到了哪里。我想了解突破口的整个场面。

我跳下马来，走到小山包顶上。

我全身上下，我的军刀、肩章和举到眼前的望远镜，都被太阳照得闪闪发光。我看到远处有一列列军队和德军的骡马炮兵。我耸了耸肩膀。离得还远着呢。

冷不防响起了炮声，一声、两声、三声。好几枚三英寸炮弹落在我身旁。我刚刚来得及卧倒。

我卧倒后突然看到，小山包下边有一连德军炮兵。我离它至多只有一千步。

又响起了炮声。这回有枚榴霰弹在我头顶上炸了开来。

近卫兵向我招招手。另一只手指着山下的路，那里有一营德国兵开过。

我翻身上马，继续风驰电掣地赶路。

# 白跑了

我飞马来到一扇大门前。这儿是师部。

我既激动又紧张。军上衣的领子敞开着。

我翻身下马，走进栅栏。

师参谋兹拉特洛甫基中尉疾步走到我跟前，恶狠狠地说：

“什么样子……把衣领扣好……”

我扣好衣领，把军帽戴好。

参谋们站在备好鞍鞯的坐骑旁。

在这些人中间，我看到了师长加巴耶夫将军和参谋长沙波什尼科夫上校。

我做了报告。

“我知道了。”将军恼怒地说。

“将军大人，有什么要我转达给团长吗？”

“请您转达他……”

我感觉到将军的舌尖上正滚动着一句骂娘的话，可他克制住了。

参谋们相互使着眼色。参谋长露出一丝冷笑。

“请您转达他……可我有什么好请您转达给丢失了一个团的人呢……您白跑了……”

我羞得无地自容地走了。

我重又策马疾驰。蓦地，我看到了我的团长，又瘦又高的个儿，手里拿着军帽。风吹乱了他的颊须。他站在野地里，正在拦阻败兵。他们不是我们团的士兵。团长跑到他们每个人跟前，骂他们，求他们。

这些士兵顺从地向林边走去。我在那里看到了我们团的预备营和一辆辆二轮辎重车。

我向军官们走去。团长也向他们走去，一边喃喃地说：

“我的光荣的米格列尔团全军覆没了。”

团长把军帽掷到地上，狂怒地用脚踩着它。

我们都安慰他说，我们还剩有五百个人。人数不算少。可以把我们团重新组建起来。

## 地　狱

我们坐在一间谷物干燥房里。离开掩体约莫七百来步。子弹嗖嗖地飞着。炮弹不时在我们近旁爆炸。可团长巴洛·马卡耶夫情绪很好，几乎可以说很高兴。我们又成为一个团了——是把预备营匆匆扩编而成的。

我们已三天三夜顶住德国人的猛攻，没有后退一步。

“您写。”团长向我做着口授。

在我的图囊上摊开着 本笔记簿。我在写送往师部的战况汇报。

一枚重型炮弹在离谷物干燥房十来步远的地方炸裂了开来，垃圾、泥土、麦秸落了我们一身。

透过烟尘，我看到团长笑眯眯的脸。

“没什么，”他说，“您写。”

我又写了起来。炮弹不断在近旁爆炸，使我手里的铅笔跳个不停。跟我们只隔着一个院场的农舍在熊熊燃烧。又有一颗重型炮弹以一种可怕的轰响声炸裂开来。这颗炮弹就落在我们身旁。弹片呼啸着、呜咽着，四散乱飞。我不知出于什么目的，把一小块滚烫的弹片藏到兜里。

没有必要再坐在这间谷物干燥房里了，此刻连房顶都已经掀掉了。

“大人，”我说，“更加明智的做法是转移到前沿阵地去。”

“我跟您坚守在这儿。”团长固执地说。

炮弹像狂风暴雨一股向村子倾泻而下。呜咽声、尖叫声、呼啸声、炸裂声充满了整个空间。我觉得我进入了地狱。

我觉得我置身在地狱之中！二十五年后，当德寇一枚重达半吨的炸弹在隔开我一幢房子的地方爆炸开来的时候，我又陷入了地狱。

## 我去休假

我手里提着一只皮箱，站在所列锡耶车站上。马上就要发出一列火车，我将经过明斯克和特诺，回到彼得格勒。

列车开进月台。全是闷罐，只有一节客车车厢。大家向列车涌去。

突然炮声大作，根据声音可以判断这是高射炮。空中出现了德机。一共三架。它们在车站上空盘旋。士兵们用步枪胡乱地朝着敌机射击。

两枚炸弹发出沉重的啸声投下，在车站旁炸了开来。

我们逃往旷野。旷野里有菜园，有一座军医院，军医院的屋顶上标着红十字，稍远的地方有一道栅栏。

我伏倒在栅栏的泥地上。

敌机在车站上空盘旋了一圈，又投下了一枚炸弹，随即掉转机头，朝军医院飞来。几乎在同一瞬间三枚炸弹落到了栅栏旁，把泥土翻上了半空。这样做太卑鄙了。医院的屋顶上标着偌大的红十字，不可能看不见。

又投下了三枚炸弹。我目睹炸弹怎样离开机身。我目睹它们怎样开始下落。后来就什么也看不见了，只听见咆哮声和啸声。

我们的高射炮又开始射击。现在纷纷坠落到旷野上的是我们的榴霰弹的弹片和弹壳。我紧紧地贴着栅栏。突然间，我从栅栏的缝隙中看到栅栏里边是炮兵弹药库。

数以百计的弹药箱就堆放在露天。

一名哨兵坐在弹药箱上，仰头观看着飞机。

我慢慢爬起来，睁大眼睛寻找着可以藏身的地方。可是无处可藏。只消一枚炸弹投中弹药箱，方圆几公里之内就会兜底翻个身。

敌机又投下几枚炸弹，飞走了。

我慢慢地向列车走去，打心底里庆幸投弹都没有命中。我想，一旦技术发达到百发百中的地步，那么战争就会成为荒诞派戏剧。我在这一年内至少要死四十次。

## 我爱您

我按响门铃。来开门的是娜佳·B。她惊喜地叫了起来，扑到我身上搂住了我的脖子。

门槛上站着她的姐妹和妈妈。

我们俩往街上走去，以便没有干扰地谈谈。我们在“守护号雷击舰”纪念碑旁的长椅上坐了下来。

娜佳紧紧捏住我的两只手哭泣着。她一边哭一边说：

“多么愚蠢。您为什么一封信也不写给我。为什么不告而别。要知道我等了整整一年。现在我要出嫁了。”

“您爱他吗？”我问道，还不知道这个他是谁。

“不，我不爱他。我爱您。除您以外我谁都不爱。我回绝他。”

她又哭了起来。于是我吻她满是泪痕的脸蛋。

“可我怎么能回绝他呢，”娜佳说道，在心里和自己争辩，“我们已经交换了戒指。已经举行过订婚仪式。那天他把斯摩棱斯克省的一块领地赠给了我。”

“那就算了，”我说，“要知道我还要回前线。何必要您等我呢？我可能牺牲或者负伤。”

娜佳说道：

“我会慎重考虑。由我自己来决定。您什么主意也别给我出……我后天给您答复。”

第二天，我在街上碰见娜佳。她挽着她未婚夫的手臂走着。

这其实没什么大不了的。这是理所当然的。可我怒不可遏。

傍晚我叫人给娜佳送去一张便条，说有急事要我速回前线。隔了一天，我就走了。

这是我一生中所做的一件最愚蠢、最糊涂的事。

我当时非常爱她。这爱情直到今天还没有消失。

## 你明天来

我在大门口碰见了塔塔。她那么美丽，那么光彩夺目，我都不敢看她，就像不敢看太阳一样。

她一看到我就嫣然一笑。她好奇地打量着我的戎装，摸着我镶银的佩剑。后来她说我完全长成大人了，要是叫人家看见我俩在一起就麻烦了。肯定会飞短流长地讲我们的闲话。

我们一起上楼。

我把马刺碰得叮当作响地走进了她的寓所。

塔塔站在镜子前理着头发。我走到她跟前，抱住了她。她咯咯地笑了。她感到奇怪，我怎么变得这么大胆。她像当年在楼梯上那样回抱我。

我们俩接着吻。我觉得与这吻相比，世上的一切都是不足道哉的。她也是，此刻不管周围发生什么事，她都无所谓了。

后来她望了望钟，吓得叫了起来：

“我丈夫这就要回来了。”

话声刚落，门打了开来，她丈夫走了进来。塔塔刚刚来得及把头发稍稍捋好。

丈夫坐在安乐椅上，默默地望着我们俩。

塔塔面不改色地说：

“尼古拉，你看他长得多大了。他刚刚从前线回来。”

丈夫望着我，脸上露出了苦笑。

我跟他没什么好交谈的。我彬彬有礼地鞠了个躬，告辞走了。塔塔送我出去。

她打开门，把我送到楼梯口时，压低声音对我说：

“你明儿白天来。他十一点钟上班。”

我默默地点了点头。

整整一天，她丈夫的脸和他的苦笑没离开过我的脑子。我觉得要是我明儿白天真上她那儿去的话，就太可怕了，是犯罪行为。

早晨我叫人给塔塔送去一张便条，说我立即要赶回前线。

当晚我便动身去莫斯科，在那里逗留了三四天，就回我们团去了。

## 贼

我当了营长。我为我营纪律日益松弛而深感不安。

我的近卫兵们向我敬礼时都嬉皮笑脸的，只差没向我眏眼睛。这大概得怨我自己。我太随便了，老是同他们拉呱儿。在我的土窖前，整天都拥满了人。有的要我替他们写家信，有的要我替他们出主意。

我偷偷听到他们在背地里管我叫“小孙孙”。一个小孙孙能出些什么主意。

事情发展到了我的土窖里开始丢失东西。烟斗不知去向了。修而用的镜子不知去向了，信封、信纸不翼而飞。

应当整肃纪律，对部下严加管教。

我们营撤下来休整，我在农舍的床上睡觉。

我在梦中突然感到有个人把手探过我身体向桌子伸去。我吓得打了个寒战，醒了过来。

只见一个士兵三步两步从农舍里逃了出去。

我拿过纳甘式左轮手枪便跑出去追他。我还从来没有这样暴怒过。我狂呼："站住！"要是他当时不停下来，我会开枪打死他的。可他停了下来。

我向他走过去。他突然跪了下来。他手里拿着我装在镀镍盒子里的保安剃刀。

"你拿去干什么？"我问他。

"装马合烟，长官。"他喃喃地说。

我知道按理应当处罚他，把他交付军事法庭。可我硬不下心来这么做。我望着他沮丧的脸，可怜巴巴的笑容，瑟瑟发抖的手，为自己跑出来追他而憎恶我自己。

我拿出剃刀，把盒子给了他，转过身去走掉了，对自己的行为深感恼火。

## 七月二十日

我站在掩体里，好奇地观望着已成为废墟的小村。这个村子叫斯莫尔贡。我团右翼坚守在斯莫尔贡的菜地里。

村子虽小却闻名遐迩，当年拿破仑在这里把指挥权交给缪拉特①后，就逃出了俄国。

天暗了下来。我回到了我的土窖里。

这是七月一个溽暑蒸人的夜晚。我脱掉军上衣后，坐下来写信。

将近子夜一点。该睡了。我正想喊勤务兵，突然听见外面闹哄哄的。闹声越来越厉害。我听到了匆忙奔跑的脚步声，饭盒的叮当声。然而没有叫喊声，也没有枪声。

---

①缪拉特（1767—1815），拿破仑一世的近臣和妹夫，法兰西元帅（1804）、那不勒斯国王（1808），历次拿破仑战争的参加者。

我奔出土窖。突然一股甜滋滋的、令人窒息的气浪淹没了我。我急呼："毒气！……快戴防毒面具！"随即冲进土窖。那里的钉子上挂着我的防毒面具。

我像一阵风似的跑进土窖时，蜡烛拂灭了。我用手摸到了防毒面具，把它戴上，却忘了打开下边的塞子，憋得我透不过气来。我打开塞子后，跑进了掩体。

我的周围都有士兵在奔跑。他们一边跑一边把纱布面罩缠到脸上。

我在兜里摸到火柴，点燃了堆在掩体前的干树枝。干树枝是早就预备好了的，用于对付毒气攻击。

火光照亮了我们的阵地。我看到所有近卫兵都离开掩体，卧倒在篝火旁。我也躺到篝火旁。我感到不舒服，只觉得天旋地转。我在急呼防毒面具时，吸进了许多毒气。

躺在篝火旁后，头晕好多了，甚至觉得没什么不舒服的。火焰使毒气上升，从我们头上飘过，不再伤害我们。我脱下了防毒面具。

我们卧倒了四个小时。

天拂晓了。现在已可看清毒气是怎样袭来的。它好似一堵墙壁，但不是密不透风的。它是一股宽达十俄丈的烟云。这股烟云由微风吹送着慢慢向我们飘来。

我们可以往左或往右移动，那么毒气就从我们身旁飘过而不致伤害我们。

现在已经没有什么可怕的了。我听到有人在哈哈大笑，有人在逗乐。这是几个近卫兵在相互打闹，把对方推到毒剂云团里去。不时传来笑声和嬉闹声。

我举起望远镜眺望德军动静。我看到他们正从毒气筒里放出毒气。这场景令人极度憎恶。我看到他们那么有条不紊地、冷漠地干着这件事，不由得怒火中烧。

我下令向这些恶棍开火，下令所有机枪和步枪一律都要射击，虽然我明知这样做杀伤力是极其有限的，因为我们与他们相距一千五百步。

近卫兵们没精打采地射击着。枪声零落。我突然发现卧在地上的士兵大部分已经死了。有些士兵虽说没死，却在那里呻吟，根本没有力气爬起来射击。

我听到德军掩体内吹响了军号。放毒者收兵了。毒气攻击结束。

我拄着根拐棍，晃晃悠悠地朝团医疗所走去，我的手帕上沾满了由于剧烈的呕吐呛出来的鲜血。

我在公路上走着，看到草通通枯黄了，地上落满了死雀，少说也有几百只。

## 最后的乐章

我们团又撤下来休整。

我们乘无座雪橇去我们团二线辎重队会餐。

后勤处长盛情招待贵客。

桌上摆满了一皮囊一皮囊的酒、烤羊肉串和各种各样菜肴。

我同女护士克拉娃坐在一起。我已经醉了。可又不能不喝。每杯酒都伴有非喝不可的祝酒词。

我感觉到我不该再喝了。自打吸进毒气之后，我的心律一直紊乱。

为了不再喝酒，我走出屋子，坐在大门口的台阶上。

克拉娃跟着出来了，看到我没大衣坐在凛冽的寒风中，惊骇得什么似的。她牵住我的手把我领到她屋里。那里挺暖和。我俩坐在她床上。

可大伙已发现我们俩逃席。军官们哈哈大笑地敲着我们的窗户取闹。

我们俩又回到席上。

早晨我们回到我们团的驻地。我沉得像块石头似的睡着在我的行军床上。

炸弹的爆炸声把我惊醒了过来。有架德机在轰炸我们所在的村子。这跟我们正在领教的第二次世界大战的轰炸不同，飞机只投下四枚炸弹后就飞走了。

我走到户外，猛地觉得没法呼吸。我的心脏快要停止跳动了。我按了按脉——没有脉息。

我扶着栅栏，艰难得难以置信地一步步挨到我们营的医疗站。

医生摇着头，大声吩咐道：

“樟脑水！”

人们向我喷樟脑水。

我躺在病床上，比死只多一口气。我左胸麻木。脉息四十跳。

“您不该喝酒，”医生说，“您患有心脏病。”

我发誓从此戒酒。

人们踏着二月开始融化的积雪，把我送往军医院。

# 1917—1920 年

我策马重返部队，

新风已吹遍国内……

## 我觉得莫名其妙

三月初。一出车站我就雇了辆马车回家。

我路过冬宫，看到宫顶上挂着一面红旗。

这意味着——新的生活，新的俄罗斯。我也成了新人，不再是旧我。但愿我的烦恼、不安，我的忧郁症，我的心脏病，都已一股脑儿与我永诀。

我兴冲冲地回到老家，当天就遍访了我所有的朋友，去看了娜佳和她的丈夫，碰见了塔塔，走访了大学里的同学们。我发现到处洋溢着欢乐和喜悦。大家对发生了革命都很满意。只有娜佳一人例外。她跟我说：“这太可怕了。俄罗斯要遭难了。我料定绝不会有好结果。”

有两天时间我心情愉快。可第三天上，忧郁症又发作了，心脏又早搏了，我变得阴郁、烦恼。

我觉得莫名其妙。我怎么也猜不出这忧郁是打哪儿来的。完全没有必要忧郁嘛！

看来，必须工作。必须把自己的一切力量献给他人，献给国家，献给新生活。

我去总司令部见临时政府代表，请求他让我重返部队。

可我已不适宜于戎马生涯，我被任命为邮政电报总局的军事代表。

于是我去做我平生最讨厌的事。我坐在办公室里签署着什么文件。这工作使我反感到极点。

我又去司令部，请求随便派给我一个外省的差使。

他们建议我去阿尔汉格尔斯克，当纠察队的副官。我同意了。

再过一个星期，我就要前去履任。

## 午　茶

法学院学生Л来接我。我们打算到一个货真价实的大贵族人家——Б公爵夫人家去。

Л要我挂上我所有的勋章。

“这会使她高兴，”他说，“她的丈夫至今还在前线，指挥一个近卫师。”

我把我的勋章拿给他看。一枚勋章镶在我的高加索佩剑上。两枚安在我的烟盒上。第四枚是挂在脖子上的。可不知为什么我总不好意思挂。第五枚勋章我还没拿到手，只接到了授勋令。

Л缠着我，非要我挂不可。他把那枚勋章套到我军上衣的领子下面。

我同这位法学院学生在军官街上走着，觉得挺不自在。

过去我从未和大贵族交往过。二月革命[①]摧毁了等级之间的藩篱，于是我此刻

① 俄国第二次资产阶级民主革命，发生于1917年2月。起义者逮捕了沙皇政府的大臣和将军，推翻了沙皇专制制度，工农群众组织了工农代表苏维埃，资产阶级——地主则成立了临时政府，形成两个政权并存的局面。

得以向这家人家走去。

小客厅里坐着两名近卫军军官、几名法学院学生和一名贵族学校学生。

公爵夫人长得不好看，矮矮的个子、小鼻子小眼睛。可她没一点架子，非常平易近人。我一点也不感到局促。

一名男仆静悄悄地把一张带轮子的玻璃小桌推进屋来。公爵夫人给大家斟茶。

谈话始终围绕着沙皇一家。话题没离开过尼古拉[①]：他的退位诏、皇室人员的健康状况、那位夫人[②]的自我感觉，以及宫廷的各种事情和各种举措。

我像根木头似的坐在安乐椅里，脖子上挂着我那枚勋章。关于这个话题，我一无所知，因此无从置喙。我闷闷不乐地望着我认识的那位法学院学生。他连忙把目光从我身上移开。

喝完茶后，我们转移到大客厅。可话题并没转变。

终于有个法学院学生唱起了当时流行的一支小调《有只巨大的母鳄鱼在街上溜达……》，所有的人都跟着唱了起来。

他们一连唱了五六遍，一边唱一边笑。每当唱到“她嘴里叼着一小块被子……”这句歌词时，有个法学院学生就用牙齿叼起一条围脖。

所有的人都捧腹大笑。公爵夫人也纡尊降贵地笑着。

我们离开公爵府已经七点。Л 问我可喜欢这次走访。我耸了耸肩膀。

## 待嫁的瓦娃

我到达阿尔汉格尔斯克时，处于极度的忧郁和消沉之中。也许正因为如此，

---

① 指俄国最后一个沙皇尼古拉二世（1894—1917 在位）。绰号“血腥的尼古拉”。二月革命后被捕，十月革命后被枪决。

② 指尼古拉二世的皇后亚历山德拉·费多罗夫娜（1872—1918），她后期受宗教蒙昧势力的蛊惑，精神有些失常。

那边的人热心地给我说媒。

打算配给我的是M家待嫁的闺女瓦娃，他父亲是个非常富有的鱼商。

我从没见过这位姑娘一面，她也从没见过我一面。可阿尔汉格尔斯克就兴这样把素昧平生的男女撮合在一起。起劲地给我们俩做媒的是闲得发慌的太太奶奶们。

她们隆重地安排我同这位姑娘在一幢富丽堂皇的住宅内相亲。相亲的房间是摆满鲜花的冬季客厅。

在我面前的是个非常年轻、非常文静的姑娘。

她们把我们俩单独留在那间屋里，好让我们谈谈。

我一向不善辞令。那天晚上我因此遭了大罪。我确实不知道该说些什么才好。为了打破可怕的冷场，我使尽九牛二虎之力才挤出一两句话来。

姑娘沉默地望着我，也是沉默不语。

我无处可讨救兵。所有的人都远远地避到其他房间去了，客厅的门又被她们关得严严实实。

于是我开始背诵诗歌。

先背诵的是英贝尔[①]那本风靡一时的诗集《悲酒》中的诗篇。继而又背诵勃洛克和马雅可夫斯基的诗。

瓦娃一言不发，全神贯注地听我背诵。

后来人们回到了客厅里，我如释重负。我问瓦娃，我背诵的那些诗她是否喜欢。她轻声轻气地说道：

“我不喜欢诗歌。”

“那您干吗听了整整一个小时！”我激愤得叫了起来，在喉咙口骂了她一句：“蠢娘们！”

---

① 维拉·米哈伊洛夫娜·英贝尔（1890—1972），苏联女诗人，著有《普尔科沃子午线》《灵感与技巧》等。

"如果我不听您念，在我来说是失礼的。"

我几乎像士兵那样一个向后转，离开了姑娘，气得够呛。

## 鹿皮手套

每逢星期二和星期六我们都去Д家，Д是个少妇，海军军官的遗孀。

跟她在一起非常愉快。她俏皮，娇媚。

我没能得到她的垂青。她喜欢海军准尉T。他是个为人温厚、体魄伟岸的军官。

傍晚。我们在她家打扑克。Д向海军准尉卖弄风情。她装作无意似的把一只手挨着他的手，久久地凝视着他的眼睛，像是邀请他不仅在星期二和星期六上她家来。

不过话要讲回来，她对我也挺亲切，只是没到那种程度。她说我过于消沉，过于伤感，没男子气。忧郁症患者可不是她理想中的人物。

直到深夜我们才离开她家。一路上我们拿海军准尉取笑，他则神秘地微笑着。

翌日早晨我没找到我的手套。丢失了就太可惜了。这双鹿皮手套是英国货。说不定忘在Д家里了。

我打电话给Д。她回答我的是一长串咻咻的甜笑。后来她一边笑，一边对我说：

"原来是您的手套？不知为什么，我还当是海军准尉的……"

我在约定的时间来到她家。她不放我走，我们俩在她的小会客室里喝茶。

喝完茶后，她把头贴到我胸上。于是我过了三个小时才离开她。

在前厅里，她把我的鹿皮手套递给我。

"喏，您的手套，您这个小淘气，"她笑吟吟地说，"把手套留下来，事后好有个借口上门向女士献殷勤。这种手法，您自己也会同意，是有点儿幼稚的。"

我嘟哝着请她原谅。她伸出一根指头来威吓我，随即“扑哧”一声笑了。她叹了口气，说：

“您亲眼看到了，我对您的可爱的诡计给予什么样的评价。您倒挺有鬼点子的。这我可没料到……”

“夫人，”我辩白说，“我请您相信……我是无心地把手套忘在……我绝不是存心的……”话一出口我就后悔了。只见她的脸顿时变得不美了，焦黄焦黄的，几乎像个老婆子。

“噢，原来是这样，”她愤恨地说，“既然如此，我非常遗憾……啊，但愿这对我来说是个教训！”

从此她再也没有邀请我上她家去。

换了我的话，也一定这么做。

## 条条道路通巴黎

一位法国上校坐在我对面的圈椅里。他嘴角隐约挂着一丝微笑，说道：

“明天正午十二点您就可以拿到护照。十天之后您就在巴黎了……您应当感激P小姐。是她替您托的情。”

“我可没有请P小姐做这件事。”我对上校说。

他眯细眼睛看着我。

“噢，原来是这样，”他说，“既然如此，请您原谅，我并不知道她违背了您的意愿。”

我说道：

“上校，我什么国家都不打算去。这是误会。”

他耸了耸肩，说：

“我的朋友，您有没有意识到贵国发生了什么事？……首先，有生命危险——

这可是无产阶级革命……虽然在这儿阿尔汉格尔斯克，这场革命的后果还没有像在……您应当再好好考虑考虑。我明天十二点整等您。”

“好的，我再考虑。”我说。其实我没什么要考虑的。我主意已定。我不能也不想离开俄罗斯。我在巴黎没什么可寻求的。

傍晚，P 小姐来找我。她是法国人，长得并不漂亮，可心情开朗，整天乐呵呵的。她有些行为我不理解。她每回都要从烟灰缸里拿走我的一个烟蒂，藏到手提包里，说是“留作纪念”。我怎么说也改变不了她这个坏习惯。大概她是个乡下人。可她发誓说，她是土生土长的巴黎人。

她问我见到上校没有。我把经过情况都告诉了她。她有点儿恼火了，气呼呼地说：

“这是愚蠢的。你们国家的人全都急着要出国。您反正迟早要走的。条条道路通巴黎。”

她热情洋溢地谈着巴黎，谈着我们俩双双到了巴黎后将要过的神话般的生活。

我使她从云端里落回人间。我对她说：

“既然如此，您为什么要离开巴黎？何苦千里迢迢地来这里当名家庭教师，无非是因为您留在巴黎充其量只能当个女裁缝。”

她说：

“我来这儿可以投身百万富翁门下。这是很有趣的……至于留在巴黎，怕女裁缝也当不上，只能当妓女。”

我们俩都笑了。

## 闭门羹

我一口气跑上三楼。我的心猛烈地跳着。

我揿着娜佳 · B 家的门铃。没人来开门。我便擂门，先是轻轻的，后来索性用脚踢。

邻居家的门打了开来。

“您要找 B 家吗？”一个老太太问我。“他们全走掉了。”

“上哪儿去了？”

“不知道。您去问扫院子的。”

我站在院门口。扫院子的同我相对而立。他认出了我，笑了。

“B 家所有的人都走掉了。”他几乎是兴高采烈地说的。

“什么时候走掉的？”

“那个月，二月。”

“您知道他们上哪儿去了吗？”

“他们还能上哪儿去？去投靠白军呗……要知道他们的爷老子是——将军……这儿把您那帮朋友打得落花流水——干得真漂亮……还用说，逃命去了……”

大概扫院子的看到了我脸上失魂落魄的表情，便同情地叹了口气。

“您这么哭丧着脸，舍不下谁呀？”他问道，“我怎么记不起来了，是娜佳还是卡佳?”

“娜佳。”

“是个挺好看的太太，”他说，“爷老子是将军，老公是——地主……明摆着的事嘛……她带着小崽子逃掉了。”

“难道她有孩子了？”

“我不是说过了——她带着刚刚生下来的孩子逃掉了。”

我走回家去。我觉得整个世界都黯然失色了。

## 在地下室里

我坐在一只矮凳上，膝上搁着一只由顾客拿来修理的破靴子。我用木锉锉齐刚刚打上去的鞋掌。

我当了——皮匠。我喜欢这个行当。我鄙视知识分子的劳动——这是抠心挖肚肠的活儿，我的忧郁症八成是因此染上的。

我跟过去已一刀两断。我对现在的处境十分满意。

我对面是张又矮又脏的桌子，桌子后边坐着皮匠铺的掌柜阿列克谢·阿列克谢耶维奇，他是个肥头大耳的皮匠，戴一副镍边眼镜。坐在他旁边的是他的侄子——一个半大小子，叫安德留什卡。两人都在专心致志地干活。

那个半大小子有点儿剽悍地用榔头敲着鞋掌。

在他们后边的一张长椅上坐着掌柜的浅色毛发的儿子，这是个二十岁左右的二流子。他考进了音乐学院的小提琴班。因此他不用干活，可以消消停停地坐在椅子上看报。

安德留什卡忽然笑了起来，开始讲述夏天那会儿有个住户怎么从二楼的窗口里坠落下来，那人喝了一杯烈酒，昏昏然地睡着在窗台上，在梦中伸了个懒腰，便“啪”的一声跌落到花园里。跌得皮开肉绽，还算好，没死。

三个星期以来，我天天都要听一遍这个故事，而且每回大家都笑得前仰后合。我也笑，不知为什么这个故事特别逗人。

我们笑得那么起劲，有时候内掌柜会从厨房里走出来，站在门口，跟着我一块儿笑，一边用围裙擦着嘴和眼睛。

不过掌柜的不许大家讲这个故事。只要一开始讲这个故事，他就生气，就要骂人。可偏偏是他对这个故事的细节最感兴趣，笑得比谁都厉害，一边笑，一边捧住肚子。他患有胃溃疡，不能笑，因此他禁止讲这个故事。

可是半大小子也好，掌柜的儿子也好，却故意把话题引到那个故事上去。他们先是绕着弯儿，谈些不相干的事，什么纵酒啦、烈酒啦、睡着的人啦，慢慢地把话题往那件事上引。

这回半大小子是从扫院子的被吓破了胆谈起的。掌柜的儿子讲了几句扫院子的坏话。半大孩子便接过话头，尖声地笑着，详详细细地描述那个坠下楼来的住户怎么碰着了扫院子的肩膀和后脑勺，吓得扫院子的没命地逃了开去。

掌柜的笑得在矮凳上摇来晃去，捧着肚子，不时地哼哼呻吟。

临了，他跳了起来，奔进厨房。

我说：

“你们不该逗他笑。看到吗，他又不舒服了。”

掌柜的儿子说：

“没事儿。爸爸想吐。谁都知道，吐掉了反而轻松。”

掌柜的走了回来，用袖子擦着嘴。

我们重又一声不吭地干活。

## 沉重的黑影

斯摩棱斯克省内过去有一座叫作“马尼科沃”的地主庄园，如今成了国营农场。

我在区执委会以优异成绩通过了家禽养育家的职称考试。现在我被任命为家禽饲养场场长。

我手里拿着一摞书，徘徊在家禽之间。有几种家禽我过去只看到过它们煮熟后的状态。现在只好求助于教科书了。

有两个星期我没离开过家禽一步，几乎跟它们同眠同宿，致力于研究它们的性情和脾气。

直到第三个星期上，我才允许自己到附近各处去走走。

我在乡间的土道上散步。常常碰见农民。

每回同农民相遇，我都惊愕不已。还隔着十来步，农民就摘下帽子，向我深深地鞠躬。

我举起自己的鸭舌帽向他们回礼，窘迫地快步走过他们的身旁。

起初我以为农民朝我鞠躬是偶然的，可后来我发现没一个不鞠躬的。

也许他们把我错当成什么大人物了？

有个老婆子向我深深鞠了一躬，头几乎碰到地，我问她：

“老奶奶，您干吗要向我这么鞠躬？这是怎么回事？”

老婆子吻了吻我的手，什么也没说就走掉了。

于是我走到一个农民跟前。他已上了年纪，脚上穿着树皮鞋，身上的粗布衣服破烂不堪。我问他为什么隔开十步远就摘下帽子，向我鞠躬，头低得都快碰到腰了。

那农民又向我鞠了一躬，并且想吻我的手。我连忙把手缩开。

“老爷，我哪儿惹你生气了？”他问。

从这句问话中，从他的鞠躬中，我恍然大悟，什么都看到，什么都听到了。我看到了旧的生活习惯的阴影。听到了地主的吆喝和农民胆战心惊的低声回答。我看到了我过去从未体验过的那种生活。我有生以来还从未这么震惊过。

“老爷子，”我对那农民说，“工农当家做主已经一年了，可你还要来舔我的手[①]。”

“还没轮到咱们这儿呢，”那农民说，“事儿是不假，老爷们都打宅子里搬了出去，住进了草棚……可谁知道世道究竟会怎么样……”

我同那个农民一起上他的村子去，还去了他家。

我每走一步都看到旧时代沉重的黑影。

① 旧俄农民见到地主都要鞠躬并吻手。

# 弥留的老头儿

我站在一幢农舍里。有个在弥留之中的老头儿横卧在灵床上。

他这么躺着已经第三天了，可还没有死。

今天人们把一支蜡烛插在他手里，蜡烛倒了下来熄掉了，可人们又把蜡烛点燃。

亲人们围在床头，目不转睛地望着老头儿。屋里一贫如洗，又脏又乱，到处是破布片……

老头儿脚朝窗躺着，脸色发黑，肌肉绷得很紧，呼吸不匀。有好几回使人觉得他已经咽气了。

我向一个老婆子，那是他妻子俯下身去，低声对她说道：

“我这就去请大夫。他躺在灵床上都第三天了，这可不是个事儿。”

老婆子不同意地摇了摇头。

“别再去惊动他。”她说。

老头儿睁开眼睛，用浑浊的目光环视着周围的人，翕动着嘴唇，说着什么。

一个脸色黝黑的年轻女人，向老头儿弯下身去，默默地听着他模糊不清的咕噜声。

“他要什么？”老婆子问。

“要摸摸奶头。”年轻女人回答说，随即迅速地解开棉袄，拿起老头子的手，搁到她裸露的胸脯上。

我看到老头儿的脸突然亮了起来，一种类乎笑容的东西在他嘴角掠过。他的呼吸均匀了，宁静了。

所有的人都一动不动地站着。

突然老头儿的身体颤抖了一下。那只手无力地落了下来，脸变得严峻，安详。他停止了呼吸。他死了。

老婆子马上扯开嗓门号啕大哭。所有的人都跟着她哭了起来。

我离开了农舍。

## 我们打扑克

桌上点着盏煤油灯，灯罩是粉红色的，十分漂亮。我们在打扑烈费兰斯[①]。

我的对手是一位叫奥利珈·巴甫洛夫娜的肥胖的夫人、一个满口坏牙的老头儿和他的女儿，一个颇有风致的少妇，叫维隆妮卡。

他们过去是邻区的地主，因不愿远离他们的田产，向农民租了这幢农舍，以私有者的身份住在这里。

我们已经围着桌子打了四个小时的牌。我感到厌烦了。我真想不再打下去。可我不便这么做，我是输家，我罚分的数目很大。

我的牌运糟透了。奥利珈·巴甫洛夫娜的牌运却很好，老是赢牌，越赢，嗓门就越高，心里就越高兴。

她做成了“十墩”，兴奋得用手掌拍着桌子。

“我这人有福分！”她咋咋呼呼地说，“我不论什么时候，不论在什么事上都走运……我深信再过两三个月，我就可以收回我的领地了……”

满口坏牙的老头儿笑了。

“最尊敬的奥利珈·巴甫洛夫娜，打扑克是一回事，”他说道，“俄罗斯，政治，革命是另一回事。”

“不，一模一样！”奥利珈·巴甫洛夫娜扯直嗓门反驳道，“我们在生活中也是在打扑克。有的走运，有的不走运。而我呢，不论什么时候，不论在什么事上都是走运的，生活中是这样，打牌也是这样……你们瞧着吧，不消多久我就可收回

---

① 一种牌戏。

我的扎季希耶了……”

她一边发牌一边说：

“等我收回扎季希耶，我要叫我那些庄稼汉们稍稍尝尝鞭子的味道，让一切都回到老规矩上。”

“在闹了这么一场革命之后，您只抽他们几鞭子就完事了？”满口坏牙的老头儿收起笑容问道。

奥利珈·巴甫洛夫娜停止发牌，说道：

“我可不是那种没头脑的人，我不会把我的庄稼汉们关进监狱去。我不愿失去劳动力。请您注意这一点……”

“不，最尊敬的奥利珈·巴甫洛夫娜，”老头儿说道，“您的想法，我无论如何不敢苟同……而且我将反对您的政策……我已决定绞死两个人，我知道该绞死谁。有五个人我决定送他们去服苦役。其余的处以鞭刑，还要罚款。叫他们无偿地为我劳动一年。”

我把扑克牌狠狠地砸到桌上，牌反跳起来，落得满地都是。

“干吗！”奥利珈·巴甫洛夫娜傲慢地吼道。

“你们这帮坏蛋，罪犯！”我低声说，“是你们害得农村这么穷，这么暗无天日，这么黑暗的……”

我把所有口袋里的钱都掏了出来，掷在桌上。

我气得像打摆子似的浑身发抖。

我快步走到门厅里，摸到了短皮袄，好不容易才把手伸进袖筒。

屋里鸦雀无声。甚至没一个人悄悄地讲句话。我等维隆尼卡到门厅里来，可她没来。

我走到院子里，把马牵出大门，随后躺到无座雪橇里。

马轻快地跑着。它自己认识路。

我的头顶上是黑沉沉的天空，是繁星。周遭是雪和旷野，静得可怕。

我为什么要到这儿来？为什么要在这儿同家禽和豺狼生活在一起？我明天就离开这儿。

## 在团部

我坐在桌子旁，誊写给全团的命令。这份命令是我今天同团长和政委一起草拟的。

我现在是——贫农第一模范团副官。

我面前摊着一张俄罗斯西北地区地图。地图上用红铅笔标出了战线的位置。战线北起芬兰湾海岸，经纳尔瓦，西行至亚姆堡。

我们团部驻扎在亚姆堡。

我用漂亮工整的字体誊写着命令。

团长和政委骑马去前沿阵地了。我有心脏病。我不宜骑马奔波。因此他们很少叫我随同前往。

有人敲窗。我抬头一看是个老百姓，穿着一件又破又脏的大衣。那人敲了几下窗后，朝我鞠着躬。

我让哨兵放那人进来。哨兵老大不情愿地放他进来了。

“您有什么事？”我问。

那人摘下帽子，犹豫不决地站在门口。

我看到站在我面前的这人极其畏葸，显然遇到过极大的不幸，而且备受折磨，身心都极度痛苦。为了给他壮胆，我扶他到圈椅前，同他握手，请他坐下。他老大不情愿地坐了下来。

他微微翕动着嘴唇，说道：

“如果红军要撤退，我们同你们一起撤还是留在原地？”

“您是什么人？”我问。

“我是‘湍流’病院的。那是个麻风病院。”

我顿时感到我的心猛地往下沉去。我偷偷地在我的棉裤上擦我的那只手。

“我不知道。”我说，“这个问题我一个人做不了主。再说，根本谈不上我们要撤退。我认为战线到亚姆堡为止了，不会再向后方移了。”

那人向我鞠了个躬走了。我从窗口望见他给哨兵看他身上溃烂的地方。

我去团医疗所用石炭酸洗了手。

我并没有染上麻风病。也许我们对这种病过于害怕了。

## 面　包

早晨我想到户外去散散步，刚一跨出团部就晕死了过去。

哨兵和电话兵使我恢复了知觉。不知为什么，他们把我当成溺水者那样揉搓我的耳朵，不停地张合我的两只手臂。我居然苏醒了过来。

团长跟我说：

“立刻回后方休息。我给你两个星期的假期。”

我乘车去彼得格勒。

可是在彼得格勒，我的病情未见好转。

我去军医院求诊。他们给我的心区听诊后告诉我说，我不适宜在军队工作。他们把我留在医院里，等体检委员会来做出决定。

因此我已经在病房里躺了一个多星期。

我除了人不舒服外，还饥肠辘辘。这可是 1919 年哪！医院里每天发给我们四百克面包和一碟子汤。这对一个二十三岁的人来说是远远不够的。

我母亲偶尔给我送来一条熏鲤鱼。我每回都不好意思收下这条鱼。我们家可有一大家子人呢。

我对面的病床上坐着一个穿长衬裤的年轻人。乡下刚给他送来两个大圆面包。

他用小折刀把面包一片片切下来，抹上黄油，送进嘴里。他就这样没完没了地吃着。

有个病友央求他说：

“斯维杰洛夫，给我一小块。”

那人回答说：

“让我自个儿先吃个够。吃够了，我再给你。”

他吃饱后，把面包切成小片，掷到各张床上。他问我：

“喂，知识分子，要给你一片吗？”

“可你别掷。摆到我桌子上。”

这扫了他的兴。他觉得掷要有趣得多。

他坐在那里，一声不吭地瞅着我。后来他站了起来，故意扭摆着腰，把一小片面包放到我小桌上，同时像做戏那样朝我鞠了个躬，扮了个鬼脸。病房内哄堂大笑。

我恨不得把这件礼物掷到地板上。可我克制住了自己，翻过身去，面朝着墙。

半夜里，我躺在病床上把这片面包吃掉了。

我感到锥心的痛苦。

## 辣味干酪

每天我都走到围墙跟前，那里张贴着《红色报》。

报纸有个栏目，叫《邮政信箱》，登载给作者的答复。

我写了篇农村题材的微型小说，寄给了编辑部。所以我现在不无激动地等待着答复。

我写这篇小说并不是想挣稿费。我在边防警卫部队当电话员。我不愁吃穿。我写这篇小说没有什么贪图，只想描绘一下农村，我认为是有此需要的。小说署的是笔名——米·米·契尔科夫。

淅淅沥沥地下着细雨。天气很冷。我站在报纸前，一字不漏地看着《邮政信箱》。

我终于看到了："米·米·契尔科夫：我们需要的是黑麦面包，而不是辣味干酪。"

我不相信我的眼睛。我惊诧莫名。也许他们误解了我的意思。

我开始回忆我写了些什么。

不，我好像写得挺正确，既优美又高雅，略带点儿书卷气，字句精工细雕，还用了拉丁文的引文……天哪！我这是写给谁看的？难道可以这么写吗？……旧俄罗斯已不复存在……屹立在我面前的是——新世界，新人，新语言……

我朝车站走去，乘车到斯特列利纳去值班。我乘了一个小时的火车。

真是鬼迷心窍，我怎么又搞起知识分子的劳动来了。

这是最末一次，下不为例。这都要怨我现在的这份工作，

老是坐在那儿，不走动，以致我有过多的时间用于思考。

我该调换个工作。

## 我们会逮住他的

深夜。天色漆黑。我来到利戈夫的一处荒场上。

我的大衣口袋里放着一把纳甘式左轮手枪。

跟我并行的是刑事侦缉处的工作人员 H。他压低声音对我说：

"您守住窗口，注意站的位置，免得我的子弹伤着您，要是我开枪的话……如果他跳窗，您就开枪……朝他腿上开……"

我屏息敛气地走到小窗跟前。窗内有灯光。我背贴着墙，斜着眼睛，打窗帘上往里看。

我看到一张饭桌，桌上点着盏煤油灯。

有个男人和一个女人坐在桌旁打扑克。

男人在发牌，牌又脏又烂。他出牌时，用手掌捂住牌。两个人部笑了。

H 和侦缉处的另外三个工作人员一齐扑到大门口。

他们失策了。应当另想别的开门办法。不管怎么使劲儿，门不是一下子就能打开的。

那强盗一口吹灭了灯。屋里一片漆黑。

大门发出嘎嘎的声响，终于给撞开了。响起了枪声……

我把左轮枪举到窗口。

毫无动静。

我们点亮了农舍里的灯。只见那个女人坐在凳子上，吓得面无人色，浑身像筛糠一般发抖。她的牌友不见了——他从另一扇窗子里逃走了，那扇窗原本是用木板钉死的。

我们检查了这扇窗。木板是虚钉上去的，不用花什么力气就可以扳开。

“没什么，”H 说，“我们会逮住他的。”

拂晓时，我们在四俄里外截住了他。他朝我们开枪。然后朝自己开了一枪。

## 一月十二日

冷彻骨髓。一张开嘴就有一股哈气。

我的书桌劈成碎片，堆在火炉边上。可要靠它把房间烧暖是困难的。

我的母亲卧床不起。她正在说胡话。医生说她得了“西班牙感冒”。这是一种极其可怕的感冒，家家都有人死于这种疾病。

我走到母亲跟前。她盖着两床被子和两件大衣。

我把一只手放到她前额上，感到手下滚烫，她在发高烧。

油灯要熄了，我把它拨亮，然后在母亲床上坐了下来，紧挨着她。

我坐了很久，一直端详着她痛苦的脸。

周遭万籁俱寂。姐妹们都睡着了。已经是半夜两点。

“用不着，用不着……没有必要去做……”母亲喃喃地说。

我倒了杯热水放到她嘴边。她喝了几口。有一瞬间她睁开了眼睛。我朝她伛下身去。不，她又说胡话了。

可她的脸变得安详多了。呼吸也均匀多了。也许病情有了转机？她将好起来……

被子从她肩头滑了下来，我替她把被子盖好。

我发现有一片阴影在我母亲脸上扩散开去，我什么也不敢想，连忙伸过手去摸母亲的前额。她死了。

不知为什么我没有眼泪。我一动不动地坐在床上。后来我站了起来，叫醒了姐妹们。我从母亲的房间里走了出去。

## 我什么都不要

一辆安在滑木上的木头雪橇。

雪橇上放着一具没上过漆的棺材。

我把挽索套在自己身上，把这辆雪橇往公墓拉去。

我的姐妹们和我的小弟弟跟在雪橇后面走着。

前面已是斯摩棱斯克公墓。入口处停着许多装有棺材的雪橇，样子同我那辆一模一样。而惯常用的那种灵车和蒙有网罩的马匹却没见到。大概马都叫人吃到肚子里去了，就跟它们的饲料——燕麦都叫人吃光了一样。

人们把母亲的灵柩抬进教堂。我留在外边。我坐在教堂的台阶上。同乞丐们坐在一起。我也是乞丐。我前途一无所有。我什么都不要。我什么企求也没有。

我只是舍不得我的母亲。

人们把母亲的灵柩又从教堂里抬出来。来。我又套上挽索把雪橇往远处的墓道拉去。那里有我父亲的坟墓，他是在十四年前死的。

人们在父亲的墓旁挖了个新的墓穴。

我掀开棺材盖，吻着母亲僵死的手。

## 新　路

一辆手拉车上装着一张小写字台、两把圈椅、一条地毯和一个书架。

我拉着这些家具去新的寓所。

我的生活发生了转折。

要我再在死去母亲的旧宅内住下去，我受不了。

一个爱我的女人对我说：

“您母亲故世了。您搬到我这儿来住吧。”

我跟这个女人去户籍登记处登记结婚。如今她是我的妻子了。

我把家具拉到她的寓所去。她的寓所在彼得格勒区。

那地方很远。我吃力地拉着家具。

前面是高高的图奇科夫桥。

我已没有力气把我那辆车子拉上桥。我的心剧烈地跳着。我忧郁地望着过往行人。也许会有个好心人帮我把这辆车子拉上桥去。

没有，行人冷漠地看我一眼，就打我身旁走了过去。

见他们的鬼去吧！我应该自食其力……但愿心脏不要出现早搏……为了搬运一张写字台和两把圈椅而倒毙桥头，那可太傻了。

我使尽吃奶的力气，把车子拉到了桥上。

这以后就轻松了。

# 1920—1926年

如果说我过去与幸福交好，

请相信我现在已同他绝交。

## 艺术之家

艺术之家位于莫伊卡大街和涅瓦大街的转角上。

我在艺术之家的走廊里踱来踱去，等待文艺晚会开始。

我来这儿同我是刑事侦缉处的侦察员这个身份毫无关系。我已发表了两篇批评文章和四篇短篇小说，全都得到非同一般的好评。

我在走廊里踱来踱去，观察着文学家们。

瞧，阿·米·列米佐夫[①]来了，矮小、畸形，活像一只猴子。他的秘书随侍左右。秘书的上衣下边戳出一根用绸子编成的尾巴。这是一种象征。列米佐夫是“猴族自由议院”的院长神父。瞧，叶·伊·札米亚京[②]在走廊里。他的脸微微发亮，嘴角挂着微笑，手里拿着一支修长的香烟，插在一根修长的、雅致的烟嘴里。

他用英语同一个什么人在交谈。

什克洛夫斯基[③]走来了。他戴了一顶东方的绣花小圆帽。脸聪颖而蛮横。他正

---

① 阿列克谢·米哈伊洛维奇·列米佐夫（1877—1957），俄国作家，曾在形式方面做过实验，使用古老的句法结构和词汇，将传统故事编辑成书。代表作为《柠檬园·教堂草地》（1907）。1921年侨居国外。

② 叶夫根尼·伊凡诺维奇·札米亚京（1844—1937），苏联著名作家，代表作有《小城轶事》及《我们》。1932年移居国外，始终保留苏联国籍。1934年召开的第一次全苏作家代表大会上吸收其为会员。

③ 维克托·鲍里索维奇·什克洛夫斯基（1893—?），苏联作家、批评家、文艺理论家、电影剧作家。早期属未来派，代表作有《列夫·托尔斯泰》。

跟一个什么人在激烈争论。他眼睛里没有任何人——除了他自己和论敌。

我向札米亚京打招呼。

他转过身来对我说：

“勃洛克在这儿，他来了。您想见见他吗……”

我同札米亚京一起走进一间半明半暗的房间。

窗前站着一个人。他的脸被阳光晒成了褐色，前额高朗，头发颜色不深，呈近乎卷曲的波浪形。

他木立在那儿，望着涅瓦大街的灯火出神。

我们进屋时，他没有掉过头来。

“亚历山大·亚历山德罗维奇[①]。”札米亚京叫了他一声。

勃洛克慢慢掉过身来，望着我们。

我从没见到过这样空虚、呆滞的眼睛。我也从来没想到过人的脸上会有这样忧郁、这样淡漠的表情。

勃洛克向我伸过手来。那手是疲软的、无生命力的。

他正在沉思，我却贸贸然地来惊吵他，这使我十分尴尬……我讷讷地向他道歉。

勃洛克用微微有点嘎哑的嗓音问我：

“晚会上您要朗诵吗？”

“不，”我说，“我是来听文学家们朗诵的。”

我再一次向他道歉，随即匆匆地走了。

札米亚京留在勃洛克那儿。

我又在走廊里走来走去。一种难以言述的激动窒息着我。现在我差不多已看清了我的命运。我看到了我生命的终场。看到忧郁必将置我于死地。

① 勃洛克的名字和父名。

我向一个什么人打听："勃洛克几岁了？"那人告诉我：

"将近四十了。"

他还不到四十岁！不过拜伦在讲下面这席话时才三十岁：

那是厌倦？如今厌倦像强盗一般，
处处追踪我，破碎的心灵中一片黑暗，
美色再也不能拨动我的心弦，
连你也不再使我迷恋……

拜伦原诗中，在"厌倦"这个词后面没有打问号。这问号是我在默诵这些诗句时打的。我想：难道这是厌倦吗？

文艺晚会开始了。

## "十二分"咖啡馆①

这事发生在花园街"十二分"咖啡馆。我和朋友们围坐在这家咖啡馆的一张餐桌旁。

四周是醉汉们的叫喊声、喧闹声和抽烟的人喷出来的浓烟。

有一把小提琴在演奏。

我喃喃地念着勃洛克的诗：

我重又同小酒馆里的小提琴交往……
我重又与酒为伴……
反正我已失去走到生命尽头的力量，
我脸上挂着没有醉意的苦笑，苦笑后边

① 十二分是旧俄时采用的十二分制的最高成绩分。

是坟墓的恐惧和死人的凄惶……

有个人步履不稳地朝我们这张桌子走来。他穿一件黑天鹅绒的短上衣，胸前挂着一个雪白的薄纱大蝴蝶结。

这人的脸上扑着粉。

他的嘴唇和眉毛都描画过。

他脸上挂着微笑，这是醉酒后的笑，是微带羞涩的笑。有个什么人喊道：

“谢廖沙[①]，跟我们一块儿坐。”

现在我认出来了，这人是叶赛宁。

他笨拙地坐到我们餐桌旁，气呼呼地望着一个喝醉酒的人，叽叽咕咕地说：“给你个耳刮子……滚……”

我轻轻地抚摸着叶赛宁的手。他平静了下来，重又羞涩地、凄然地笑了。

透过他抹在嘴上的口红，我看出他的双唇是苍白的。

又有什么人走到我们餐桌前。

有人喊：把桌子并起来。

好几个人动手并桌子。

我离开了咖啡馆。

## 在高尔基家

我们走进厨房。炉灶上有好几只大铜锅。

我们穿过厨房，向餐厅走去。

高尔基出来迎接我们。

他的悄无声息的步态中，他的举止中，有一种优雅的气度。

① 叶赛宁的名字谢尔盖的昵称。

按理主人该笑脸迎客，可他没笑。然而他的脸色表明他是欢迎我们来的。

走进餐厅后，他在餐桌旁坐了下来。我们分坐在椅子上和绣花的矮沙发床上。我看到在座的有：费定、穿着士兵大衣的弗谢沃洛德·伊凡诺夫、斯洛尼姆斯基[①]、格鲁兹杰夫[②]……

高尔基谈论着文学、人民和作家的任务。他讲话时经常咳嗽。

他谈得很有趣，可以说是娓娓动听。然而我几乎没听他谈。我一直在观察他怎样有点儿神经质地用手指敲着桌子，怎样在他的唇髭下边隐约可见地微笑。我端详着他那张令人惊慌的脸。这是一张聪敏的，有点儿粗鲁的，然而极其普通的脸。

我端详着这个伟人，他享有传奇式的荣誉。大概这并不是一件好事，反而使享有者提心吊胆，为之疲惫不堪。我可不想取得这样的荣誉。

高尔基似乎看出了我在想些什么，便讲道，远非人人都认识他，前两天他乘汽车去一个地方，叫卫兵拦住了。他说他是高尔基，可有个卫兵却说："你是苦的[③]也罢，甜的也罢，对我们来说都一样。把通行证拿出来。"

高尔基说罢，淡淡地笑了笑，然后又继续谈论文学，谈论人民和文化。

我身后有个人在记下高尔基讲的话。

我们站了起来，向他辞别。

高尔基用一只手轻轻拍了拍我的肩膀，问道：

"您为什么这样愁眉苦脸，这样阴郁？为什么？"

我喃喃地回答说我的心脏有病。

"这可不好，"高尔基说，"得好好治。过两天您上我家来，我们谈谈您的事。"

---

① 米哈伊尔·列昂尼杜维奇·斯洛尼姆斯基（1897—1972），苏联作家，代表作为《世纪的同龄人》。

② 伊利亚·亚历山德罗维奇·格鲁兹杰夫（1892—1960），苏联文学批评家、传记作家。代表作有《高尔基和他的时代》。

③ "高尔基"这个姓含有"苦的"意思。

我们重又穿过厨房，走下楼梯。

一出门就是克隆维尔斯基大街，后来这条街改称高尔基大街。

## 不期而遇

我顺着一道道没有尽头的楼梯上上下下地走着。我手里拿着公文夹，里边是纸张和表格。我把居民的情况登记在表格内。这是——全苏人口调查。

我主动要求做这项工作，以便看看人们是怎么生活的。

我只相信自己的眼睛。就像哈伦·赖世德①一样，我随意进出民家，走进人家的走廊、厨房，甚至登堂入室，进入人家的内屋。我看到的是昏暗的油灯、破烂的壁纸，挂在绳子上的衣服，到处是垃圾、破烂的惊人的拥挤。是呀，这也难怪，艰苦的年代、饥馑、破坏，刚刚过去。但不管怎么说，我没料到我会看到我所看到的一切。

我走进一间光线昏暗的房间，一张单人床的稀脏的床垫上躺着一个人。他对我冷冰冰的，甚至都不翻过身来看我，两眼望着天花板。

“您在哪儿干活？”我问。

“骡和马才干活，”他说，“本人不干活，也不准备干活。您就这么填进您的混账表格上去好了……您也可以填写：我出入俱乐部，以赌牌为生……”

他火气很大。也许他病了。我决定不再麻烦他，改向邻居去问清他的情况。我往外走时，回过头去看了看他，这张脸我在哪儿见过。

“阿廖沙！”我喊道。

他打床上坐了起来，脸没刮过，胡子拉碴的，脸色阴沉。

我发现坐在我面前的是我中学的同学阿廖沙。他比我高一班，本来是个有洁

① 哈伦·赖世德（公元766—809），埃及阿拔斯王朝（公元750—1258）的第五代哈里发（公元786—809在位）。《一千零一夜》记有他的故事。他常常在夜间微服巡游巴格达。

癖的人，是个书呆子，好学生，妈妈的宝贝疙瘩……

“阿廖沙，出了什么事儿？”我喃喃地问。

“总的来说，什么事儿也没出。”他说。可我看到他脸上有愤愤之色。

“也许我可以帮你点儿忙吧？”

“什么忙都不用你帮，”他说，“不过你手头有钱的话，给我五个卢布，我上俱乐部去。”

我把钱给他，远比他要的多，可他只拿了五个卢布。

五分钟后，我坐到了他床上，跟他促膝谈心，就跟当初那样，跟十年前那样。

“总的来说，这是个庸俗不堪的故事。”他说。“老婆跟个骗子走掉了。我开始纵酒。把所有值钱的东西都喝光了。工作也丢掉了。我便到俱乐部去赌博……你明白吗，我现在不愿再回过头去过从前的生活。不是没有可能过，而是我不愿意。一切都是荒唐的，乌七八糟的，是闹剧，是胡言乱语，是一股烟……”

我终于使他答应今后来看我。

## 深　夜

我的枕头上搁着好几封给《红色报》编辑部的信，都是埋怨澡堂管理混乱的。编辑部把这些信交给我，让我写篇小品文。

我翻阅着这些信，信写得无可奈何，突梯滑稽。同时又十分严肃。那还用说！事关民生大计——澡堂嘛。

我构思了一个提纲，就动笔写起来。

才开了个头，我就忍俊不禁。我失声笑了，越笑越响，临了竟捧腹大笑，铅笔和笔记簿都从我手中落到了地上。

我拾起纸笔来又开始写。于是又笑得浑身发抖。

我想，待会儿誊清这个短篇小说时，我就不会这么笑了。每回写初稿时，我总是笑得什么似的。

我笑得肚子都疼了。

我的邻居敲了几下墙壁。他是个会计。他明天一大早就要起床。我妨碍了他的睡眠。他今天是用拳头擂墙壁的。想必我把他吵醒了。真是遗憾。

我高声赔不是道：

“彼得·阿历克谢耶维奇，请您原谅……”

我又在笔记本上写了起来。我又笑了，不过这回是把头捂在枕头里笑的。

二十分钟后，一个短篇写好了。这么快就写好，使我深感遗憾。

我走到写字台前，用漂亮、工整的书法誊清这篇小说。我一边誊清，一边压低声音窃笑。明天我去编辑部朗诵这篇小说时，我一定不笑。我要板着脸，甚至用忧伤的语调来朗诵。

已是深夜两点。我躺在床上，可好久都睡不着。我在构思新的短篇小说。

天已经要亮了。我服用了溴剂，以便能睡着一会儿。

## 又是一派胡言

这事发生在大型杂志《同时代人》编辑部。

我把五篇写得最好的微型小说投给了这家杂志。我去听取他们的回答。

接待我的是编辑之一——诗人米·库兹明[①]。他对我彬彬有礼。甚至彬彬有礼得过分。然而从他脸上的表情看得出，他要通知我一件不愉快的事。

我迟疑不决，难以启口。我决定搭救他。

“我的小说大概不怎么符合你们杂志的选题范围吧？”我问。

他说：

---

① 米哈伊尔·阿列克谢耶维奇·库兹明（1875—1936），苏联作家，作曲家。早期倾向象征派，后转向阿克梅派，代表作有《淡水鲑破冰而出》。

“请您谅解，我们是大型杂志……而您的短篇小说……不，小说挺有趣，挺发噱……然而写得……要知道，这……”

“您想说，这几篇小说全是一派胡言？”我问道。中学时我那篇作文的批语：“一派胡言”像一捧火似的在我脑子里烧了起来。

库兹明两手一摊，说道：

“上帝保佑。我根本不是这个意思。恰恰相反。您的小说写得很有才气……然而您自己也会同意，这些小说有点儿像漫画。”

“这不是漫画。”我说。

“至少语言……”

“语言也不是漫画化的。而是世俗语言……民间的……也许我稍微夸张了些，以增强讽刺性，针砭时弊……”

“我们别争论了，”他委婉地说，“您给我们一篇常规的中篇小说或者短篇小说……请你相信，我们对您的创作评价非常之高。”

我离开了编辑部。我已不再像当初念中学时那么冲动了。我甚至都不觉得恼火。

“随他们的便吧，”我想道，“没这些个大型杂志，我也能凑合过去的。他们需要的是某种‘常规的’东西。他们需要的是近似古典的作品。这才是他们喜欢的。要做到这点不费吹灰之力。可我不打算为子虚乌有的读者写作。人民对文学抱另一种看法。”我不觉得难过。我知道我是正确的。

## 在啤酒馆里

白天。阳光灿烂。我走在涅瓦大街上，只见叶赛宁迎面走来。

他穿着一件雅致的天蓝色束腰大衣，没戴帽子。

他脸色苍白，双目无神，慢腾腾地走着，嘴里喃喃自语。我走到他跟前。

他蹙紧着眉头，话也很少。他整个样子给人以沮丧之感。

我想走开，可他把我留住了。

“您不舒服吗？生病了？”我问他。

“怎么啦？”他惊慌地反问我，“我气色不好吗？”

他突然笑了，说道：

“我老了，亲爱的朋友……眼看就要三十了……”

我们走到了欧罗巴宾馆。

叶赛宁在宾馆门口站了一会儿，说道：

“走，上对面的啤酒馆去坐坐。”

我们走进了啤酒馆。

诗人B·沃英诺夫和他的朋友们围坐在一张餐桌旁。他喜出望外地跑过来邀我们与他同席。我们在他餐桌旁坐了下来。有个人给我们俩各斟了一杯啤酒。

叶赛宁关照了侍应生一句什么话。那人给他端来了一大杯花椒露酒。

叶赛宁眯起眼睛喝着。我发现随着他把酒一口口咽下去，生命又回到了他身上。他的面颊发亮了。手势显得有信心了。眼睛生辉了。

他又想叫侍应生来。为了把他的心思从酒上引开去，我请他朗诵诗歌……

不知为什么他早已有此准备，喜形于色地一口答应了。

他站了起来，朗诵长诗《黑影人》。

人们围到我们餐桌旁。有个人说：“这是叶赛宁。”

几乎整个啤酒馆的人都拥了过来，把我们团团围住。

眼睛一眨，叶赛宁已站到椅子上，朗诵起他的短诗来，还起劲地做着手势。

他朗诵得精彩极了，他朗诵时的那种感情，那种痛心疾首，震撼了所有的人。

诗人在舞台上朗诵，我已见到过许多次。见到过他们所取得的巨大成功，见到过鼓掌欢呼，见到过全场听众怎样如痴似狂，可我从未见到过人们对叶赛宁的那种感情，那种温存。

几十双手把他从椅子上托到餐桌上。所有的人都想亲他，都想摸摸他，拥抱他，吻他。

人们像铁桶似的围住餐桌，此刻他已坐在餐桌旁了。

我离开了啤酒馆。

## 都怨我自己

傍晚，我同K走在涅瓦大街上。

我同K是在基斯洛沃茨克认识的。

她漂亮、俏皮、活泼。她身上洋溢着生命的欢乐，这恰恰是我身上所没有的。也许她使我神魂颠倒的正是这一点。

我们俩情意绵绵地手携着手，来到了涅瓦河畔，漫步在暗沉沉的滨河街上。

K没完没了地讲着什么。可我并没有专心去听她讲的内容。我在谛听她吐出来的每个字，悦耳得犹如仙乐。

可我突然听到仙乐声中有股不满的情绪。我连忙凝神细听。

“我跟您这样逛马路已经是第二个星期了，”她说，“我们的足迹已遍及所有这些愚蠢的滨河街和街心花园。我真想跟您在什么地方的客厅里坐坐，聊聊天，喝喝茶。”

“走，上咖啡馆去。”我说。

“不，去那儿人家会看见我们的。”

哎呀，真是的。我忘得一干二净了。她的生活极其复杂。她有个喜欢吃醋的丈夫，还有个更加喜欢吃醋的情夫。她有不少仇人，他们会去通风报信，说看到我们俩在一起。

我们俩在滨河街上站停下来，紧紧地搂在一起接吻。她喃喃地说：

“唉，瞧这傻样，在大街上这样亲热。”

我们又向前走去，不时停下来接吻。她用一只手捂住眼睛。无休无止的接吻使得她头都晕了。

我们走到了一幢大楼的门口。K 喃喃地说：

“我得进去一下，找女裁缝。您在这儿等我。我去试一下连衫裙，马上就出来。”

我在大楼附近走来走去。走了十分钟，十五分钟，临了她终于出来了，喜气洋洋，咯咯地笑着。

“一切顺利，”她说，“是件非常可爱的连衫裙，朴素大方，我很满意。”

她挽住我的手臂，我把她送到她家门口。五天后我同她见面时，她说：

“要是您愿意的话，我们今天可以在一幢大楼里幽会，我的一个女友住在那里。”

我们走到了一幢大楼前。我认出了这幢大楼。就是在这里的大门口，我等了她二十分钟。大楼里住着她的女裁缝。

我们登上四楼。她拿出钥匙打开了一套公寓的门。我们走进卧室，里边的陈设非常典雅。这卧室不像是当女裁缝的住的。

出于职业习惯，我翻阅着放在床头柜上的一本书。我看到扉页上印着我熟悉的一个姓。这是 K 的情夫的姓。

她哧哧地笑着。

“是的，我们在他的卧室里，”她说，“可您不用担心。他到喀琅施塔得去了，两天后才回来。”

“K！”我说，“我担心的另外一件事。这么说，你那个时候在他这里？”

“什么时候？”她问。

“我在大门外等您二十分钟的那段时候。”

她咯咯地笑着，用亲吻封住了我的嘴，说道：“这都要怨您自己。”

# 一月二十三日

我房间的窗户正对莫伊卡大街和涅瓦大街的转角。

我走到窗口。眼前是一幅罕见的景象——河水暴涨，水色发乌。河水再涨半米就要溢到岸上了。

我跑到街上。

狂风怒号。这么大的风见所未见。风是从海上刮来的。

我走在涅瓦大街上，又激动又紧张。我走到丰塔卡河。丰塔卡河已涨得跟马路一般齐了。有些地方河水溅到了人行道上。

我跳下电车去彼得格勒区。那里住着我一家子——我的妻子和我出世不久的儿子。他们住在我岳父母家。我自己则住在艺术之家，免得婴儿的啼哭妨害我写作。

我现在正是急着去他们那儿。他们住在炮匠街的底层。也许他们得转移到二楼去。

电车驶入亚历山德罗夫大街。我们在大水中行驶着，后来停了下来。无法再往前走了。铺路的木块都浮了起来。电车行驶受到妨碍。

乘客纷纷跳进水里。这里水还不深，仅齐膝盖。

我涉水前行，到了大马路。那儿还没水。

我差不多是跑到炮匠街的。洪水还没涌到这里。

我的家人又紧张又激动。他们见我来了，跟他们守在一起，都非常高兴。

我换了身衣服，又上街去。我想去观察一下洪水会不会泛滥到这儿。

我走到大马路。在面包店买了面包。我走到弗维坚斯基街口。那儿是干的。

蓦地，那里出现了罕见的景象——水从所有的污水洞里冒出来，转眼之间就淹没了马路。我重又涉水回家。

洪水已经淹没了好几级台阶。

我们掮着包裹转移到二楼。

我用粉笔在梯级上做着记号，想看看洪水上涨的速度。

下午五时，水已经在房门口泼溅了。

暮色渐浓。我坐在窗口倾听着风的呼啸。

现在几乎整个城市都浸在洪水之中。河水几乎涨了两俄丈。

黑沉沉的夜空映出几处火灾的反光。

天拂晓了。我从窗口看到水正在慢慢地退下去。

我走到街上。一幅可怕的景象。马路当间停着一艘装满木柴的驳船，横着一根根原木和舢板。一艘有桅樯的小船侧倒在路上。

到处是毁灭、混乱、破坏。

## 列车晚点

阿丽娅气喘吁吁地来我这儿赴约。她说：

“他死活都不肯放我出来……我说：‘哎呀，尼古拉，你得明白，我说什么也得去送我最要好的女友，她到莫斯科去，还不定哪天才能回来……’”

我问阿丽娅：

“你女友乘的那班车什么时候开？”

她笑了，还拍了下手掌。

“瞧，”她说，“连你也信以为真了……没人上莫斯科去。这是我编造的，好找个借口来你这儿。”

“去莫斯科的火车十点半开，”我说，“因此你应当在十一点钟左右回到家里。”

她看了一下钟，已经十二点。她惊叫了起来，连鞋都不穿，光着脚跑到电话机前。

她拿起话筒，在一把安乐椅上坐了下来。由于冷，由于激动，她打着哆嗦。

我扔给她一条毛毯。她用毛毯裹住两条腿。

她美丽得出奇，几乎跟雷诺阿画中的人物差不多。

“你干吗打电话？”我问她，“还不如赶快穿好衣服回去。”

她懊丧地朝我这边摇摇手。

“尼古拉沙[①]，”她对着话筒说，“你瞧，列车误点了，刚刚开走。再过十分钟我就可以到家了。”

我不知道她丈夫对她说些什么，只听见她回答说：

“我跟你讲的可是俄国话，你怎么听不懂——列车晚点了。我这就回家。”

想必她丈夫说已经十二点了。

“真的吗？”她说道，“你的表是怎么搞的，这儿火车站上的钟明明才……”

她把头往后一仰，望着我的天花板。

“这儿火车站上的钟，”她重复说，“明明才十一点整。”

她眯缝起眼睛，就像真的是在火车站上望着远处的挂钟。

“是的，”她说，“十一点整，更正确地说，十一点零二分。你的表是跑马表……”

她挂上话筒，咯咯地笑了。

换了今天的话，这个塞满锯末的小巧的洋娃娃，我会把她当作求之不得的上宾那么奉承。可当时我却对她大发脾气。我说：

“干吗这样不要脸地撒谎，他只消对对表，就会发现你是在撒谎。”

“可他会相信我的确是在火车站上。”她一边抹着口红，一边说。

抹好口红后，她加补说：

“你凭什么教训我，我不想听你的教训。我自己知道我该怎么做。他拿着手枪到处跑，威胁说要打死我所有的朋友，包括我在内……不过，他没料到你是个作家……可我深信他照样会一枪把你打死的。”

---

① 尼古拉的昵称。

我嘟嘟囔囔地回答了一句什么。

她穿好衣服后，说：

“怎么，生气了？也许我今后不必再来了吧？”

“随你便。”我回答。

“是的，我再也不来找你了，”她说，“我看得出，你根本就不爱我。”

她傲慢地朝我点了点头，转身就走。她才十九岁，能这么做，还真不简单。

天哪，换了今天，我一定会大哭一场！可当时我很满意于同她分手，可是没料到，一个月后她又来了。

## 在餐桌旁

莫斯科。我坐在一家戏剧俱乐部的餐桌旁。我的餐桌上还放着另一套餐具。马雅可夫斯基要来用晚餐。他定好饭菜后去玩桌球。看来他就该回来了。

我同马雅可夫斯基几乎没有交往。我们只是在晚会上、剧院里，在大庭广众之中见过几面。

这不，马雅可夫斯基正朝餐桌走来。他喘着粗气，一脸不高兴的样子。他显得很抑郁，用一块手帕揩着额头。

他赢了一局，可这并没有使他开心。人在餐桌旁坐下来时，不知怎的，显得笨拙，沉重。

我们俩都默默地一言不发。我给他斟了杯啤酒。他喝了一口，就把杯子搁到一边。

我也很抑郁。我不愿意没话找话同他攀谈。可马雅可夫斯基对我来说是师长。我在文坛上几乎是个新手，总共才工作了五年。不知怎的，我对自己一声不响感到歉疚，便叽叽咕咕地谈起桌球，谈起文学来。

奇怪，跟他在一起我怎么会感到浑身不自在。

我讲得结结巴巴，没精打采。话讲了一半就打住了。不料马雅可夫斯基突然笑了。

“喂，您的谈吐我很喜欢，”他说道，“我原以为您将说些俏皮话，开玩笑，插科打诨，可您……这太棒了！棒极了……”

“为什么我必定要说俏皮话呢？”

“那还不简单，您是幽默作家嘛！……按理说……可您……”

他用略显沉重的目光望着我。他的眼睛极其忧伤。在这双眼睛里燃烧着一种阴郁的火焰。

“您为什么……这样闷闷不乐？”他问。

“我不知道。我自己正在找原因。”

“是吗？”他警觉地问，“您认为有原因吗？是病了？”

我们开始谈疾病。马雅可夫斯基历数了他的病痛，他两肺都有问题，胃和肝也不好。他不能喝酒，甚至还想戒烟。

我发现马雅可夫斯基还患有一种病——他甚至比我更多疑。他用餐巾纸把叉擦了两遍。然后又用面包擦了一遍。最后再用手帕擦一遍。茶杯的边沿他也用手帕擦之再三。

有个我们认识的演员走到我们餐桌跟前。我们的谈话被那人打断了。马雅可夫斯基对我说：

“我去列宁格勒后给您打电话。”

我把电话号码告诉了他。

## 演　出

我答应去几个城市巡回演出。我答应下这件事的那天是我一生中倒霉的日子。

首场演出是在哈尔科夫举行的。然后又去罗斯托夫演出。

这几次演出使我窘得无地自容。迎接我上台时掌声雷动，送我下台时只有稀稀拉拉几个人拍拍手。可见我有什么地方未能投听众所好，我有什么地方让他们上了当。什么地方呢？

诚然，我的朗诵不像演员那样绘声绘色，显得很单调，有时还没精打采的，可难道来出席我的朗诵晚会的人，不过是想听听“幽默作家”的说笑吗？的确如此！也许，他们想，既然演员能朗诵得这么发噱，那么作者本人还不知怎么滑稽呢。

每场晚会对我来说都成了刑罚。

我步履艰难地走上舞台，意识到我又要让听众上当了，于是我的情绪更坏了。我打开书，喃喃地念起一篇短篇小说来。

有个人打楼座上大声喊道：

“念《澡堂》……《贵妇人》[①]……干吗念这种阴阳怪气的玩意儿！”

“我的天！”我想，“我干吗要答应举办这种晚会。”

我忧郁地望着钟。

纸条像雪片似的飞上台来。这倒给了我一个喘息的机会。我合上了书。

我打开第一张纸条，大声宣读：

“如果这些小说是您写的，那您为什么还要唠唠叨叨念它们？”

我恼火了，大喊着回答说：

“如果您看过这些小说，那您为什么还要跑来听我念！”

听众中响起了笑声，掌声。

我打开了第二张纸条。

“与其念些我们都已看过的东西，还不如讲讲您到我们这儿来时一路上的见闻，要讲得滑稽些。”

我用气愤的声音大叫着说：

① 这两部小说都是左琴科的幽默作品，当时在苏联极受欢迎，几乎所有的剧团在演出前都由演员来朗诵这两篇小说。

“我坐上火车，我的亲人们哭哭啼啼地求我别去。他们说：你会叫一连串愚蠢的问题折磨死的。”

爆发了掌声和哈哈大笑声。

唉，要是我现在拿大顶，在舞台上走一圈，或者缚在一个轮子上转一圈，晚会准能大获成功。

我的晚会组织人从侧幕后边悄声对我说：

“您谈谈您的私生活。听众喜欢听这个。”

我顺从地开始谈我的履历。

纸条又像雪片似的飞上舞台：

“您讨老婆了吗……有几个孩子了？……您认识叶赛宁吗？”

已经十点三刻。可以结束了。

我忧伤地叹了口气，在寥落的掌声中走下了舞台。

我感到安慰的是这些人不是我的读者。我还感到安慰的是这些听众会同样起劲地去出席任何一个滑稽演员和杂技演员的演出晚会。

我终止了合同，回列宁格勒。

## 野　兽

我在列宁格勒动物园的小径上信步漫游。

在一只笼子里，关着一只魁乎其伟、气度非凡的老虎。跟它关在一起的是一只身材很小的白毛母狗——狐狗[①]。这只小母狗用奶水喂大了这只老虎。所以它现在以乳母的权利同这只巨虎同居一笼。

老虎友好地望着它。

---

① 一种能钻洞穴捕狐、獾等的小狗，又称狐㹴。

这真是奇观。

突然我听到身后有人惊呼。

所有的游客都奔向关着两只棕熊的兽笼。

我们看到了一幅可怖的景象。紧挨着棕熊有一只笼子，关着几只幼熊。两笼之间，除隔有铁条外，还钉有木板。

一只小熊顺着木板往上爬，可它的一只脚掌嵌进了缝隙。一只棕熊立刻恶狠狠地冲了过来，抓住这只小熊掌要把它撕下来。

小熊呜呜地惨叫着，想挣脱出来，不料另一只脚掌也嵌进了缝隙。这下另一只棕熊扑过去抓住了这只小熊掌。

两只棕熊那么残暴地撕裂着小熊，以致游客中有个人晕了过去。

我们用砂子和小石子砸那两只棕熊，竭力想把它们撵开。可它们益发暴怒了。已经有一只长有黑色爪子的小熊掌落到了笼底。

我抓过一根长竹竿，用它来打棕熊。

棕熊骇人地吼叫着，咆哮着。警卫和管理人员都奔了过来。

他们把幼熊从木板上抱了下来。

两头棕熊暴怒地在笼子里走动。它们的眼睛里充满了血。它们的脸也充满了血。公熊怒声发着威，与母熊交媾。

人们把不幸的幼熊抬到了办公室，它的两只前掌没有了。

幼熊不再惨叫，大概人们开枪把它打死了。这回使我懂得了什么叫野兽，懂得了人和野兽之间有什么区别。

# 敌　人

星期天。我在街上走着。有人叫了我一声："米沙[①]！"

我抬头一看，是个女人。她衣着朴素，挎着个菜篮。

"米沙！"那女人又叫了我一声，泪水扑簌簌地从眼睛里涌了出来。

她是娜佳·B的姐姐卡佳。

"我的天，"她喃喃地说，"这是您……这是您……"

我的心怦怦剧跳。

"您难道没走？"我问，"娜佳在哪儿？你们家的人都在哪儿？"

娜佳和玛鲁霞在巴黎……上我家去，我详详细细讲给您听……只是别见笑，我的家非常寒酸……我丈夫是个非常好的人……他尊重我，怜惜我……他是个普通工人……"

"我们走进了一间斗室。

有个人从桌子后边站了起来。这人约莫四十岁。他向我问过好后，立刻穿上大衣走了。

"瞧见了吧，他多么好，多么体贴，"卡佳说，"他立刻看出我们有话要讲。"

我们在沙发上坐了下来，不由得百感交集。卡佳悲从中来，放声痛哭，以致有人推开门，问出了什么事。

"没事儿。"卡佳厉声回道。

她又痛哭起来，哭得浑身发抖。她大概是在悲悼过去。大概她从我身上看到了过去，看到了她的青春，她的童年。我劝慰她，她渐渐平静下来。

她走到洗脸池跟前，揩干满是泪痕的脸，大声地擤着鼻涕。

然后她开始讲她们家的遭遇。1917 年，她们举家前往南方，指望抵达高加索

---

① 作者名字米哈伊尔的昵称。

后，由那儿出国。可是她们的父亲在罗斯托夫得了斑疹伤寒。又不能等他病愈后再走。所剩下的可以出境的日子已屈指可数。三姐妹便抓阄，看谁留下来陪父亲。卡佳留了下来。她当过一阵清洁工，后来又给人家帮佣。最后还算交运，回到了列宁格勒，可在列宁格勒，她的日子也不见得好过些——她既无住房也无朋友。

“您为什么不来找我，”我问道，“您应当听说过我的名字嘛……”

“是的，听说过。可我怎么也没想到这会是您。”

卡佳继而讲她姐妹的情况。大姐常有信来，可娜佳一封也没有。她憎恨留在俄罗斯的一切。

“要是我给她写信呢？”我问。

卡佳说：

“您是认识柯里亚的。您想必记得他多么爱她。他给她写了封信去。她回给他一封明信片，只有七个字：‘现在我们是敌人。’”

我同卡佳分手了。我答应常去看望她。

## 这太岂有此理了

阿丽娅来了。她脸色惨白，目光忧郁。她默默地解开围在颈子上的花哨的围巾，微微昂起了头。

我发现她颈子上有五个发青的指印。显然有人要掐死她。我惊呼道：

“阿丽娅，出了什么事？”

她含糊其词地说：

“尼古拉全知道了。他要掐死我，幸亏我高喊救命，人们跑来把我救了出来。”

她“哇”的一声，哭开了，随后哽咽着说：

“唉，我为什么要同你相好。这下断送了我平静的生活。我再也不回到他那里去了。我上妈妈那儿去，我抽空会来看你的。”

我在她颈子上敷上保温压布，雇了辆汽车，把她送到她妈妈那儿。

我激动莫名。我已不记得我当时打的是什么主意，反正当天晚上我就去找她的丈夫。令我惊讶的是他竟平心静气地接待我。

我跟他说：

“我没料到您会这样卑劣。您尽可以同她分手，叫她走……可您却要把这么年纪轻轻的姑娘活活掐死……这太岂有此理了……”

我想他会冲我破口大骂，甚至把我撵走。可他却一动不动地坐在安乐椅里，低低地沉下了头。

他轻声说道：

“她逼得我发疯……我一直疑心她对我不忠……昨天我在她皮夹里发现了这封信。您拜读一下吧……”

他把一封信撂到桌上。信是写给演员 H 的，我曾多次看到阿丽娅跟那人逛马路。

信消除了一切疑团，这是封赤裸裸的情书。

我大为愕然，甚至感到震惊。震惊得起初都没意识到那个做丈夫的丝毫没掌握我的情况，他只知道那个演员。

我不知所措地瞥了她丈夫一眼。那人也同样不知所措地瞥了我一眼。

“可这事跟您有什么关系？”他问，“怎么，您今天见到过她？她上您那儿去了？……难道她以前经常去您那儿吗？”

我突然从他的眼睛里看出他已识破了一切。

我举起一只手来捂住了我的眼睛。

“我的天哪！”他叫了起来，“这么说，她……这么说，您……”他突然被一种幸灾乐祸的心情攫住了，讥讽地笑了笑，几乎是平心静气地说：“如此说来，她把您也骗了……这可太棒了……”

我们冷冷地分手，连招呼都没打一个。

我像个梦游病人似的走回家去。我脑子里一团乱麻。我怎么也闹不清她为什么带了这些淤青来找我。后来我恍然大悟，她来找我之前，先带了这些淤青去找过那个演员。

## 太好了

我试着拿起笔来写作，一个字都写不出。我躺到沙发床上，才一分钟就跳下床来。我所处的那种精神状态不让我静下心来，哪怕只静几分钟。

我重又坐到写字台旁边。我强使自己老老实实地坐着，强使自己工作，哪怕因此会送掉我的性命。

我拿起铅笔，动手写作。可我的思想呆滞，产生不了幻想。句子是苍白的。我的心灵中出了什么事，我感到若有所失。内心有种什么火焰熄灭了。音乐戛然而止，而我的生命、我的工作正是在这种音乐的伴奏下才能婆娑起舞……

我坐在写字台旁，把头伏在手上。

我脑海里掠过拜伦的诗句。

> 我的才华一如秋日的残叶已经枯黄，
>
> 我的幻想已失去早先的翅膀。
>
> 令人悲愤的现实用它的力量
>
> 把我的浪漫主义变成嬉笑怒骂式的癫狂。

我暴怒地折断铅笔，撕掉稿纸。我走到街上。秋高气爽。满目枯叶。天空蔚蓝。也许散散步会使我的心态恢复平衡。

我走过一幢小木屋。屋前的台阶上坐着一个非常老的老头儿。他在晒太阳。他宁静地坐着，闭着双眼。我看到在他满是皱纹的脸上挂着一抹安详、怡然自得的微笑。

他至少有八十岁了！也许他只剩下一年的阳寿了，可他却那么宁静，那么怡然自得地坐着。

为什么我，跟这个老头儿相比不过是个半大孩子，却不得不奔走、操劳、烦神、焦灼。我也希望怀着跟他同样怡然自得的心情，同样悠闲地坐在台阶上。为什么这么一点小小的幸福都不让我享受呢？

老头儿睁开眼睛，望着我。

“太好了！”他说。

我沮丧地向前走去。

## 精神错乱

有个人步入我的房间，在一把圈椅上坐了下来。

有好一会儿，他默默地坐着，倾听着。后来他站起来，严严实实地关上了房门。

他走到墙前，把耳朵贴着墙，仔细地听着。

我看出来了，这人是个疯子。

他贴着墙听了一会儿，重又坐在圈椅里，双手捂住了脸。

我发现他处于绝望之中。

“您怎么了？”我问。

“有人在追捕我，”他说，“我刚才坐电车来时，清清楚楚地听到有人说：‘就是他……揪住他……逮住他………’”

他重又用双手捂住了脸，然后轻声说道：

“只有您才能搭救我……”

“怎么救法？”

“我跟您交换姓名。您改叫——戈尔科夫，而我叫——诗人左琴科。”（他正是这么说的——“诗人”。)

“行，我同意。”我说。

他扑到我跟前，同我握手。

“谁在追捕您？”我问。

“这我可不能告诉您。”

“可从此刻起我用您的姓了，我应该知道。”

他扭着手说：

“问题在于我自己也不知道。我只是听见他们的声音。再就是夜里看见他们的手。他们的手从四面八方向我伸来。我知道他们要抓住我，把我活活掐死。”

他这种坐卧不宁的精神状态也感染了我。我也觉得很不自在。我头晕了。眼前浮现出一个个圆圈。要是他不马上离开，我会晕死过去的。他对我产生了致命的影响。

我强打起精神来，喃喃地说：“请您走吧。现在您用我的姓了。您可以太平无事了。”

他走了，脸上的痴相已一扫而光。

我躺到床上，只觉得可怖的忧郁牢牢地揪住了我。

## 在旅馆里

图阿普谢市。我住在旅社的一间小客厅里。不知为什么，我躺在地板上，两臂张开，手指浸在水里。

这是雨水。刚下过一场雷暴雨。我不想站起来关窗，于是房间里进了水。

我重又闭上眼睛，直到黄昏一直这么躺着，处于某种休眠状态。

看来，应当躺到床上去。那里要舒服些，有枕头。可我不想从地板上爬起来。

我没抬起身子，把手伸进箱子，拿出了一只苹果。我今天又是什么都没吃。

我咬了口苹果，觉得味同嚼蜡。我把苹果吐掉了，难以下咽。我就这么一直躺到早晨。

早晨有人敲房门。我把房门锁上了。我没去开门。敲门的是清洁女工。她想进来打扫房间。都三天没打扫了，哪怕只让她进来打扫一次也好呀。可我说：

“用不着。请您走开。”

白天我费了九牛二虎之力才站起身来，坐到椅子上。

我感到焦急，感到不安。我明白不能再这样下去。要是我不马上离开这儿，我会死在这间简陋的客房里的。

我打开箱子，飞快地整理好东西，然后我按铃喊侍应生。

“我病了，”我跟她说，“得把我送到火车站去，替我买张车票……越快越好……”

女侍应生喊来了经理和医生。医生摩挲着我的手说：

“神经……只不过是神经……我给您处方，配点儿溴剂……”

“我必须立刻离开这儿。”我嘟囔着说。

“请您今天就走。”旅馆经理说。

## 结　语

我的回忆到此结束。

我追溯到 1926 年，追溯到我停止进食，差点儿一命呜呼的那些日子。

我面前摆着六十三则故事。六十三件曾使我的心灵为之激荡的往事。

每则故事我都反复地看了又看，指望在其中的某则故事里找到我的忧郁、我的痛苦、我的疾病的起因。

可是我在这些故事里连蛛丝马迹都没找到。

当然其中有些事是很伤心的。然而伤心的程度并未超过常人所能忍受的。每个人都有丧母之痛。每个人都有背井离乡的日子，都可能跟情人分手，都可能杀奔沙场……

是的，在其中的任何一则故事里，我都没找到我要找的东西。

于是我把所有这些故事串连在一起。我想看到一幅总图，一张总谱，也许正是这总图，这总谱使我昏昏沉沉，就像一条鱼被人从水里捞出来，扔进了船舱那样。

当然，我生活中发生过一些事件，极大地震撼了我。如命运的转变，旧世界的灭亡，新世界、新人、新国家的诞生。

可我并不把这看作是灭顶之灾！反之，我竭力想从中看到大放光明的太阳。再说，早在发生这些事件之前，忧郁便寸步不离地跟随我了。可见答案并不在这里。这不是原因。相反，这有助于我重新认识世界、国家和我为之工作的人民……我的心里无论如何不应该有忧郁！可事实上却有……

我已束手无策。看来，我想要找到我忧郁的原因，想要找到把我变成一粒灰尘，生活中什么风都可将其吹走的那桩不幸的事，是不自量力。

“也许这件事发生在我年纪更小的时候？”我想，“也许早在我童年时代就为我今天磕磕绊绊地走路准备下了坑坑洼洼的路面。”

这下想到点子上了！我为什么撂下童年不去回忆？要知道正是在童年取得对世界的最初认识，最初印象的，因而也是最深刻的。我怎么可以对此掉以轻心！

“不过即使童年时代的事也没有必要事无巨细，一股脑儿都去回忆，”我想，“只消回忆印象最深、最鲜明的就够了，只消回忆同我心灵的激荡有关的那些事就够了。”

于是我连忙发狂似的回想我童年时代的事。我发现即使童年时代心灵的激荡，也以一种非凡的光芒照亮了当初发生的事情。

这又是一张张以惊人的力量保存在我脑子里的快照。

当我回忆童年的故事时，我发现它们使我激动的程度，超过了成年时代的故事。我还发现它们使我激动的程度，远远超过了我要找到我不幸的原因的这个愿望。

# 可怕的世界

只有在童话中，

浪子才会回头。

于是我开始回忆我童年时代印象最深的情景。

我指望通过这些与心灵的激荡有关的情景，找到那件不幸的事情，找到我如此可怕的忧郁的起因和缘由。

“我该从哪一岁回忆起呢？”我想。

从一岁回忆起就未免可笑了。从两岁、三岁，即使从四岁回忆起也是可笑的。那么幼小的年纪会有什么大不了的事情。无非是别人拿走了我的拨浪鼓。奶头落进了奶瓶。叫公鸡吓着了。妈妈打了我的屁股……有什么必要去回忆这些鸡毛蒜皮的事，何况这些事我几乎什么也记不起来了。

“应当从五岁回忆起。”我想。

于是我开始回忆五岁至十五岁期间我生活中发生的事情。

当我逐一追忆这十余年来的经历时，不由得激动起来，甚至不寒而栗。我发现这条路我走对了。创伤就在附近的什么地方。看来，这下我能找到毁了我一生的那件可悲的事情。

# 五岁至十五岁

我以为我受尽了委屈，

别再去想它们了，

赶快把这沉重的回忆卸去……

## 我再也不了

桌上放着一只盘子。盘子里是无花果。

咀嚼无花果是挺有趣的。无花果有许多籽儿。牙齿嚼着无花果会发出喀哧喀哧的响声，好听极了。吃饭时大人只给我们每人两个无花果。这对孩子来说太少了。

我爬到桌上，用一种毅然决然的动作把盘子拖到跟前，拿起一个无花果咬了一口。

果然有许许多多籽儿。我很想知道是不是所有的无花果都是这样的？

我把无花果一个个拿起来，全都咬了一小口。是的，都是这样的。

当然，这样做是不对的，我不该做这件事。可我并没有把无花果吃掉，只是每个咬一小口。无花果几乎没少一个，等着大人来分配。

我把所有无花果都咬过一小口后，爬下桌子，绕着桌子走来走去。

爸爸和妈妈来了。

“我没吃无花果，”我马上对他们说，“我只是咬了一小口。”

妈妈朝盘子看了一眼，气得捶自己的手。父亲笑了。可是我掉过头来望着他时，他立刻沉下脸来。

“咱们走，我要稍稍教训教训你，”母亲说，“让你好好记住不该做这种事。”

妈妈把我拽到床上，动手解开我的细腰带。

我号啕大哭，大叫道：

“我再也不了。”

## 不该到街上去

我站在我们家的大门外。不是站在门口，而是站在人行道外的短铁柱旁边。

再往前我就不去了。不能去。会给出租马车轧着的。

突然我看到有辆自行车正朝着我冲过来，骑车的是个戴鸭舌帽的人。

他干吗不按铃？骑自行车的人要撞着人的时候必须按铃。

我逃到一边。可自行车也跟着拐到一边，朝我冲来。

只一眨眼的工夫，那个戴鸭舌帽的人便摔倒了。我也摔倒了。自行车倒在我身上。

鲜血从我鼻孔里直往外冒。

我一看到血，就没命地大哭起来，哭得过往行人都围住了我。连站在我们街拐角处的那个独腿报贩也跑了过来。

我的母亲推开众人跑来。

她见我倒在地上，便死劲扇了骑自行车的人一巴掌，打得那人的鸭舌帽从头上落到了地上。

然后她把我从地上抱起来，一直把我抱到楼上。

走在楼梯上时，她把我周身上下看了个遍，摸了个遍。一切都完整无损。只是鼻子流血，一条腿上有一处擦破了一点儿皮。

母亲说：

“真遗憾，我刚才不知道他把你的腿也撞坏了，否则我会把他的脑袋也扭下来。”

爸爸对我说：

“怨你自己不好。不该到街上去。”

## 金 鱼

窗台上搁着一只金鱼缸。

缸内游着两条小金鱼。

我把面包屑撒到鱼缸里，喂给金鱼吃。可金鱼却视若无睹地打面包屑旁边游了过去。

看来，它们身体不好，不想吃。那还用说，白天黑夜给撂在水里，还好得了吗。应该让它们躺在窗台上。那么它们的胃口兴许会好起来。

我把手伸进鱼缸，捏住了金鱼，把它们放在窗台上。不，它们在这里也不舒服。一个劲儿地跳。而且仍然拒绝进食。

我把两条金鱼重新放回水里。

可是在水里，它们觉得更不舒服。瞧，它们这会儿连肚子都翻了起来，在水面上浮着，想必是要求从鱼缸里出来。

我又抓住金鱼，把它们搁在香烟盒里。

半个小时后，我打开香烟盒，两条金鱼都死了。

妈妈气呼呼地问我：

“你干吗这么捣蛋？”

我回答说：

“我想让他们舒服些。”

母亲说：

“别装傻了。鱼天性就是待在水里的。”

我伤心地哭了，我感到委屈。我知道鱼天性就是待在水里的。可我想把它们从这种灾难中拯救出来。

## 在动物园

母亲拉着我的手，走在动物园的小径上。

母亲说：

“待会儿再看动物。先去参加儿童比赛。”

我们走到场地上。场地上已经有许多孩子。

每个孩子发给一个布袋。要把下半身套在袋里，把袋口缚牢在胸前。

所有的袋子都缚好了。于是套在袋子里的孩子被领到一条白线后边。

有个人挥动了一下小旗，高喊：“跑！”

我们的脚叫袋子绊住了，可还是使劲跑着。许多孩子摔倒了，哇哇大哭。其中有的孩子哭着爬了起来，继续往前跑去。

我也差点跌倒。可后来我找到了窍门，套在我的布袋里，迅速地往前跑去。

我头一个跑到终点的那张桌子前。乐队奏起了音乐。所有的人都鼓掌祝贺。发给我的奖品是一盒水果软糖、一面小旗和一本图画书。

我把奖品捧在胸前，朝母亲走去。

妈妈坐在椅子上帮我把身上收拾整齐。她替我梳了头发，用手绢擦干净我稀脏的脸。

然后我们去参观猴子。

我很想知道，猴子吃不吃水果软糖？得请它们吃几颗。

我正想请猴子吃水果软糖，突然发现我手里那盒糖没了……

妈妈说：

“我们大概把那盒糖忘在椅子上了。”

我跑到椅子跟前。可那里没有我那盒糖。

我放声大哭，哭得所有的猴子都朝着我看。

妈妈说：

“准是叫人偷走了。没什么。我另外给你买一盒。”

“不要，我要自己的那一盒！”我叫得那么响，连老虎都打了个寒战，大象翘起了长鼻子。

## 回到岸上

我们住在别墅里。有天，我们到河边去玩。

突然，我的大姐莉莉娅叫道：

“上帝呀，尤莉娅淹死了。”

我望着四周。果然，哪儿都没有我的妹妹尤莉娅的影子。

莉莉娅大叫着说：

“真淹死了！瞧，她的帽子在水上漂着呢。”

果然，尤莉娅的草帽在河上漂着。

我用出吃奶的力气跑回别墅，大喊着说：

“妈妈！尤莉娅淹死了。”

妈妈飞也似的朝河边奔去，我好不容易才跟上她。妈妈看到尤莉娅的草帽在水上漂着，两眼一翻就晕了过去。

这时莉莉娅叫了起来：

“不，上帝，尤莉娅没淹死。瞧，她在划船，在追她的草帽。”

果然，我们看到尤莉娅站在船上，划着桨，正在追她那顶草帽。然而水流比船要快。她的草帽已漂到很远的地方。

我说：

“妈妈，醒过来吧，尤莉娅没淹死。”

妈妈看见尤莉娅站在小船上，便朝她喊道：

“尤莉娅，快划回来！不然会把你冲到河当中去的。”

莉莉娅说：

“她巴不得往回划，可掉不过头来。她不会使桨。瞧，河水把她冲到哪儿了。”

这时我们看到尤莉娅已被水流冲到离岸很远的地方。

她惊慌地狂叫道：“救命呀！”

听到她的叫声，妈妈又晕了过去。

这时有个男人坐到一条船上，向尤莉娅划去。我对妈妈说：

“妈妈，别害怕。马上就能把尤莉娅救上岸了。那个男人把尤莉娅的船拴在自己船上了。”

没一会儿，尤莉娅就回到了岸上。

妈妈一边哭，一边吻着尤莉娅，把她带回家去。

## 牛群走来了

我用弹弓射一只小鸟。小鸟飞走了，停到离我们家非常远的一棵树上。

大人关照过不许走出果园。可现在情况特殊，管不得这么多了。

于是我跑到村道上，去追那只小鸟。

突然我听到身后有哞哞的叫声。

我回头一看。我的天哪，有一群牛走来了。

退路已被切断。我已经没法跑回家去。

牛群快到我跟前了。我急中生智，爬上了树去。

我刚一上树，牛群已来到树下。

有趣的是，它们到了树下就不再走了。

它们仿佛存心和我作对似的，立在树下啃着草，装作没看见我。

也许它们料定我这就会爬下树来，那它们就可以用角来顶我了吧？可我不像它们想的那么傻。牛群不通通走光，我才不下树呢。

但愿我所坐的那根树枝别被我压断。万一断了，我的情况就不妙了。我将跌落到两头牛的中间。它们就会用角把我挑起来。

牧人走来了。他啪啪地抽响着鞭子。

这个牧人我认识，叫安德留什卡，跟他是商量得通的。

“安德留什卡，”我喊道，“把树底下的牛撵走！它们怎么到这个地方来吃草！”

安德留什卡啪啪地抽响着鞭子。牛群不情愿地走了。

现在我不害怕了。我甚至用弹弓瞄准离去的牛群，射去一粒石子。

然后我爬下树来，迈着因做错了事而感到心虚的步子走回果园去。

## 雷　雨

我和姐姐莉莉娅并排走在旷野上摘着花。

我摘黄花。莉莉娅摘蓝花。

妹妹尤莉娅没精打采地走在我们后面。她摘白花。

我们故意每人摘一种颜色的花，这样有趣些。

突然莉莉娅说道：

“上帝呀，你们瞧，多吓人的乌云。”

我们抬头望天，只见可怖的乌云正铺天盖地而来。乌云黑得使周围的一切都暗下来了。它好似鬼怪一般，悄悄地袭来，遮蔽了整个天空。

莉莉娅说：

“快回家。马上就要下可怕的雷雨了。”

我们拔腿就往家跑。可我们是迎着乌云跑的。正好自投罗网，落入这个鬼怪的血盆大口。

蓦地，狂风大作，把我们周围的一切都卷了起来。

尘土卷上了天。枯草在空中飞舞。树木东倒西歪。

我们撒开腿，拼命往家里跑去。

可豆大的雨点儿已啪啪地砸到我们头上。

一道可怕的闪电，随即是更加可怕的一声雷鸣吓得我们魂飞魄散。我扑倒在地上，然后跳起身来，又向前跑去。我没命地跑着，仿佛后面有只老虎在追我。

总算快到家了。

我回过头去看看姐姐她们怎么样。莉莉娅拽住尤莉娅的手在我身后奔着。尤莉娅哇哇直哭。

我又向前跑了一百来步，终于到了我家的门廊。

莉莉娅一踏上门廊就责骂我为什么把我摘的那束黄花丢失了。其实那束花不是丢失的，是我扔掉的。

我说：

“下着这么吓人的雷雨，我们还要花干吗？”

我们三人坐在床上，紧紧地挤在一起。

一声可怕的响雷把我们的别墅都震得发抖了。

雨珠像击鼓似的噼噼啪啪地打在窗上和屋顶上。

大雨如注，什么都看不清了。

# 疯　狗

我们奔进屋里，关上了门。

我跑到窗口，把窗钩挂好。

我们隔着窗子，望着场院……

房东的女儿卡佳在场院内走着。

我们敲着玻璃窗，对着她喊道：

“卡佳，傻丫头，赶快回屋去！赶快躲起来！街上有条疯狗！”

卡佳没有回屋去，却走到我们窗前，若无其事地同我们攀谈起来。

“你们在哪儿看见这条狗的？”她问。“说不定不是疯狗。”

我生起卡佳的气来，冲着她喊道：

“这条狗已经咬了两个人，要是咬了你，可不能怨我们。我们可向你通风报信过了。”

卡佳慢吞吞地朝她家走去。

疯狗跑进了我们的场院。这是一条黑狗，样子十分可怕。尾巴耷拉着，嘴张开着，唾沫像线一样从嘴里挂下来。

卡佳抓起耙子，冲着狗舞将起来。狗逃到一边去了。卡佳哈哈大笑。

这简直难以置信。疯狗竟害怕卡佳。我原以为疯狗是什么都不怕的。见谁咬谁。

就在这时，好些人拿着棍棒，涌进了场院。他们要把这条狗打死。可狗逃走了。人们奔上去追它。一边追一边高喊：“抓住它！抓住它！”

我们的胆子壮了，打开了窗户，后来又走到果园里。

不消说，在果园里是不安全的。狗可能跑回来。谁知道狗脑子里在想些什么。要是坐在门廊上就不要紧了。一见情况不妙便可逃进屋去。

幸好疯狗没回来。人们在隔壁场院内把它打死了。

## 好了，现在该睡了

屋里很暗。只点着一盏圣体灯。保姆坐在我们床边，讲故事给我们听。

她晃动着身子，用单调的嗓音讲道：

“善仙女把手伸到枕头底下，摸着了一条青蛇。把手伸到褥子底下，摸到了两条青蛇，一条赤链蛇。仙女往床底下看看，那里有四条青蛇，三条赤链蛇，一只刺猬。

善仙女对这事儿没吭一声，只想远远地避开。她把脚伸进鞋子，每只鞋子里蹲着两只癞蛤蟆。她从钉子上拿下大衣，想穿好大衣离开这儿。定睛一看，每个袖筒里有六条赤链蛇和四只癞蛤蟆。

善仙女把这些不洁之物放到一起，对它们说：

‘你们听着。我不想惩治你们，可你们也别阻碍我离开这儿。’

于是这些不洁之物一起回答善仙女说：

‘善仙女，我们决不会对您使坏。谢谢您没把我们打死。’

它们的话刚一说完，平地一声霹雳。从地底下冒出一股火来。恶仙女出现在善仙女面前。

恶仙女说：‘是我存心把这些不洁之物派来找你麻烦的，可叫我奇怪的是你却同它们交上了朋友。你胆敢这么做，我要施魔法，把你变成一条普通的母牛。’这时又响起一声霹雳，转眼之间，善仙女就变成了一条母牛，低着头在吃草……”

保姆不再讲下去了。我们吓得浑身发抖。妹妹尤莉娅问道：

“那么，那些个不洁之物怎么样了？”

保姆回答蜕：

“这我就不知道了。也许恶仙女一出现，它们就各自躲到原来的地方去了。”

“就是说躲到褥子和枕头底下吗？”我一边问，一边躲开枕头。

保姆从椅子上站了起来，一边往外走，一边说：

“好了，别再讲话了，该睡了。”

我们躺在床上，一动也不敢动。莉莉娅故意嘶哑着嗓子“呼——呼”地叫着，吓唬我们。

我跟尤莉娅吓得尖叫起来。我们求莉莉娅别吓唬我们。可她已经睡着了。

我坐了起来，很久没躺下去，我可不想冒险挨着枕头。

第二天早上我没喝牛奶，因为这是从中了魔法的善仙女身上挤出来的。

## 这太容易了

我们乘大车出去。拉车的是匹枣红色的农家马驹。小马驹轻快地在尘土飞扬的村道上跑着。

驾车的是房东的儿子瓦休特卡。他漫不经心地握着缰绳，不时冲着马驹吆喝道：

“喂，喂，快跑……别打瞌睡了……”

小马驹压根儿没打瞌睡，它跑得挺好。大概驾马车就该这么吆喝吧。

我的手发痒了，我渴望握着缰绳，驾着马车，冲着马吆喝。可我不敢向瓦休特卡提出这个请求。

突然瓦休特卡自己开口了：

“喂，把缰绳拿着。我抽支烟。”

姐姐莉莉娅对瓦休特卡说：

“不，别把缰绳给他。他不会赶车。”

瓦休特卡说：

“什么叫不会？赶车根本用不着会。”

于是缰绳到了我手里。我笔直地伸直手，握着缰绳。

莉莉娅牢牢地抓住车板，讲道：

“哎，这下要出事了，他准会把咱们翻下车去的。”

这当儿大车驶到了一小段坑坑洼洼的路面上，颠晃得厉害。

莉莉娅叫了起来。

“这下完了。要翻车了。”

我也担心大车会翻掉，因为缰绳掌握在我这个外行的手里。可是大车并没翻掉，跳跳蹦蹦地通过坑洼地后，又平稳地朝前驶去。

我对自己的成功大为得意，不禁用缰绳抽着马驹的两肋，吆喝道：“喂，别打瞌睡了！”

突然我看到前方是个大转弯。

我急忙问瓦休特卡：

“叫马往右拐，得拽紧哪根缰绳？”

瓦休特卡若无其事地说：

“拽紧右边的。”

“拽几次？”我问。

瓦休特卡耸了耸肩膀：

“一次。”

我拽住右边的缰绳，突然就像在神话中一样，马拐向了右边。

可我却不知为什么感到伤心，感到懊丧。这太容易了。我原以为驾车要困难得多。原以为这里边有一整套学问，得花许多年的工夫才能学会。可结果什么学问也没有。

我把缰绳还给瓦休特卡。我已兴味索然。

## 可怕的世界

有幢房子失火了。火焰欢快地从墙壁上蹿向屋顶。

铺有板条的屋顶烧着了。

消防队员抽着水。其中有个消防队员抓起沙龙带向火宅浇去。细细的水流落入火焰之中。

不，消防队员没有能耐扑灭这场火。

母亲抓住我的手。她生怕我跑到火场跟前去。这是十分危险的。火星迸溅，纷纷落到看热闹的人群中。

人群中有个人在哭，这人是个大胖子，蓄着大胡子。他哭得像个孩子，还不时用手拭着眼睛。是不是有颗火星掉到了他眼睛里？

我问妈妈：

“他干吗哭？火星掉到他眼睛里了？”

母亲说：

“不，他是因为他的房子失火了才哭的。”

“他可以给自己盖幢新的房子嘛，”我说，“我才不会为这种事儿哭鼻子呢。”

“盖新房子得要钱。”母亲说。

“他可以干活儿挣钱嘛。”

“干活挣的钱是盖不起房子的。”

“那上哪儿去弄钱盖房子呢？”

妈妈压低声音说：

“我不知道。也许人们用偷来的钱。”

这使我懂得了一点儿新的东西。我兴致勃勃地打量着那个大胡子，当初他偷了钱，盖起了一幢房子，现在房子失火烧掉了。

“这么说，得偷钱？”我问母亲。

“不，不可以偷钱。偷钱是要蹲监狱的。”

我给搞糊涂了：

“那叫人怎么办呢？”

母亲恼火地挥了挥手，叫我别烦。

我不做声了。等我长大后，我自己会知道这个世界上在搞些什么名堂。大人们肯定有什么事做得不对头，所以现在不愿意把这方面的情况讲给孩子们听。

## 有个人淹死了

我在做一艘轮船。这是一块小木片，上边安了个烟囱和一根桅杆。还剩下舵和旗没做好。

这时莉莉娅挥着帽子，奔了过来，喊我道：

“米申卡，快！跟我跑。那边有个人淹死了。”

我跟着莉莉娅跑去。半路上我对她喊道：

“我不想去了。我怕。”

莉莉娅说：

“又不是你淹死了，是别人淹死了。你有什么好怕的。”

我们沿着河岸跑去。码头旁边挤满了看热闹的人。

莉莉娅排开众人，挤到了人群前面。我跟着她挤了过去。

有个人讲道：

“他不会游泳。水流太急。所以他淹死了。”

沙滩上横卧着一个小伙子，约莫有十八岁。他的面色白得像纸，眼睛闭着，双手摊开，身上盖着一排绿树枝。

有个妇人跪在他身旁，呆滞地凝视着他死气沉沉的脸。有个人讲道：

“这是他母亲。她由于悲伤过度哭不出来了。”

我斜眼瞥着那个淹死的人。我多么希望他动弹动弹身子，站起来说：

“不，我没淹死。我这是装的。故意跟你们闹着玩。”

可他却纹丝不动。我害怕得闭上了眼睛。

# 我没错

我们坐在餐桌旁吃着发面煎饼。

突然父亲拿过我的碟子去，吃起我的煎饼来。我号啕大哭。

父亲戴眼镜，蓄大胡子，一向很严肃。可这回他却笑了，说道：

“瞧他多贪嘴，连一口煎饼都不舍得给父亲吃。”

我说：

“只吃一口，那你尽管吃。我以为你要通通吃掉呢。”

端来了汤。

我说道：

“爸爸，想喝我的汤吗？”

爸爸说：

“不，我等上甜食。要是你肯把甜食让给我吃，那你就真的是个好孩子了。”

我想甜食总归是牛奶红莓果汁羹，便说：

“好的，你可以吃掉我的甜食。”

不料端上来的却是掼奶油。我一向特别喜欢吃掼奶油。

我把盛着掼奶油的碟子推到父亲跟前，说道：

“请吃吧，如果你那么贪嘴的话。”

父亲顿时沉下了脸，站起身来走掉了。

母亲说：

“快去向父亲赔个不是。”

我说：

“不去，我没错。”

我也离开餐桌走了，没碰一下那道甜食。

晚上，我都睡到床上了，父亲来到床前，手里拿着我那碟掼奶油。

父亲说：

“你怎么啦，干吗没吃你的一份掼奶油？”

我说：

“爸爸，我们俩一人一半。我们干吗为这点小事吵架呢？”

爸爸吻着我，把掼奶油一匙匙喂给我吃。

## 下　水

孩子们在河里泅水和扎猛子。我在岸上挖沙子玩。

孩子们叫我：

“喂，过来。胆子放大点儿。我们教你游。”

我慢慢地走下水。水冰凉冰凉的。我的皮肤起了鸡皮疙瘩。

“笨蛋，钻到水里去，一连钻七次！”孩子们叫道。

我钻到水里，只有头露在外面。孩子们又叫道：

“把头也钻进去，蠢货！”

不，把头也钻进去我不干。水会钻进眼睛里和耳朵里。这可不好受。

“到这儿来！别害怕！”孩子们喊道。

虽说那边很深，可我还是向前走去。我不愿意做胆小鬼。

我一步步向前走去，不料掉进了水底的一个坑里。绿色的河水淹没了我的脑袋。难道我就这么溺死了？

不，没溺死，我浮了起来，像条狗一样，拼命地挥着手，踹着脚向前游去。

好样的。没人教我游，也无师自通了。

蓦地，有个什么人或者有样什么东西拽住了我一只脚。我只来得及叫了一声，就沉入了河底。

这下我可真的要淹死了。我闭上了眼睛。

孩子们把我拖出了水。其中有个人说道：

“我拽住了他一只脚，跟他闹着玩的。可他却当起真来，打算死了。”

另一个孩子说：

“咱们不该这么快就把他拖起来。让他在水底下多待一会儿，那我们就可以给他做人工呼吸了。”

我躺在河滩上，一口一口地吐着水。

孩子们懊恼地在我四周乱叫乱跳。他们后悔没让我多喝些水。

## 把门关好

晚上，我们喝过牛奶后，就上床睡觉了。

我走到窗前，窗外漆黑漆黑的。黑得都看不见花坛了。

我凝视着窗外。

我的姐姐和妹妹在嬉闹。她们互相掷着枕头，咯咯地笑着。有个枕头飞到了我身上。我生气地把枕头撂到一边。此刻根本不是开这种玩笑的时候。

莉莉娅存心撩惹我说：

“今晚上准定有贼来。你看着吧。”

可是把门关好，他们就进不来了。

我对坐在阳台上的大人们喊道：

“别忘了把门关好！”

妈妈走到我们的房门口。

“出什么事了？”她问。

“没有，什么事也没有出，”我说，“只是莉莉娅认为今晚上有贼来。”

妈妈一个个地吻了我们，笑眯眯地走了。

我躺在床上，用被子蒙住了头。

屋里已经没有人声了。全都睡着了。只有我还没睡。

门当然关好了。

我亲耳听到门钩咔嚓一声钩好了，窗是不是关好了呢？

我爬下床，走到窗前，摸了摸窗钩。钩好了。突然有样什么东西哐啷一声掉到了地板上。

我听到妈妈吓得叫了起来：

“什么东西！谁在那边……贼！”

“哪里，贼在哪里？”我大喊着问。屋里一片惊慌。全都跑来了。点亮了灯。

一只花瓶跌碎在地板上。

母亲安慰我，叫我别怕。

于是我重又躺到床上，用被子蒙住了头。

## 在姥姥家

我们上姥姥家去做客。吃午饭时大家围坐在餐桌旁。

我们的姥姥同外公并排坐在一起。外公又高又胖，像头雄狮，而姥姥像头母狮。

雄狮和母狮同坐在餐桌旁。

我目不转睛地望着姥姥。她是妈妈的妈妈。她满头银发。黝黑的脸漂亮得出奇。妈妈告诉我们，姥姥年轻时是个少见的美女。

端来了一大钵汤。

我对汤不感兴趣，吃不吃都无所谓。

随即又端上来了馅饼。这还马马虎虎。

外公亲自给大家舀汤。

我把汤碟递到外公跟前时，说：

“我只要一小滴。”

外公把汤勺凌空悬在我的汤碟上，滴了一滴汤在碟子里。

我不知所措地望着这一滴汤。

哄堂大笑。

“他自己讲只要一滴，我就照他的话做。”

我并不稀罕汤，可不知为什么我感到委屈。我差一点哭了。

姥姥说：

“外公跟你开玩笑，把你的汤碟递给我，我给你舀满。”

我没有把汤碟递过去，也没碰一下馅饼。

外公对我妈妈说：

“这是个坏孩子，他不懂得什么叫玩笑。”

妈妈对我说：

“喂，赶快朝外公笑笑，跟外公说些什么。”

我气呼呼地望着外公，轻声说道：

“我今后再也不上您家了。”

直到外公去世之后，我才又去姥姥家。他不是我的亲外公。他死我一点儿也不难过。

## 妈妈哭鼻子

妈妈躺在沙发上哭鼻子。我走到她身边。妈妈递给我一张彩色明信片。明信片上印着一个围着毛皮围脖、戴着帽子的美丽的太太。

妈妈问我：

“你说，我像这个太太吗？”

我想安慰妈妈，便说：

“是的，有一点儿像。”

其实我没看到有什么相像的地方。

妈妈说：

“既然这样，上你爸爸那儿去，把这张明信片给他，跟他说：‘瞧，爸爸，多么像我们的妈妈。’”

我苦着脸问：

“为什么要给爸爸看？”

“得给他看。不过我没法向你解释为什么。你太小了。”

我说：

“不行，你得告诉我，否则我不去。”

妈妈说：

“可叫我怎么向你解释呢……爸爸看着这张明信片，会说：‘嘀，我们有个多么漂亮的妈妈呀……’这样他待我就会好些……”

这个解释并没有使我的脑袋瓜开窍。相反，我认为爸爸看到妈妈并不像那个太太，倒会更加生妈妈的气。

我很不情愿地朝爸爸的画室走去。

爸爸是个画家。他面前搁着画架，正在给我妹妹尤莉娅画肖像。

我走到爸爸跟前，把明信片递给他，没精打采地说：

“我觉得好像有点儿像妈妈。不像吗？”

父亲斜睨了明信片一眼，说：

“别打扰我，走开……”

必定是这样，不会有什么结果。我早料到了。

我回到妈妈身边。

“怎么样，他说什么？”

我回答道：

“他说：‘别打扰我，走开……’”

妈妈把两只手捂着脸，大哭起来。

我的心由于可怜妈妈而碎了。我甚至情愿把这张愚蠢的明信片再去拿给父亲看，可母亲不许我去。

## 妈妈搜到了戏票

妈妈暴怒地用拳头擂着桌子。她对姥姥说：

“明摆着的事嘛，我们住在别墅里，他却在这儿寻欢作乐……瞧，这儿有两张戏票，是我在他夏季大衣的兜里找到的。”

我知道这件夏季大衣是爸爸的，一向挂在衣架上。这是一件浅色的短大衣。

妈妈把两张什么戏票放到桌子上。

好奇心使我忍耐不住了，我非常想知道这是两张什么戏票。

我走到桌子前，翻看着这两张票子，出声地念道：“布夫剧院。”

姥姥说：

“也许他是跟他的一个朋友去布夫剧院的呢。我们凭什么瞎猜疑？”

妈妈说：

“不，不是瞎猜疑。这是两张第一排的票子，我知道他是跟谁一起去的。是跟安娜。我早就发觉安娜昏了头……”

门突然打开了，爸爸走了进来。

爸爸穿着黑色的秋季大衣，戴着礼帽。他非常之高，而且相貌堂堂。虽说蓄着络腮胡子，却并未使他的英俊减色。

爸爸微笑着对妈妈说：

“我要跟你谈谈。”

他们两个走到会客室去了。

莉莉娅走到门边去偷听。隔了一会儿，她说道：

“行了，讲和了。不会再吵了，我可以作保……”

我问莉莉娅：

“他们干吗要吵？”

莉莉娅说：

“所有的女人都为我们的爸爸昏了头。这使我们的妈妈心惊肉跳。”

没一会儿，我们的双亲从会客室里走了出来。

我发现妈妈并不怎么满意，可气已经消了。

爸爸临走时吻了妈妈的手，他去画室睡觉。画室跟我们的寓所隔着三幢楼房。

## 在画室里

爸爸好久没到我们住的地方来了。母亲给我穿戴好，我们去画室找父亲。

妈妈急匆匆地走着。她拽住我的手，我这才好不容易跟上她。

我们登上七楼。敲了敲画室的门。爸爸把门打开了。

他见到是我们俩，起初皱起了眉头，后来把我抱起来往上扔，几乎扔到快碰着天花板，然后哈哈笑着，连连吻我。

妈妈笑逐颜开，她和爸爸肩并肩地坐到沙发上。两人开始密谈。

我在画室内踱来踱去，画架上都是画。墙上也到处是画。窗户很大。屋里乱糟糟的。

我翻着一盒盒颜料、一支支画笔和各种各样的瓶子。

我把一切都看过了，可我的父母还在谈话，他们这样轻声细语地谈话，不叫喊，不骂架，叫人看着也高兴。

我不去打搅他们，再把图画和颜料看了一遍。

临了，父亲终于对母亲说：

“我非常高兴，这样就好了。”

妈妈临走时，他亲了妈妈，妈妈也亲了他。两人甚至还拥抱了。

我们穿戴好，就走了。

出乎我意料的是，一走到街上，妈妈就责备起我来。

她说：

“唉，你干吗总是缠着我……”

我觉得她这话太让人奇怪了。我压根儿没缠她。是她自个儿硬把我拽到画室去的。可现在又怨我了。

妈妈说：

“唉，我真懊悔把你带去。不带你去的话，我们就会彻底地言归于好了。”

我抽抽噎噎地哭了。我哭是因为我不明白我错在哪里。我非常乖，甚至都没在画室里东奔西跑。真是太不公平了。

母亲说：

“从今以后，我哪儿都不带你去了。”

我真想问问她，究竟是怎么回事儿，可我没有开口。等我长大后自己会弄清楚的。弄清楚为什么明明没有错的人却往往被认为是有错的。

## 在栅栏门旁边

我站在果园的栅栏门旁边，目不转睛地望着通向码头的村道。

妈妈进城去了，一大早就走了，吃午饭时没回来，眼看就要天黑了，还没回来。唉，我的天哪，她现在在哪里？

我又向远处望去。没有她！有好些人正在走过来，可没有她。大概她出事了。

可她会出什么事呢？她又不是小孩子，是大人了，都三十岁了。

可三十岁又怎么的？大人照样会遇到各种各样灾难。大人也步步都有危险。

妈妈八成雇了辆出租马车，马拉着车狂奔。不过拉出租马车的马都很文静，拉起车来走一步要停三停。像这样的马恐怕没有力气撒开四蹄狂奔。可要是撒开四蹄奔，车上的人准会从车上飞下来。

可要是妈妈乘船呢？万一船沉掉，船上的人是没法飞离船舱的。当然船上有救生圈。抓住救生圈就死不了。可要是遇上了火灾，比如说，我们在城里住的那幢房子着火了，救生圈就救不了命。不过话又说回来，我们在城里住的那幢房子是砖瓦的，未必会像火柴那样一擦就着。

没准儿妈妈去了咖啡馆，吃了什么脏东西，生了病。这下得请大夫动手术了！

不，什么事都没出！我们的妈妈回来了！

我叫喊着，扑上前去迎接她。妈妈戴着一顶大帽子。肩上披着一条雪白的羽毛围脖。腰带上别着个大蝴蝶结。我不喜欢妈妈这种打扮。换了我的话，哪怕给我世界上最好的东西，我也不愿意披上这种羽毛。等我长大后，我要请求妈妈别打扮成这副样子。否则我同她走在一起会难为情的——所有的人都回过头来看她。

“看来，我回来你并不高兴？”妈妈问。

“不，我挺高兴。”我冷冰冰地说。

## 这是疏忽

跟我同坐一张课桌的是中学生科斯佳·巴利增。

他用削铅笔刀在课桌上刻着一个字母。我看着他怎样避开老师的目光，麻利地用刀子刻着字。

我看得走了神，没听到老师喊我。

有人搡了一下我的腰眼。我连忙站了起来。困惑不解地望着级任老师，他教我们中学预备班俄语和算术。

原来老师要我背《明月欢快地照着村庄》这首诗歌。不知为什么他选中了我。

第一句诗我一口气就背了出来，因为这一句就是老师刚才念的诗名。可下边的我就一无所知了。我压根儿不知道有这么首诗，我还是头一次听到。

同学们从四面八方偷偷提示我：“白雪闪闪发光。”

我结结巴巴地照同学们的提示念着。

老师含笑打量着我。

同学们七嘴八舌地争着向我提示。从四面八方传来嘁嘁喳喳的声音，都没法听清他们在说些什么。

他们本来说的是：“十字星座像支蜡烛在云端下燃烧……”我却含混不清地念成了：“狮子请坐……”

整个教室笑得前仰后合。老师也笑了。在我的记分簿上打了个一分。

这可不是件愉快的事儿。我进中学总共才五天，就吃了个一分。

我对科斯佳·巴利增叫屈说：

“我不知道的东西多着呢，如果都要打一分，那我的一分就要堆得像山那么高了。”

“这首诗是指定的课外读物，”科斯佳说，“是必须背出来的。”

啊，是指定的课外读物？我不知道。既然这样，那是我疏忽了。

晓得这是疏忽之后，我放心多了。

## 又是件不愉快的事情

我身穿银纽扣的灰色中学生大衣。身后背着书包。

妈妈把一张写有学校地址的纸条塞到我大衣口袋里。

“妈妈，你放心，”我说道，“去学校的路我已熟得哪怕闭上眼睛也能走到。”

妈妈说：

“你可千万别异想天开，真的闭着眼睛走到学校去。你惹的祸够多的了。”

我走到了街上。

当然，闭上眼睛我是没法走到学校的。这太危险了。

街上尽是马车。不过一拐到大马路，我一定要闭着眼睛走到学校。总共才二百一十步路。小事一桩。

我刚一走到大马路，就闭上了眼睛，像个盲人似的走着，不时撞着过往行人或者墙壁和铁柱子。我一边走，一边在心里数着步子……二百步。二百一十步……

我刚念出“二百一十”这个数字，就猛地撞在一个人身上。我睁开眼睛，只见自己正好站在校门口，而我撞着的那个人是我们级任老师。

“请您原谅，”我说，“我没看见您。”

“应当看见，”老师生气地说，“你长着两只眼睛就是派这个用处额的。”

“我刚才把眼睛闭起来了。”我说。

“蠢孩子，你为什么要把眼睛闭起来?”老师问。

我没有回答。原因有两条。第一，要解释的话，得花很多口舌，其次他十之八九理解不了我为什么要闭眼睛。

“为什么?”老师追问。

“没什么，就这么闭上了。风大……”

老师蹙紧眉头望着我，气呼呼地说：

“你干吗像个木头橛子似的站着？走……”

我所以站着，因为我是个懂礼貌的人。

我想让他先走。

现在我只得跟他同时朝校门走去，进门时两人又撞了一下。

老师益发生气地望着我。

# 一普特铁

我专心致志地整理着我的文具盒。逐一查看我的铅笔和钢笔，欣赏着我的削铅笔的小折刀。

老师叫我起立，问道：

“立刻回答我：一普特绒毛重还是一普特铁重？”

我没察觉这是个圈套，想也没想就回答说：

“一普特铁重。”

哄堂大笑。

老师说：

“告诉你妈妈，让她明天来找我。我要跟她谈谈。”

第二天，妈妈去见了老师，回来时忧心忡忡。她告诉我说：

“老师不满意你。他说你心不在焉，根本不听老师讲课，什么都不懂，人虽然坐在课桌后面，可心不知跑到哪儿去了，仿佛教室里的事跟你没关系。”

“他还说些什么？”

妈妈的脸色变得更伤心了。

她把我拽在怀里，说道：

“我本来认为你是个聪敏的、发育健全的孩子，可他说你的智力太低。”

“他这是胡说，”我吼道，“依我看，他的智力才太低。他老是向学生提出愚蠢的问题。而愚蠢的问题远比聪明的问题难回答。”

妈妈吻着我，哭了。

“唉，你将来的日子怕不好过呀！”她说。

为什么？

“你是个难以管教的孩子。你像父亲。我预感到你将来不会幸福。”

妈妈又开始吻我，紧紧地搂着我，可我挣脱了她。我不喜欢这样亲我，不喜欢眼泪。

## 铁石心肠

爷爷来了。他是父亲的父亲。他是从波尔塔瓦来的。

我原以为将要来我们家的是个衰弱的小老头，蓄着两撇长长的唇髭，穿一件乌克兰衬衫。他将唱歌，跳舞，讲故事给我们听。

可是恰恰相反。来的是个态度严厉，身材很高的人。他并不怎么老，头发也不怎么白。神气得出奇，不蓄胡子。穿一身黑色的常礼服。手里总是拿着一本天鹅绒封面的袖珍祷告书和一串红色的骨质念珠。

我们的爷爷是这样的人，使我大为惊异。我很想跟他谈谈。可他跟我们孩子们一句话也不谈。他只是偶尔同爸爸交谈几句。有一回他气呼呼地对妈妈说：

“夫人，得怨您自己。您孩子生得太多了。”

妈妈听后，失声痛哭，跑进自己的卧室。

我更加惊讶了，我们的爷爷怎么会是这么个人，竟会不满意妈妈生孩子，而这些孩子中有一个是我。

我非常想知道爷爷在他房间里干些什么，他几乎从不走出他的房间，也不许任何人进去。他想必是在做极其重要的事。

于是我推开他的房门，轻轻地走了进去。

严厉的爷爷什么事也不做。他坐在安乐椅里无所事事，一动不动地望着墙壁，抽着长长的烟斗。

爷爷看到我后，问道：

“你来这儿有什么事？为什么进我房间不敲门？”

我听爷爷这么说，不由得生起气来，对他说道：

“这是我们家的房间，要是你想知道的话，这是我的房间，我搬到姐妹的房间里去了。我进我自己的房间干吗要敲门？”

爷爷把念珠砸到我身上，大声詈骂。后来他走去找我的父亲告状。父亲又去向母亲告状。

可妈妈并没有责备我，她对我说：

“唉，但愿他早些走。他谁也不爱。他跟你爸爸很像。他是铁石心肠，他们的心是封闭的。”

“那我的心也是封闭的吗？”我问。

“是的，”母亲说，“据我看，你的心也是封闭的。”

“这么说，我将来跟爷爷一样？”

妈妈吻着我，噙着泪水说道：

“是的，你大概也会是这么个人。人的不幸莫过于什么人都不爱。”

## 不得叫嚷

街上乱纷纷的。人们在街角上痛打一名警察。一队队宪兵跃马向过。准是发生了什么非常事件。

我们学校的气氛也异乎寻常。高年级学生一群群地聚在一起，压低声音谈论着什么，低年级的学生比平日更加捣蛋。

课间休息了。我们在大厅里奔跑着。二年级学生一边跑一边喊：“造反啰！”我也加入他们的行列，一边挥舞着手，一边叫嚷：“造反啰！”

有人一把抓住我的手，原来是级任教师。

他摇晃着我的肩膀，说：

“你刚才说什么来着，再说一遍。”

“我说：‘造反啰！’”我嘟哝着回答道。

老师铁青着脸，说：

“到大钟下边的墙根前去站着，罚你站到休息结束。明天叫你妈妈来找我。”

我站到大钟下边。新鲜事儿。怎么的了？为什么他不许我叫嚷这个词儿。全都在嚷嚷嘛。可他却像只老鹰，向我猛扑过来，一把抓住了我的肩膀。

第二天妈妈见过老师回来后，神色惊惶。她找父亲谈了很久。

后来我的双亲把我叫进他们的卧室。

父亲和衣躺在床上。他脸色忧郁、阴沉。他对我说：

“你大概不知道这个词儿是什么意思吧？”

我说：

“不，我知道。这个词儿的意思是反抗，可我不知道不得叫嚷这个词儿。”

父亲笑了，他对母亲说：

“你去找老师，跟他说我们的儿子是个笨孩子，智力不够发达……要不会把他抓去坐牢的。”

我一听到坐牢就哭了起来。

妈妈说：

“先前我还跟老师争辩过，说我们的儿子不笨。可现在我宁愿去跟他说，他讲得对。”

父亲哈哈大笑。

“没料到吧，”他说，“这条坏的评语居然派得着用场。”

爸爸翻过身去朝着墙，不想再讲话了。

我跟着妈妈走出了卧室。

## 心力衰竭

我轻轻推开门，走进爸爸的画室。

通常爸爸总是躺在床上，可今天却一动不动地站在窗口。

他高高的个儿，闷闷不乐地站在窗口想心事。

他挺像彼得大帝，不同的只是蓄着大胡子。

我轻声说道：

“爸爸，我用你的小刀削削铅笔。”

父亲没转过身来，说道：

“用吧。”

我走到写字台跟前，动手削铅笔。

窗边有张小圆桌，上边放着一瓶水。

父亲斟了一杯水，喝着喝着，突然倒了下去。

他倒在地板上。他倒下去时碰着了一把椅子，椅子也翻倒了。

我吓得尖叫起来。姐妹们和妈妈跑进了屋。

母亲看到父亲跌倒在地板上，惊叫一声，朝他扑去，拽住他的肩膀，吻他的脸。

我奔出画室，躺到自己床上。

大祸临头了。可也许是一场虚惊。爸爸没准儿是晕了过去。

我重又走进爸爸的画室。

父亲睡在床上。母亲站在房门里边。她身旁是大夫。

母亲扯直嗓子喊道：

“大夫，您错了！”

大夫说：

“夫人，在这个问题上我们是不敢有错的。他死了。”

“为什么这么突然？不可能！”

“这是心力衰竭！”大夫说，随即走出了画室。

我扑到自己的床上，放声悲啼。

## 是的，他死了

唉，我真不忍看妈妈！她一直在恸哭。

她站在父亲的灵床旁，脸贴着他的脸，哀哀啼哭。

我站在门旁，望着这椎心泣血的悲痛。不，换了我的话，不至于哭成这副样子。大概我是铁石心肠。

我想安慰妈妈，让她分分心。我轻声问她：

“妈妈，我们的爸爸有多大年纪了？”

妈妈一边揩着眼泪，一边说：

“唉，米申卡，他还年轻得很呢，才四十九岁。不，他不可能就这么死掉的！”

她又去拽父亲的肩膀，喃喃地说：

“也许他晕了过去，也许他得了昏睡病。”

母亲摘下她衬衫上的佩针，然后拿起父亲的一只手。我明白了：她想用佩针刺父亲的手。

我惊骇得大叫起来。

“别叫，”母亲说，“我想看看，也许他没死。”

她把佩针刺穿了父亲的手。我又叫了起来。母亲把佩针从掌心中拔了出来。

“瞧，”她说，“一滴血也没有。是的，他死了……”

母亲扑到父亲的胸前，又放声悲恸。

我从房间里走了出来。我像打摆子一样地发抖。

## 在墓地

我平生第一次去墓地。一点儿也不觉得害怕，只是觉得不好受。

我不好受得几乎在教堂里站不住，巴望追思弥撒早点结束。我竭力不去望躺在六座灵柩台上的六具尸体，可我的目光却不由自主地停留在他们身上。

他们面如土色，一动也不动，像六具蜡像。其中两具是戴着包发帽的老婆子，一具是父亲，还有一具是不知什么人的父亲，一具是个少女，另一具是个大腹便便的胖子。戳着这么大的肚子棺材未必能盖上。不过人们可以用棺材盖把肚子压下去。不会讲客气的。反正他现在什么也感觉不到，什么也看不见了。

我没有把握我是否有胆子走到父亲跟前，跟他吻别。所有的人都已走到他跟前同他吻别了。

我屏住呼吸走了过去，嘴唇轻轻地碰了碰他的手，就撒腿跑出了教堂。

父亲的灵柩由几位画家抬着，他们都是爸爸的同事。灵柩前边，有人举着一个铺天鹅绒的小盘子，上边放着一枚勋章，这是因为爸爸画了《苏沃罗夫出征》而授予他的。这幅画挂在苏沃罗夫博物馆的墙上，是幅镶嵌画，画的左角上有一棵绿色的小枞树。这棵小枞树最下边的那根树枝是我做的。树枝是歪的。可爸爸却对我的手工表示满意。

唱诗班的歌手们唱着圣诗。棺材放进了圹穴。妈妈哭叫着。

圹穴被填没了。一切都结束了。铁石心肠已不复存在。可我还要存在下去。

## 没几天好活了

母亲的弟弟得了肺痨病。家人给他在郊区租了间房子。他搬到那儿去住了。

大夫告诉妈妈说：

“他情况很不好。没几天好活了。”

星期天我上他那儿去，送馅饼和酸牛奶给他吃。

格奥尔基舅舅躺在床上，四周围着枕头，呼吸沉重，发出嘶嘶的声音。

我把送来的东西放在桌上后，就想走了。可他叫住了我。

“我成天就是一个人，寂寞得要命。来，陪我打打扑克。”

格奥尔基舅舅打枕头底下摸出一副扑克牌，我们开始打六十六点。

我的牌运好极了。可他手气很糟，输给了我两盘。他硬要我再跟他打第三盘。

我们开始打第三盘。他的牌运更坏了。他便迁怒于我，发牌时骂骂咧咧地摔着牌。眼看又要输了，他气坏了，虽说并无银钱进出，不过是玩玩的。

他没几天好活了，马上就要死了，还气成这副样子，使我惊讶。

他把我的牌发齐了，几乎张张都是王牌。舅舅看到我的牌这么好，气得浑身发抖，咳嗽起来。他开始呻吟，难受得抓起氧气袋，放到嘴上吸着。他觉得闷，生怕憋死。

后来，他觉得舒服些了，我们又继续打牌。

我故意不按章法，乱出好牌。我想输给他，免得他难受。

我终于输了。舅舅高兴得又是开玩笑，又是哈哈大笑。他用扑克牌拍打着我的前额，说我想同大人玩牌，毕竟还小了点儿。

我没跟他打第四盘，虽说他一个劲儿地求我打。

我走时，决心再也不上他这儿来了。

其实我也没有可能再去看他了。他第二个星期天就死了。

## 缪　斯

我去一家人家做客。我坐在沙发上，有个叫缪斯的姑娘把她的图书拿给我看。

我正在看书，她突然问我：

“您愿意当我的未婚夫吗？”

“愿意，”我轻声回答道，“不过我的个子比你矮。我不知道男的比女的矮，能不能当未婚夫。”

我们走到窗间的穿衣镜前，看看我们的身材到底有多少差别。

我们俩是同龄人，都是十一岁零三个月。可缪斯差不多高出我半个脑袋。

“这没什么，”她说，“当未婚夫的有不少都是矮个儿，甚至还有驼背呢。主要的是，当未婚夫的得有力气。来，咱俩来摔跤。我相信你肯定比我力气大。”

我们开始摔跤。缪斯的力气比我大。幸亏我像猫一样灵活，要不就给她摔倒在地了。我们重新开始摔跤。两人都跌倒在地毯上。一种莫名的力量使我俩昏昏沉沉地并排躺了好一会儿。

后来缪斯说：

“是的，我力气比你大。不过这没什么，当未婚夫的有不少都身体很弱，甚至还有生病的呢。主要的是，当未婚夫的，脑袋瓜得聪明。您第一学季有几门功课得了五分？”

我的天哪，多么叫人扫兴的问题！假如用分数来衡量一个人的聪明才智，那我的情况就不妙了。我有三门功课得了两分，其余的是三分。

“这没什么，”缪斯说，“您今后会变得聪明的。当未婚夫的说不定有不少人四门功课得两分呢，甚至还不止四门。”

“我不知道。”我说，“恐怕不会吧。”

我们手拉着手在会客室里走着。大人喊我们到餐室里去喝茶。

缪斯抱住我的脖子，吻我的腮帮子。

“您这是干吗？”她的举动使我吓了一跳，我不由得问道。

“亲吻可以缔结婚约，”她说，“现在我们俩是一对未婚夫妻了。”

我们朝餐室走去。

## 历史教师

历史教师叫我站起来答问时与平时讲话不同。他用一种叫人难受的声调念我的姓。他故意发出刺耳的尖声。所有的同学立刻学老师的样，刺耳的尖声念着我的姓。

人家这样念我的姓我很难受，可我又不知道怎样才能阻止人家这样做。

我站在课桌后边回答着课文。我回答得相当好。课文里有“宴会”这么一个词。

“什么叫作宴会？”老师问我。

我当然懂得什么叫宴会。这就是亲朋好友为了庆贺什么喜事到饭馆里去吃饭。可我不知道像这样的解释能否用于历史伟人身上。轰轰烈烈的历史事件中用上这么一个解释是否是大不敬？

我默不作声。

“嗯——嗯？”老师尖声问道。在这声“嗯——嗯”中，我听出了对我的嘲笑和蔑视。

同学们听到这个“嗯”字，也开始嗯地尖叫起来。

历史教师朝我挥了下手，给我打了个两分。

下课后，我奔出去找老师。我在楼梯上追上了他。我愤怒得连话都说不出，气得浑身发抖。

老师见我这副模样，便说道：

“学季结束前我再向您提问一次。凑合着给您打个三分。”

“我不是为这个，”我说，“要是您再这么叫我的姓，我就……我就……”

“就怎么样？怎么样？”老师问。

“就把唾沫啐到您脸上。”我喃喃地说。

“你说什么？”老师厉声问道。随即一把抓住我的手，把我朝楼上的校长室拽去。可走了没几步又突然放开了我，说道：

“您上教室去。”

我走进教室，等校长马上来把我开除出校。可校长没来。

几天后，历史教员把我叫到黑板前。

他轻声地念着我的姓。当同学们又习惯使然地开始尖叫时，老师用拳头捶了一下教桌，朝他们喝道：

“住口！”

教室里顿时鸦雀无声。我嘴里嘟哝着回答问题，可心里却在想着别的事。我在想这位老师没去向校长告状，而且也不再像过去那样喊我了。我看着他，泪水盈眶。

老师说道：

“别着急。能得三分的那点课文你肯定背得出来。”

他以为我泪水盈眶是背不出课文。

## 叶绿素

只有两门功课我感兴趣，一门是动物学，一门是植物学。其他的都兴味索然。

其实历史我也感兴趣，不过不是我们学的那本历史教科书。

我非常难过，我的学习成绩很差。可我又不知道该做些什么才能使成绩好起来。

甚至植物学我也只考了个三分。可这门功课我是倒背如流的。我读了许多植物学的书，甚至还做植物标本。我有一个本子，里边贴着书时叶、花朵和青草。

植物学教师在课堂上讲授着什么。后来他问：

“那么树叶为什么是绿的？谁知道？”

教室里人人默不作声。

“谁知道，我给他打五分。”老师说。

我知道树叶为什么是绿的，可我不出声。我不想出风头。让头几名的学生去回答好了。再说，我也不需要弄个五分。在我的那一片两分和三分之间，它一个五分戳出在外边有什么意思？这太滑稽了。

老师叫那个得第一名的学生站起来回答。可那人不知道。

于是我漫不经心地举起手来。

“噢，原来这样，”老师说，“您知道。那好，您讲吧。”

“树叶发绿，”我回答说，“是因为树叶中有一种叫作叶绿素的色素。”

老师说：

“在给您打五分之前，我先要知道您为什么不立刻举手。

我不出声，因为这个问题很难回答。

“您是不是一下子没有记起来？”老师问。

“不，我立刻就记起来了。”

“您是不是想表示您比高才生还要懂得多？”

我没出声。老师责备地摇了摇头，给我打了个五分。

## 一刀两断

风大得没法打槌球了。

我们坐在屋后的草地上闲聊。

坐在草地上的除了我的姐妹，还有实科中学的学生托里亚和他的妹妹克谢妮娅。

我的姐妹拿我取笑。她们认为我喜欢上了克谢妮娅，因为我的眼睛老是盯着她看，我打槌球时，总是把球白送给她。

克谢妮娅咯咯地笑着。她知道我的确把球白送给她。

她看出我有情于她，便说道：

“您有没有胆子半夜到墓地去给我摘朵什么花来？”

“为什么？”

“没什么。我要您去做我叫您做的事。”

为了不让姐妹们听见，我压低声音说：

“为了你，我愿意去。”

突然我们看到栅栏外边人们在乱纷纷地奔跑。我们走出果园。我的天哪！大水漫到了公路上。叶拉金岛已被大水淹没了。水再涨高一点儿，我们所走的这条村道也要淹掉了。

我们朝快艇俱乐部跑去。风大得几乎把我们刮倒。

我同克谢妮娅手拉着手，跑在前面。

突然我们听到妈妈在叫。

“回来！回家来！”

我们转身往回跑。我们的果园已浸在水里。这水是从田野那边涌来的，淹没了我们身后的一切东西。

我向正屋跑去。水渠里全是水，漂着木板和圆木。

我跑上凉台，膝盖以下全湿了。

姐妹们、克谢妮娅和托里亚他们在哪里？

他们几个正顺着果园走来，鞋子都脱掉了。

克谢妮娅在凉台上对我说：

“自己拔腿就跑……把我们撂在后边……告诉您……我们从此一刀两断。”

我默默地走到二楼我的卧室里，躺到床上，忧郁得连心都碎了。

## 一声枪响

早晨，我们坐在凉台上喝茶。

蓦地，我们听到声惨叫。随即砰的一声枪响。我们都跳了起来。

一个女人奔进我们的凉台。这是我们的女邻居安娜·彼得罗芙娜。

她披头散发，几乎赤身裸体，只有肩上披着件睡袍。她高声叫道：

“救命呀！我求求你！他要打死我……他把谢尔盖·利沃维奇打死了……”

妈妈惊吓得直捶自己的手。

“就是三天两头儿到您家做客的那个金发大学生吗？”

安娜·彼得罗芙娜只来得及说了声“是的”，就瘫倒在沙发上。

我跑到隔壁的那幢别墅去，跑到她家的窗口去。

我才朝窗里看了一眼，就吓得跳了开去。床上横着一个死人。血从被单上流到地板上。此外，屋里没有一个人。

于是我跑到她家的果园里。在那里我看到了一群人。他们拽住了安娜·彼得罗芙娜丈夫的手。

他服服帖帖地站着，没有挣扎，什么话都不说，他黯然站着。

来了一名警察，要把他押走。可安娜·彼得罗芙娜的丈夫说道：

“把我妻子叫来，我要跟她告别。”

于是我飞也似的跑回家，告诉安娜·彼得罗芙娜说：

“安娜·彼得罗芙娜，他想同您告别。您上他那儿去吧。您不用害怕。那里有警察。”安娜·彼得罗芙娜说：

“我没有习惯同凶手告别。我不到他那儿去。”我跑到果园去，想告诉他，她不来。可是安娜·彼得罗芙娜的丈夫已经被带走了。

## 忠　告

我上我的一个同学家去过新年枞树节。他的父母非常富有。

所有的客人都得到意想不到的礼物和各种各样的饰物。我得到的是两本梅恩·里德[①]的书和一副比赛用的冰刀。此外，我那位同学的姐姐玛尔珈丽塔另送给我一本邮票簿、一把小巧的珠母折刀和一根金鸡心表链。

深夜了，客人纷纷辞别。

玛尔珈丽塔带着一名婢女送我回家。

我和玛尔珈丽塔走在前面，婢女安努什卡跟在后面。

我们一路上谈得很投契，不知不觉就到了我的家。

---

① 托马斯·梅恩·里德（1818—1883），英国作家。

临别时，玛尔珈丽塔要我明天她放学时去接她。

我同玛尔珈丽塔握手话别。然后同安努什卡话别，也握了她的手。

我同安努什卡话别时，玛尔珈丽塔涨红了脸，耸了耸肩膀。

次日我去接玛尔珈丽塔。她对我说：

“您大概经常去那些不讲究规矩的人家，他们那儿兴同女佣人握手告别。我们家可不兴这么做。这有伤体面，有失身份。”

我从来没思考过这类事。此刻听她这么说，脸涨得通红，不知所措。一下子找不到话来回答。后来我说：

“我认为同安努什卡告别没什么丢脸的。”

玛尔珈丽塔说道：

“您只差没有先同她告别，然后再同我告别。您出身贵族人家，却做出这种事来。”

我们默默地走过两条街，一句话也没有交谈。我只觉得浑身不自在，便摘下中学生制服帽，同玛尔珈丽塔道别。

我临走时，她跟我说：

“您不该生我的气。我比您大一岁，我是出于好意才这么告诉您的。”

## 我的朋友

我每天都去找萨沙·П。他是个聪明的男孩。我跟他在一起觉得很有意思。我同他交好。他是我唯一的朋友。

妈妈说我不可能同别人交好，因为我天性是个落落寡合的人，就像我的父亲。

她说得完全不对。我只消一天没见到我这位朋友，就会想念他。我少不了他。

我擦亮皮鞋后，就急急忙忙去找他。他家的别墅在岸边，离开我们三条街。

我走在堤岸街上，轻声唱着《情不自禁来到这忧伤的岸边……》

我走进果园。萨沙·Π一家子都坐在凉台上。他妈妈，他和两个姐妹——奥莉姗和加莉娅全在那里。奥莉娅十四岁，加莉娅十六岁，而我十五岁。

见到我来了，一家人都很高兴。萨沙对我说：

“要是你愿意的话，我们今天到海滨去。我们谈谈哲学。”

两个姑娘听了很不高兴。她们想同我一块儿玩槌球游戏，在果园里坐坐。

萨沙说：

“那你去跟姑娘们聊上一个小时，我也好把这本书看完。”

我同两个姑娘一起走进果园。我们坐在凉亭里，海阔天空地闲聊着。

我更喜欢奥莉娅，而加莉娅呢，更喜欢我。真是戏剧性的三角关系。有趣极了。这就是——生活。

我们在凉亭里坐了很久。后来我们在果园里溜达。然后又到海边去坐了一阵，最后又回到凉亭里。

已暮色四合。我同两姐妹告别。加莉娅凑到我耳边悄声说了句什么。我没听清。而她又不肯再说一遍。我们笑了。

临了，我终于狠下心来同她俩分手，兴高采烈地快步走回家去。

走到半路上，我才突然想起忘了同萨沙告别，忘了我们打算去海滨这件事。

我感到很不好意思，返身朝他们的别墅走去。我走到栅栏跟前，萨沙正站在栅栏门旁边。

他对我说：

“今天我看透了你，你不是来找我，而是来找我的姐妹的。”

我脸上发烧，试着向他证实我只是来找他的，可突然间，我自己也发现我每天来的确不是为了找他。

他说：

“我们的友谊是建立在沙滩上的。我对这一点深信不疑。”

我们两人冷冷地分手了。

# 挥着根手杖的大学生

伊琳娜住在隔开我们家两幢房子的别墅里。她是个棕红色头发的女郎，漂亮得哪怕一连看上几个小时也看不够。

我们这些半大小子经常走到她家的栅栏跟前，望着她躺在吊床上的身姿。

她差不多整天都躺在吊床上，却并不看书。书撂在草地上，或者搁在她膝盖上。

每到傍晚，伊琳娜就同奥列格去散步。奥列格是个大学生，在铁道学院学习，长得十分潇洒英俊，戴一副夹鼻眼镜，手里老是挥着一根手杖。

每当他向她家走去时，我们这些半大小子更高喊：

“伊琳娜，奥列格来了！”

伊琳娜通红着脸，赶紧奔出来接他。

我不知道他们之间究竟发生了什么事，反正到了那年夏末，伊琳娜从码头上投水自尽了。连她的尸首都没找到。

所有消夏的人都痛惜她的早夭。有的人甚至哭了。可是这个大学生奥列格对于她的死不但不悲痛，而且若无其事。他照旧挥着他那根手杖去码头玩，和他的朋友们嬉闹，哈哈大笑，甚至开始向一个叫西莫契卡的女大学生献殷勤。

他的行为激起了我们这些半大小子的众怒。我们打心底里憎恨这个挥着根手杖的大学生。

有一回，他坐在码头上，我们便从河滩上用弹弓弹射他。

他气坏了，破口大骂，来追赶我们。可他去追一批人的时候，另外的人就弹射他。

我们从四面八方弹射他，临了，他不得不用双手捂住脑袋，逃回家去。

我们把他家的别墅围困了整整三天。凡是从他家出来的人，我们都用弹弓射他们，一个不漏，连他的妈妈、厨娘、客人，我们也射。狗也射。甚至出来晒太阳的猫，我们也射。

我们砸碎了他家凉台上的好几块玻璃。我们迫使他很快就离开了别墅区。

他走的那天，鼻子上肿起了个大包。这是他提着行李去码头时，叫我们中间的一个人用弹弓射的。

## 第一课

我收了一名学生。他是总参谋部的文书。我帮他准备应试。

两个月后他要参加初级文官的考试。

我们讲好的条件是：如果他考中了，他就拿他那辆自行车酬谢我。

这条件是很诱人的。因此我不惜每天花三个小时，有时还不止三个小时，教这个在学问上脑子很不开窍的笨蛋。

我竭尽全力把我的全部知识灌输到他一团糨糊的脑袋瓜里。我逼着他写、想、算。一直要等他哼哼唧唧地抱怨头胀得快裂开来了，我才结束这天的课程。

他终于考中了，而且考得很好。他满脸红光地来看我。

他惊异地望着我说，他没料到会考得这么好。

于是我跟他一齐去他家。

庄严的时刻到了。他把他那辆自行车推到了走廊里。

当我看到他的自行车时，我眼前一阵发黑。这是一辆锈迹斑斑、车把凹瘪、没有外胎，眼看就要散架的破车。

我泪水盈眶，可又不好意思说我不同意接受这么一辆车子。

文书笑得快喘不过气来。他说道：

“不要紧的，抹上火油，擦一擦，再买副外胎，就是一辆挺棒的自行车了。”

我费了九牛二虎之力才把这辆锈烂的车子推到修理行。老师傅挥了挥手，说：

“您怎么啦，疯了不成！这辆车还能修！”

我以一个卢布的价钱把这辆车卖给了收购破烂的人。可一个卢布他还嫌贵，只肯出八十五个戈比。后来他看到铁锈的车把上有个车铃，才肯出这个价钱。

直到今天，三十年后，我一回想起这个文书，回想起他的扁平的鼻子、他的黄板牙和扁平的脑袋（我曾把某些知识硬塞进了这个脑袋），就禁不住感到憎恶。

这是我上的第一课，使我获得了有关生活的某些知识。

## 结　语

我对儿时的回忆到此结束。

我面前摆着三十八则故事，它们当初曾使我的心灵为之激荡，为之震惊。

所有这些故事我都反复地看了又看，抖搂了又抖搂，指望在其中找到我痛苦的根由。

可是我在这些故事里没找到什么大不了的事。

不错，其中有的场面的确极其悲惨。然而并不见得比常见的悲剧更惨。

每个人都有丧父之痛。每个人都会看到母亲的悲泣。

每个人上学时都会有伤心的事，都会受到委屈，都会感到焦躁，都会受骗上当。每个人都会受到雷雨、洪水和风暴的惊吓。

是的，在其中的任何一则故事里，我都没找到毁了我的一生，使我如此压抑、如此忧郁的那件不幸的事。

于是我把所有这些故事串连在一起：我想看到我孩提时代的一幅总图，一张总谱，也许还是这总图，这总谱，当我迈着儿童那种跌跌撞撞的步子走在我生命的窄径上时，把我击昏了。

然而在这张总谱中我并未发现任何反常的东西。我看到的是个普普通通的孩提时代。我不过是个稍微难于管教的孩子罢了，爱发脾气，好得罪人，极其敏感，眼睛总是盯着坏的地方看，而不是盯着好的地方。也许正因为如此，我儿时胆小怕事。然而我儿时绝不是一个弱者，相反，是个强者。

不，儿童时代那些事不可能殃及我此后的生活。

我又束手无策了。我想探究我忧郁的原因，进而消除这种原因，使自己成为幸福的人，乐观的人，无忧无虑的人，成为跟所有心胸开朗的普通人一样的人，虽然是不自量力，只有在童话中浪子才会回头！

可也许我根本就没想到点子上呢？也许压根儿就不存在我寻找的那件不幸的事呢？或者即使存在，也发生在我年纪更幼小的时候呢？

这下想到点子上了！我为什么撂下幼儿年代不去回忆？要知道对世界的最初的印象一般是不会迟到六岁或者七岁才得到的。最初认识世界还要早得多。两三岁的时候，甚或一周岁的时候，就对世界有所了解了，就产生最初的概念了。

可我又寻思，这么小的年纪能有什么事呢？

我搜索枯肠，开始回忆我还是黄口小儿时候的事。可是我发现，那里的事我几乎什么都记不起来了，我无法回忆起任何一件完整的事情。那里的事都湮没在厚厚一层灰蒙蒙的东西之中，只有一些凌乱的片段依稀可见。

于是我开始回忆这些片段，当我逐一回忆起这些片段时，我禁不住不寒而栗，而且比我在回忆我的童年时更加强烈。

“看来，这一回我的路走对了，”我想到，“创伤已近在咫尺了。”

# 日出之前

那真是个可怖的世界，

没有天空，没有日月，没有光明。

于是我决定回忆我的幼儿期，认定正是在我学步之年，遭遇到了那件不幸的事故。

然而要回忆那些年的情况谈何容易。它们被浓重、渺茫的雾笼罩了。

我集中记忆力，力图穿过这层浓雾。我竭力去回想我三岁那年坐在高脚椅上或者妈妈膝盖上时的事情。

突然间，我居然透过遥远、朦胧的遗忘之雾，忆起了一些瞬间、片段和支离破碎的场面。某种奇异的光忽然照亮了它们。

究竟是什么照亮了它们？也许是恐惧？或者是稚童心灵的激荡？是的，大概正是恐惧和心灵的激荡突破了遮蔽我幼年生活的浓雾。

但是这光稍纵即逝，只亮了短短的瞬间。然后一切复又淹没在雾中。

我回忆起这些瞬间时，我发现它们都是我三四岁时候的事。也有一些是两岁时候的。

于是我开始回忆我自两岁到五岁的遭遇。

## 两岁到五岁

任何东西舌头觉得甜，

到了胃里就要泛酸。

### 张开嘴巴

被子上搁着一只空火柴盒。火柴都在我嘴哩。

有个人大声对我说："张开嘴巴！"

我张开嘴巴，吐出了火柴。

有个人把手指伸进我嘴里，又抠出了好几根。

有个什么人急得哭了。可我哭得更响，因为我被抠疼了，因为人家把我到口的火柴抢走了。

### 小皮鞋乘车子

一双小小的漆皮皮鞋。这双锃亮的小皮鞋别提有多漂亮。它们止乘着牟子上哪儿去。

这双皮鞋穿存我脚上。脚搁在坐椅上。座椅是天蓝色的。想必这是一辆出租马车。

漆皮皮鞋乘在马车上。我目不转睛地望着这双鞋子。

其余就什么也记不起了。

## 自　己

一碗粥，一把调羹伸进我嘴里。有一只手拿着这把调羹。

我夺过调羹。我要自己吃。

我舀了一匙粥塞进嘴里，烫得我大哭起来。我发狠地用调羹敲着粥碗。粥溅到了我的脸上和眼睛上。

尖声狂叫，是我在叫。

## 手里拿着一只鸟

有一个人用一块黑头巾蒙住了头。另一个人手里拿着一只鸟。是只大鸟，我站在椅子上望着那只鸟。

那人把鸟高高地举了起来。这是干吗？要让鸟飞走吗？它飞不了。它不是活的。它拴在一根棍子上。

有个人说了声：拍好了。

这张惊异地瞪着两只眼睛的稚童的照片，我至今保存着。那时我两岁零三个月。

## 迷路了

柔软的条纹布沙发。沙发上方有一扇小圆窗，窗外是水。

我爬下沙发，打开舱门，门外没有水。

我顺着走廊向前走去，然后往回走。

我们的门在哪里？门不见了。我迷路了。我又哭又叫。

妈妈打开了门，对我说：

“给我老老实实坐着。哪儿都不准去。”

## 公　鸡

院场。太阳。一只只大苍蝇嗡嗡地飞来飞去。

我坐在台阶上。吃着什么东西。想必是奶油面包。

我把面包屑扔给了一群母鸡吃。

一只公鸡向我走了过来。它转动着脑袋望着我。

我挥手撵公鸡走开。可它非但不走开，反而走到我跟前，冷不丁往上跳，啄食我的奶油面包。

我吓得尖叫着逃走了。

## 把狗撵走

窗台上摆着几盆花。有只猫躺在花盆中间。它一直在望着我。

我也一边望着猫，一边坐在高脚椅上吃粥。

冷不防一条大狗跑了过来，把两只前爪搁到桌子上。

我没命地叫了起来。

有人大声说道：

“他怕狗。把狗撵走！”

把狗撵走了。

我又一边望着猫，一边吃着粥。

## 说着玩的

我站在栅栏旁，有个人在我身后拽着我。

突然有个叫花子背着讨饭袋走了过来。

那个人跟他讲：

“把这小男娃带走。”

叫花子伸过一只手来。

我惧怕地惊叫起来。

那人对叫花子说：

“不舍得给，不舍得。是说着玩的。”

挂着讨饭袋的叫花子走掉了。

## 下　雨

母亲抱着我拼命地跑。我紧紧贴在她胸脯上。

雨点啪啪地砸着我的脑袋。一股股雨水直往我衣领里灌，我哇哇直哭。

母亲用手绢蒙住我的头。她跑得更快了。

我们终于回到了家里，回到了房问。

母亲把我放到床上。

突然闪电一亮，随即一个焦雷炸裂开来。

我爬下床，狂叫起来，响得把焦雷都压倒了。

## 我　怕

母亲把我抱在手里。我们在看关在笼子里的野兽。

这是一只大象。它正用长鼻子卷起一个法国面包，送进嘴里去吃。

我害怕大象。我们从这只笼子前走了开去。

又走到了一只巨虎跟前。它正在用獠牙和利爪撕食一块肉。

我害怕老虎，哭了。

我们离开了动物园。

我们回到了家里。妈妈对爸爸说：

“他害怕动物。”

## 萨沙叔叔死了

我坐在高脚椅上，喝着牛奶。

我吃到了凝皮，赶紧吐出来，哇哇地哭着，把凝皮抹在桌上。

房门外有人放声大哭。

妈妈走了进来，伤心地哭泣着。她一边吻我，一边说：

“萨沙叔叔死了。”

我把凝皮都抹在桌子上了，重又喝起牛奶来。

房门外又响起了呼天抢地的嚎哭声。

## 深　夜

深夜。一片漆黑。我醒了过来，吓得又哭又叫。

母亲把我抱了起来。

我哭叫得更响了，两眼望着墙壁。墙壁是褐色的。而且墙上还挂着一条毛巾。

母亲安慰我说：

“你怕毛巾吗？我把毛巾拿掉。”

母亲把毛巾拿掉，藏了起来，把我抱回床上睡好。我重又哭叫。

于是把我的小床放到母亲的床边。

我哽咽地睡着了。

## 结　语

我面前摆着稚儿的十二则故事。

我仔细地反复研读这些故事，可什么大不了的事都没发现。

每个幼儿都会把正巧在手边的东西塞进嘴里。

几乎每个幼儿都怕野兽，都怕狗，吃到凝皮都会吐出来，都会烫着嘴，都会在黑夜啼哭。

不，这是普普通通的稚年，所有的行为对一个幼儿来说都是正常的。

把这些故事串连在一起，同样也不能解开我的谜。

看来，我花了那么多精力去回想幼年时的鸡零狗碎的事是徒劳的。看来，我逐一回忆我一生中那么多的事情，也同样是白费力气。

所有这些强烈的印象都不是我不幸的成因。可是虽非成因，却也许是后果呢？

“那件不幸的事故说不定发生在我两岁之前？”我没有把握地想。

这下才想到点子上了。要知道同事物最初的接触，同周围世界最初的认识，不是发生在三岁，更不是在四岁，而是在此之前，在生命的拂晓之际，在日出之前。

看来这最初的接触、最初的认识定有不寻常的地方。一个小动物，既不会讲话，也不会思想，就同生活遭遇了。正是在这个时候，而不是在此后，会发生那件不幸的事故。

可叫我怎么去找那件事故呢？叫我怎么才能深入到那个没有理性、没有逻辑的世界，深入到那个我什么都记不起来的世界中去呢？

# 两岁之前

就如在沉重的梦中，我看到

一切都是苍白的，黑暗的，昏沉沉的。

## 一

我搜索枯肠，开始回想我的生命之初。但是我未能从遗忘之中唤醒任何场面。我无法捕捉到任何遥远的轮廓。遥远的往昔已融为浓密，单调的阴影。

灰蒙蒙的浓雾笼罩了我生命的最初两年。我面前的这片浓雾犹如烟幕，挡住了我的视线，使我无法看到遥远、神秘的婴儿期的生活。

而且我全然不知怎样才能冲破这片浓雾，看到在我生命的拂晓之际，在日出之前演出的那场悲剧。

悲剧正是在那个时候演出的，这一点我已不再怀疑。如果我寻找的那出悲剧纯属子虚乌有，那么我在力图深入超过婴儿年龄的人已不可能再进入的世界时，就不会有不寒而栗的感觉了。

## 二

我竭力设想我是个一周岁的婴儿，嘴里含着橡皮奶头，手里捏着拨浪鼓，两只小脚向上跷起。

然而这个场面是我现时的凭空想象，因此未能触发我的记忆。

直到有一回，我在一番紧张的思索后，发烫的脑袋里才突然闪过一些久已遗忘了似幻觉般的景象。

一条什么被子上的皱褶。从墙上伸出来的一只什么手。一个摇摇晃晃的高大的黑影。又是一个黑影，又是一只手。不知是什么东西的白花花的泡沫。然后仍然是那个摇摇晃晃的高大的黑影。

然而这是些杂乱无章的景象，好似梦境，一点儿不像是真的。我想通过这些景象看到我母亲的形象，看到她伛到我小床上来时的身姿，哪怕看到她的影子也好。不，我未能看到。一切轮廓都已模糊不清。黑影消失了，随之出现的重又是——空虚、黑暗、一无所有……就如一位诗人说的那样：

万汇融成浑浊的阴影，

既没有白天，也没有夜晚，

只有无色的黑暗，

只有无涯无际的空虚的深渊，

只有人影，却没有脸面。

那真是一个可怕的世界，

没有天空，没有日月，没有光明。

这是一个混沌、纷乱的世界。我的理性刚一触及它，它就消失得无踪无影。

我终于未能进入这个世界。

毫无疑义，这是另一个世界，另一个星球，它的规律也是另一样的，，怪异万分，非理性所能掌握得了。

## 三

“然而一个婴儿怎么会在这片混沌和纷乱之中活下来的呢？”我思忖道，“他一无理性，二无逻辑，靠什么自卫，靠什么逃脱危险？”

或者没有自卫可言，一切都取决于偶然性，取决于父母的照顾？

然而即使有父母，生活在这个黑影憧憧的世界上仍然是不无危险的。

于是我打开教科书和生理学家的著作，希望看到科学对于人生命中的这一朦胧期是怎么说的。

我发现书上写的那些令人叹服的规律，无不是科学家从观察动物中发现的。

这是一些极其严谨、正确的规律，依其自己的方式保护看婴儿。

没有理性和没有逻辑并不重要。这两者由肌体的特殊反应，即反射所替代，也就是说婴儿对来自外界的任何刺激，其肌体都能做出独特的回答动作。这种反应，这种回答动作就是肌体借以摆脱危险的那种自卫。

那么这种回答动作包含什么内容呢？

反射活动的特征为两个基本的神经活动过程——兴奋和抑制。这两个过程的综合活动引起这样或那样的回答动作。这一大脑活动不管如何千差万别，就本质而言，可以归结为一个最简单的机能——思维活动。也就是说，对任何刺激的回答动作必定产生于从本质上来说必然合理的、某一思维活动或一系列思维活动的综合活动。

这一反射原则既适用于成人，同样也适用于动物和婴儿。

由此可见，不是混沌和纷乱，而是数千年来遵循的一丝不苟的秩序保护着婴儿。

也正因为如此，对世界的最初的认识是根据这一反射原则进行的。而同事物的最初的接触则养成了对待这些事物的某种习惯。

## 四

请诸位原谅，我不得不谈谈学识渊博的读者极其可能早已知道的事。

我要谈的是一些基础知识，因为我考虑到并非所有的读者都已牢牢掌握这些知识。他们很可能记得不那么完整了，忘掉了一点什么，因此得提醒他们，而有些读者，尽管博览群书，可是对这方面却一无所知，因为他们没有兴趣去研究从狗的生命活动中得出的公式。

至于那些全都知道、全都记得的读者，也许他们本身就是研究这门学科的，请他们不要笑话我班门弄斧，不要不耐烦，尽可一目十行地扫过这两小章文字。

我将要谈的是高级心理机能，更确切地说，是这种机能的泉源——反射。

谈反射就同谈世界赖以建成的原初物质一样重要，两者不分轩轾，因为反射是理性的泉源，是意识的泉源，是善与恶的泉源。

当年伟大的科学家牛顿看到苹果从树上掉下来，发现了万有引力定律。一个同样普通的场面使伟大的俄罗斯科学家巴甫洛夫确定了条件反射规律。

这位科学家发现狗对于食物和前来喂食的工作人员的脚步声做出的反应是相同的。食物和脚步声同样引起狗的涎腺分泌唾液。因此这位科学家认为，在狗的大脑中形成了两个兴奋灶，这两个兴奋灶之间存在着条件联系。

这位科学家又用闪光、节拍器的拍打和音乐来替代工作人员的脚步声，狗的涎腺照样分泌。当然其前提是新的刺激物至少要与喂食多次伴同出现。

这些新的刺激物（光、声音、音阶）在多次伴同喂食出现后，便可建立新的神经联系，这种神经联系就其本质而言是极其有条件的。

换句话说，节拍器的拍打（或者任何其他刺激物）这一条件刺激，引起了狗对于食物的想象。于是狗对这一条件信号做出的反应同狗对于食物做出的反应是完全相同的。

在大脑皮层的两个兴奋灶之间形成的这种条件神经联系，科学家巴甫洛夫称之为“暂时性联系”。这种联系是暂时的，因为一旦实验中止，这种联系就不复存在了。

这是一个惊人的发现。

# 五

于是这位科学家进行更加复杂的实验。

他把电流通过狗的爪子，并伴之以节拍器的拍打。

这一实验重复多次后，只要节拍器一拍响，就能引起狗疼痛的反应。

换句话说，条件刺激物（节拍器）在大脑皮层上构成了一个兴奋灶，这个兴奋灶“引燃”另一个兴奋灶（痛觉），虽然后一兴奋灶并未感受到刺激。两个兴奋灶之间存在着神经联系。

于是这位科学家发现可以用纯粹的物质手段干预中枢神经系统的工作，可以随心所欲地建立任何神经联系。

这位科学家已有可能驾驭动物的行为反应，在动物的大脑中建立新的机制。

总的生理规律发现了，其基础便是高级心理活动的最简单的机能——反射。

这一规律既关系到正常状态，同样也关系到病态。

这是一个伟大的发现。因为这个发现驱散了以往笼罩着意识领域的黑暗，而意识领域较之其他一切领域更应当是绝对清晰可见的。

只有意识领域清晰可见了，人的理性才能向前发展，而不会倒退到原始期，野蛮期，不会倒退到黑暗中去。

这是一个最伟大的发现，因为它既关系到动物，也同样关系到成人，而尤其关系到婴儿，婴儿的行为反应是不受意识和逻辑的制约的。

从这一规律的观点来看婴儿的行为反应，就一清二楚了。

婴儿是根据这一条件反射的原则来认识世界，接触周围事物的。

每一件新的物体，每一样新的东西都在婴儿的大脑皮层上建立新的神经联系，新的关系。这种神经联系，一如狗的神经联系，完全是有条件的。

节拍器的拍打引起狗疼痛的反应。叫喊、关门声、枪声、闪光，以及其他任何刺激物，碰巧（假定这么说）在给婴儿哺乳时发生，并重复多次，便能在婴儿的大脑中形成复杂的神经联系。

注射器的形状引起狗呕吐。任何物体，只要偶然使婴儿疼痛过，那么此后它的形状婴儿一看到就会感到痛苦。

当然，要产生这样的反射需要多次重复。那又怎样呢？多次重复是可能发生的。

但是必须知道这种神经联系叫作暂时性联系。一旦实验中止，联系就不复存在了。

这里边还有个问题应当缜密地加以思考。科学家巴甫洛夫只是提出了一个最简单的原则，这个原则他在狗身上验证过。人的心理远要复杂得多。人的智力不可能始终停留在一个水平上，它在不断地变化、发展。因此神经联系也随之而不断变化，可能变得极其复杂和紊乱。

死亡使这位科学家中断了用动物，用人的近亲——猴子，所做的实验。这种实验只开了个头。

至于用人来做实验则远未达到理应达到的地步。

## 六

我想把这一伟大的发现——条件反射的规律、暂时性神经联系的规律，运用于我自身。

我想以我婴儿期的生活为例，来看看这个规律是怎么起作用的。

我认为我的不幸之所以会发生，是因为在我婴儿的大脑里形成了不正确的条件联系，尽管我年纪日长，这种联系仍不断引起我的恐惧。仅仅因为曾有人用注射器注射过毒药，我一见到注射器就觉得害怕。

我想消除我脑子里形成的这种错误的机制。

然而在我面前横着一道障壁——婴儿期的生活我怎么也回想不起来。

只消我回忆起一个场面，一件事情，我就可以顺藤摸瓜，把那时的事逐一记起来。可是不行，一切都湮没在遗忘之雾里了。

有人告诉我说，遗忘了什么事，只有重游旧地才能触景生情，回想起来。

我问我的长辈，我幼时我们家住在哪里。长辈告诉了我幼时居住过的地方。

先后住过三幢房子。一幢已毁于火灾。一幢是我三岁那年住过的。另一幢我自四岁那年住起，住了不下五年。

此外还有一幢房子。这幢房子在农村，我的父母每年夏天都要去那儿消夏。

我写下了地址，异常激动地前去造访我的旧居。

我久久地望着我三岁时住过的那幢房子，什么也回想不起来。

于是我上我住过五年的那幢房子去。

当我走到那幢房子的大门跟前时，我的心陡地往下一沉。

我的天哪！这里的一切我都那么稔熟。我认出了楼梯、小花园、大门、院子。

差不多所有的一切我都认得。然而这一切跟我记忆之中的又是那么不同。

当初在我心目中这幢房子是气概万千的摩天大楼，可现在在我眼前的只不过是三层寒酸的破楼而已。

当初我觉得花园像神话一般美丽神秘，可现在我看到的是个可怜巴巴的小花圃。

当初我觉得围住花园的铁栅栏又粗又高，可现在我抚摸着的这些细细的铁条仅齐我腰，使我不由得怜悯起它们来。

当初的眼光和今天是何等的不同呀！

我走上三楼，找到了我们寓所的那扇门。

我的心由于一种莫名的疼痛而揪紧了。我觉得很不舒服。我痉挛地抓住楼梯扶手，不明白我怎么了，何以要如此激动。

我走下楼去，在大门口的石墩上坐了很久，本来我还会坐下去，可是扫院子的走到我跟前，怀疑地审视了我一阵，把我给轰走了。

# 七

我回到家里，精疲力竭，被一种无端的愁绪所困扰，我完全病倒了。

我回到家里时，处于极度的忧郁中。这一下忧郁无论白天还是晚上都寸步不离地跟随着我。

白天，我不停地在房间里走来走去，我坐不下来，更别说躺一会儿了。夜里噩梦折磨着我。

我以前从不做梦。更确切点说，我以前也做梦，可一觉醒来就忘了。那些梦都是短暂的，不可理解的。而且一般都是在天亮前做梦。

可现在我一闭上眼睛，梦就来了。

这甚至不能称之为梦。这是恐怖的幻觉，一出现这种幻觉，我就吓醒了。

为了驱走噩梦，为了能睡得安稳些，我开始服用溴剂。然而溴剂无济于事。

于是我请来了一位医生，求他给我开点儿什么药，吃了能不做噩梦。

医生知道我在服用溴剂后，说道：

“您这是胡闹！正好相反，做梦对您有益。您所以会做这些梦，是因为您在追忆您的童年。正是从这些梦里边，您才能找到您的病因。只有在梦里您才能看到您在寻找的幼年时的情景。只有通过做梦，您才能深入到那个已被遗忘了的遥远世界。”

于是我向医生讲了我最近做的一个梦，他随即加以解析。可是他把这个梦解析得令我恼火，我不相信他的话。

我告诉他，我梦见老虎，还梦见从墙壁里伸出一只手来。

这位医生说：

“这是非常清楚的。您的父母过早地带您去动物园。您在动物园里看到了大象。象鼻子使您害怕。手，就是象鼻子。象鼻子就是男性生殖器。您有性创伤。”

我不相信他的话，而且大为恼火。他委屈地对我说：

“我按照弗洛伊德的学说向您解析这个梦。我是他的学生。除了他的学说外，没有更正确的学说能治愈您的病了。”

我先后又请来了好几位医生。其中有些嘲笑释梦是胡说八道，而另一些则恰恰相反，认为梦有很大的意义。

后者中有一位医生绝顶聪明，他向我讲解了许多东西。我对他佩服得五体投地，甚至想拜他为师。可后来我没这么做。我发觉他并不正确。我不相信他的医疗方法。

他是巴甫洛夫的死敌。他认为巴甫洛夫的研究工作，除了动物实验外，一无可取之处。他是弗洛伊德的虔诚的信徒。在他看来，儿童也罢，成人也罢，他们的每个举动都与性欲有关。每个梦他都将其解析成色情狂者的梦。

这种解析我认为是不正确的，不符合巴甫洛夫方法，不符合条件反射原则。

## 八

纵然如此，这一医疗方法仍使我为之惊倒。

释梦确实有可笑之处，我一直认为干这种事的都是昏聩的老婆子和那些深受神秘主义影响的人。

我一直认为释梦同科学是风马牛不相及的。可后来当我得知整个医学实际上产生于一个泉源，产生于一种膜拜，即产生于梦的学说时，我不由得大为惊讶。整个古代医学，即所谓的神庙医学是在唯一的一个基础上——圆梦的基础上，发展和完善的。其中包括对阿波罗的儿子——埃斯库拉庇乌斯[①]和对希腊人的医神阿斯克勒庇俄斯的膜拜。

为什么要赋予梦这么重要的意义？这么做出于什么动机？难道仅仅是出于宗

① 罗马神话中的医神。

教的和神秘主义的动机吗？难道在这一切之外不存在任何有理性的东西吗？要知道古代世界并非未开化的蛮荒世界。古代世界给了我们不少杰出的哲学家、作家和科学家。最后，还给了我们杰出的医生，如希波克拉底[①]和盖仑[②]。

那里的医生是怎么行医的呢？医学史上谈了古代的医疗方法。

让病人在神庙中夜宿。他在那里做了梦。次日早晨他把梦讲给祭司和学者听。他们便来诊断病人患的是什么病，把他的梦加以解析，从而使他感到似乎摆脱了病痛。

这种古代医学，不消说，同祭司和宗教神秘主义方法有密切关系。病人带来供品祭司医神。治疗过程中庄严而神秘的气氛无疑会对病人的想象力产生影响，使他信仰医神的法力。也许正是在这种自我催眠的基础上，病人恢复了健康吧？

毫无疑问，这种自我催眠是起作用的，然而这不会是病人得以康复的唯一原因。

医学史告诉我们，此后查禁了与治病有关的宗教仪俗。在神庙内建立了类似疗养所的医疗机构。同时在神庙内创办了医学学校和医生的行会。正是神庙的医学学校造就了希波克拉底和盖仑。

然而释梦这一思想是怎样产生的呢？为什么这一思想会构成古代医学的基础？后来又为什么不再视作是一种学说？而当代的许多医生和科学家，其中包括弗洛伊德，又为什么试图把释梦定为一门科学呢？

我没有能力来回答自己的这些问题。

于是我翻阅医学教科书和生理学家的著作，想看看现代医学关于梦、关于梦境、关于可以通过梦来深入早已遗忘了的婴儿世界，是怎么说的。

---

① 希波克拉底（公元前 406—前 370），古希腊医师。

② 盖仑（公元 129—199），古罗马医师，是仅次于希波克拉底的重要医学家。

# 九

从现代科学观点来看，梦是一种什么现象？

首先这是一种生理状态，在这种状态下，意识的一切外部表现消失了。更确切点说，全部高级心理机能停止活动，诸低级机能则处于活动之中。

巴甫洛夫认为人在夜寐时与外界断绝联系。但在做梦时，本来受到遏制的力量、受到压制的感情、受到压抑的愿望却活跃起来了。

这是因为梦的机制中存在着抑制，而这种抑制是局部的，不可能无一缺漏地支配我们的整个脑子，不可能支配大脑半球的所有区域。这种抑制扩散至皮层下的中枢后就不再深入下去了。

根据生理学家们的意见，我们的脑子不妨比喻为有两个层次。高级层次是大脑皮层。这里有——检查、逻辑、批判等中枢，有后天获得的反射中枢，这里储存着生活经验。而低级层次是遗传反射的泉源，是动物习性和动物本能的泉源。

这两个层次之间，由我们前已提及的神经联系联结在一起。

夜间高级层次处于睡眠状态，因此意识消失。检查、批判、条件习性消失了。

低级层次则继续兴奋。由于没有了检查者，这个层次中的居民便可在不同程度上显现自己。

假定说吧，逻辑或者智力的发展能够抑制或者拒斥婴儿期所产生的某种恐惧。由于检查的消失，这种恐惧就有可能重新产生。不过它产生于梦境之中。

因此，梦境是人在没有检查的情况下，精神生活的继续，心理活动的继续。

也正因为如此，梦境是可以解释的，从中可以看到什么力量在抑制着人，使其感到恐惧，而这种力量用逻辑之光、意识之光是可以将其驱散的。

这就清楚了，为什么古代医学给予梦以如此重要的意义。

与此同时又不能不使人感到诧异：现代医学直到不久前才弄清人脑的机制，然而早在几千年前，在人类文化的萌芽时期，就已有人想到应当去找到人在做梦时不受检查情况下所出现的东西。

我们不知道是谁光荣地创立了古代医学。然而可以肯定，作为古代医学的基础的光辉的思想、卓越的见解出自一位天才人物。

可是这一思想从天才的手里转到了无才的庸人手里。他们为了适应本身的智力，把这一思想降低到了他们的水平，降低到了招摇撞骗的水平。

于是在这一思想中羼进了荒唐可笑的东西。现代人在披览旧时的解梦书、旧时的圆梦书时，不可能不哑然失笑。这些旧书的每一页上都是胡说八道，都是无稽之谈。

一个正确的思想被庸俗化到了这种地步，以致根本不可能弄清楚在说些什么。

只有从现代生物学的观点才能看清楚这一思想，原来它是要深入病人的心理，弄清是什么引起抑制的[①]。

因此当代的科学家们试图重新来观察梦，试图通过梦来找到精神神经官能症的病源，试图重新认识那种得以造成人的理性悲剧的东西。

## 十

总之，人脑有两个层次——高级层次和低级层次。

生活经验、条件习性跟遗传经验，跟我们祖先的习性，跟动物的习性同时并存。

在我们人脑这个复杂的器官中，可以说兼收并蓄着两个世界：文明的世界和动物的世界。

这两个世界时常发生冲突。高级的力量与低级的搏斗，在战胜后者之后，将其驱至更下面的地方，有时索性将其逐出体内。

① 下文将谈到，不仅通过梦，用别的办法也能找到病态抑制的起因。——作者

看来，似乎正是这种搏斗是许多精神痛苦的根源。

但是人的苦难绝不是由此而萌生的。

我不想过于冒进，可我还是要简单地讲几句。退一万步讲，即使高级的与低级的之间的这一冲突是精神痛苦的原因，那么这个原因也并不是无所不包的。这仅仅是局部的原因，远非主要的和基本的。

高级的同低级的之间的这一冲突是能够（假定说）导致某些性方面的精神神经官能症的。然而科学并没有把性领域内的冲突和斗争，视作唯一的原因，否则就不会进一步去揭示性抑制了。

性领域内的斗争是有其一定的分寸的，而不是病态的。

我认为弗洛伊德体系正是在这一点上有缺陷。

如果对巴甫洛夫所发现的诸机制不加注意，是很容易产生这种缺陷和这种错误的。

对于高级的与低级的之间的斗争，如果出发点有不正确的地方，定义上有含混不清的地方，就必然引出错误的结论而流于片面，只看到性反常这一面。而这是解决不了问题的。这仅仅是整体中的局部而已。

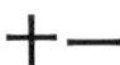

## 十一

弗洛伊德把高级的与低级的之间的冲突，把返祖欲望同现代文明人的情感之间的冲突，视作精神痛苦的泉源。弗洛伊德写道：“这类欲望虽为文化生活的进程所禁止，虽被深深地拒斥于下意识之中，但它们仍然存在，以变相的形式突入我们的意识，发挥着作用。”因此他把理性战胜动物本能看作是造成悲剧的原因。换句话说，他对高级的理性表示怀疑。

在人类思想史上，把苦难归咎于理性、对高级意识进行非难的人不胜枚举，因此后人往往把高级意识，把高级与低级之间的冲突视作人类理性的悲剧。在这些人看来，意识战胜低级本能会造成苦难、疾病、精神痛苦、精神衰弱、精神神经官能症。

在这些人看来，这是个悲剧。要摆脱这个悲剧的唯一出路是回到过去，回到自然，弃绝文明。在这些人看来，人类理性的道路是错误的、人为的、不必要的。

我并不把这种哲学同法西斯哲学等量齐观。法西斯主义另有其根源，另有其本质，然而在对待理性这一点上，法西斯主义却从这个哲学中撷取了一些东西，加以改头换面，使之通俗化，将其降低到脑子迟钝的人所可以接受的水平。

回到野蛮期——这并不是法西斯主义仅仅出于战争的需要而提出的一种说法。这是法西斯主义对于人未来的面貌的基本观点之一。

在他们看来，野蛮、原始、动物本能较之意识的不断前进要好得多。

真是荒谬绝伦！

可以肯定，人为地返回野蛮期的人，丝毫也摆脱不了困扰着他们的那些精神痛苦。真的回到野蛮期，那么地球上将住满恶棍，他们将为所欲为，而无须为他们的恶行负责。然而这些恶棍并不能摆脱原先的痛苦。这将是一帮精神痛苦的恶棍，较之原先更加不正常。

有些人所梦想的回到和谐的野蛮期，即使在几千年前也是不可能的。退一万步说，即使那时有此可能，痛苦的泉源仍然会存在。因为脑的机制仍然会存在。我们是无法消灭脑的机制的。我们只能去学会如何对待这种机制。我们必须学会这一点，但采用的方式应当同高级意识相适应。

巴甫洛夫所发现的这些机制，我们必须彻底地研究明白。一旦掌握了它们，就可使我们摆脱人们正以野蛮期的驯顺在忍受着的那些巨大的痛苦。

造成人类理性的悲剧的并非意识层次太高，而是欠高。

# 十二

科学不可能完美无缺。真理不过是时间的女儿。今后总能另外找到更正确的途径。眼下则不妨借助对梦境的缜密分析去回溯邈远的婴儿世界，回溯那不受理性制约的世界，回溯那遗忘的世界，从那里有时候是可以探寻到我们苦难的源头的。

一旦寻到，梦便能解释病态抑制的起因，而巴甫洛夫的条件反射体系便能以这些梦境为例，消除我们的苦难。受抑制的便可得到释放。

解除这种抑制得依靠逻辑之光、高级意识之光，而不是浑浊的野蛮之光。

在做了这样一番思索之后，我意识到如今我可以试着去深入婴儿封闭的世界了。钥匙已在我手里。

夜间低级层次的大门打开了。我意识的警卫哨睡着了。于是被关在地牢内受折磨的往昔的阴影便出现在梦境中。

我迫不及待地想见到这些阴影，以便最终弄清楚在我生命的拂晓之际，在日出之前所发生的那个悲剧或那个错误。

我想回忆起我不久前所做的大量的梦中的某一个梦。然而没有一个梦我能完整地回忆起来。我忘了。

于是我苦苦思索我经常做的是哪些梦，这些梦都讲些什么。

我记起了我经常梦见的是老虎走进我的卧室，是叫花子站在大门口乞讨，是我在海里游泳。

# 黑水滔滔

黑水沉得好似铅一样，

其中流着永恒的遗忘。

## 1

我一时心血来潮，去了我幼时曾住过的村庄。

我早就想去了，但迟迟没有成行。有一天，我在滨河街散步，看到码头上停泊着一艘轮船。我几乎是无意识地登上这艘船，去了那个村庄。

这个村庄叫“沙土村”，位于涅瓦河边，离施利谢尔堡不远。

我有二十多年没去那一带了。

轮船在沙土村不停靠。如今那儿已没有码头了。我是乘小划子渡过涅瓦河的。

哎，我上岸时心情是那么激动。我一眼就认出了那个圆形的小教堂。教堂还完整无损。我立刻认出了对面的那一幢幢农舍、村中的那条小街和当年曾是码头的那道陡坡。

如今这一切在我看来是那么寒酸、矮小，远非留存在我记忆中的那个宏伟的世界。

我在小街上走着，这里的一草一木我都熟悉。除了人。迎面走来的人中，没一个是我认得的。

我走进了当时我们住过的那幢房子的院场。

院子里有个妇人，年纪不小了。她手里拿着一把桨，刚刚把一头闯进院子来的小牛犊赶走。所以此刻余怒未消，热得满脸通红。

她不愿同我攀谈。可我还是向她打听我还记得的几家村民。

这几家人都已经老死了。

于是我讲出了我自己的姓，也就是说我父母的姓。那位妇人露出了笑容。她说，虽然她当时还是个小女孩，可至今清楚地记得我已故的双亲。她提到了这个村子里我们家的一些亲戚和熟人。可这些人也都已经在九泉之下了。

我伤感地朝我的小划子走去。

我伤感地穿过小街。景物依旧而人事全非。当初居住在这里的人好似匆匆的过客，走了，消失了，永不复返。他们死了。

我觉得在这一天之内我理解了何谓生，何谓死，理解了应该如何生活。

## 2

我不胜伤感地回到了家里。在家里我甚至都不再去想我要探寻我不幸的原因，不再去想我的孩提时代。我对什么都淡漠了。

今天我目睹了人生的短暂，真是过眼烟云，与之相对照，世上的一切无不是荒诞的，微不足道的。

是否值得花那么多精力去思索、斗争、探寻、自卫。是否值得像个当家人那样精打细算地安排自己的生命。要知道生命流逝那么迅疾，快得叫人感到委屈，甚至感到可笑。

还不如逆来顺受，一无所求地了此一生，把自己所占有的那点儿可怜巴巴的立锥之地让位给尘世的后来人。

我在思考这些事时，有人在隔壁屋里哈哈大笑。我不由得感到惊愕，世事如此愚蠢、无谓、可恼，而人们竟然还笑得出来，还要逗乐，还要讲话，真是咄咄怪事，愚昧已极。

我觉得与其乖乖地听任主宰着每一个人的命运来捉弄我，还不如死了干脆，死了轻松。我突然觉得我这么决定是勇敢的。换了今天，我自然知道这压根儿不是勇敢，而是极端的幼稚，可当时要是有人跟我这么说，我一定大不以为然。这是因为我当时的情绪被一种婴儿的恐惧所左右，这是对我想寻找的那件事的恐惧。这是一种抵御。这是脱逃。

我决定结束我的探寻，刚一做出这个决定，就睡着了。

半夜里，噩梦把我吓醒了过来。我吓坏了，甚至醒过来后还瑟瑟发抖。

我打开了电灯，记下了这个梦，想明天早晨好好地加以研究，哪怕是出于好奇。

可我怎么也睡不着了，我思索着这个梦。

其实这是一个非常愚蠢的梦。一条浊浪滔天的昏暗的河流。河水浑浊得几乎是黑的。水上漂着一片白色的东西，像是纸张或者是布片。我正好在岸边。我拼命从岸边逃走。我顺着田野狂奔。田野不知为什么是蓝色的。有人在后边追我。那人眼看就要抓住我的肩膀了。他的一只手已经碰到我了。我猛力挣开，没命地向前逃去。

我反复地思索着这个梦的意义，可什么也不理解。

我想，我怎么又梦见了水。又梦见了这昏暗的，发黑的水……突然间，我记起了勃洛克的几句诗：

一个古老的、古老的梦……由黑暗中

奔来一盏盏灯笼——它们奔向何方？

那边只有滔滔的黑水，

那边只有永恒的遗忘……

这个梦很像我的梦。

我逃离黑水，逃离“永恒的遗忘”。

## 3

我开始回忆我跟水有关的梦。我曾梦见我在波涛汹涌的火海里游泳，和巨浪搏斗。我曾梦见我在齐膝深的水里踯躅。还梦见我坐在岸边，河水拍击着我的双足。还梦见我在河滩上走，猛然间河水暴涨。我吓坏了，拼命地逃。

我还记起了一个梦。我坐在我的房间里。蓦地，水从所有的地板缝里冒出来，转眼之间淹没了整个房间。

通常我做过这类梦后，醒来时就感到压抑，觉得自己害病了，情绪很坏。通常做过这类梦后，我的忧郁便加剧了。

也许列宁格勒经常发大水影响了我的心理？也许还发生过什么跟水有关的事？

我回忆着我在探寻那件不幸的事故的过程中所记下的情景。我重又记起了关于有个小伙子溺水而死的故事，关于发大水的故事，关于我和我的姐妹差点活活淹死的事。

毫无疑问：我对水必定有强烈的感受。然而是什么感受呢？

也许总的来说，我这人恐水？不，恰恰相反。我非常喜欢水。我可以一连几个小时观赏海景。一连几个小时坐在河边。通常我只去有海与河的地方。我总是千方百计住进窗子面海或者面河的房间。我一直向往能住在一幢临水的房子里，听任波浪舐吻我房子的台阶。

海与河常常还我宁静，驱散频繁地光顾我的忧郁。

要是这并非出于对水的爱，而是出于对水的恐惧呢？

要是这不过貌似酷爱，实际上是恐惧至深呢？

也许我并不是在观赏水景，而是在监视它？也许只有在水静静地流着，只有在水无意吞噬我的时候，我才有观赏它的雅兴？

也许，我从岸上，从我房间的窗口，监视着它的一举一动？也许我力求住得离水近些，是为了使自己处于戒备状态，免得它来袭击我时猝不及防？

也许这种恐惧没有进入我的意识，被逻辑和理性的检查拒斥到我心里的底层，便潜伏在那里了？

我不禁失笑了：这是滑稽的，然而看来也是正确的。

已经毫无疑问了：在我的理性中存在着对水的恐惧。然而这种恐惧是变了形的，不是我们通常了解的那种形状。

## 4

于是我觉得我理解了我的梦。这梦无疑同婴儿期有关。

为了弄懂这梦，必须摈弃通常的概念，而用婴儿的形象来思维，用婴儿的眼睛来观察。

当然不仅限于用婴儿的形象，因为婴儿的形象无疑过于贫乏了。婴儿的形象随着智力的发展逐步变化。然而不管怎么变化，形象的象征终归是原有的。

汹涌、浑浊的河流——这是浴缸，或者是盛满水的洗衣盆。蓝色的岸——是被子。白色的布片——是浸在洗衣盆里的襁褓。把婴儿从洗澡水中抱了出来。婴儿“得救了”，可溺水而死的威胁却留存了下来。

我又忍俊不禁。这太可笑了，然而却是可信的。这是幼稚的，然而幼稚得并不离谱。

可是我怎么会这样的呢？所有的婴儿都洗澡。所有的婴儿都被大人泡在水里过。在他们身上并未留下恐惧。为什么偏偏我要害怕呢？

“可见水并非起因，”我想，“看来另有恐惧载体，它们同水有关。”

这时我想到了条件反射原则。

一个刺激物能够作用于两个兴奋灶，因为在两灶之间存在着条件神经联系。

仅仅大人把我泡在其中的水，是不可能使我的心灵如此激荡的。可见水同某样东西建有条件联系。可见这并不是恐水，而是水触发了恐惧，因为神经联系把水和另一种什么危险连结在一起了。这就是解决这个问题的复杂性之所在。这就是水何以能令我害怕的原因所在。

那么水究竟是同什么连结在一起呢？水里含有什么样的“毒药”呢？那个招灾惹祸、“引燃”如此激烈的回答动作的综合活动的第二刺激物又是什么呢？

暂时我不打算花心思去猜测这第二刺激物，去猜测神经联系如此明显地延伸到那里的第二兴奋灶。

其实这个刺激物已从那个梦中多少暴露了一点儿。婴儿的世界是贫乏的，客体的数量极其有限。刺激物屈指可数。然而我对这方面所知甚少，因此不可能一下子就找到这第二刺激物。

谜底虽未揭开，然而揭开谜底的钥匙已经在握。

后来探究的结果证明，我基本上没错。只是在兴奋灶的数量上我估计错了，原来不止两个，而有好几个。它们被相互间盘根错节的神经联系网交织在一起。

是大脑皮层上所产生的诸兴奋灶的综合活动，做出这样或那样的回答动作的。

## 5

条件反射原则告诉我们，神经联系是暂时性的。必须不断地重复实验，它们才会产生和巩固。一旦实验中止，它们就会中断或者彻底消失。

那也没什么。在婴儿的生活中水是唾手可得的刺激物。无疑具有重复性。眼下我还是不清楚第二刺激物是什么，但我知道它必定是能够同水建立牢固的神经联系的。

然而随着婴儿智力的发育，按理说这种联系应当消失。要知道重复性是不可能永无休止地存在下去的。凡是貌似正确的错误联系即使在幼儿时无力切断，在少年时无力切断，那么长大成人之后，按理是有能力切断的。而我所遇到的那种联系显然是不正确的，错误的。

的确，智力是在同各种貌似正确的、不符合逻辑的、错误的表象进行的斗争中发展的。然而婴儿在其智力的发育过程中，可能遇到另外一些较符合逻辑的证据，说明他所害怕的危险确实存在。

我重又披阅我所做的与水有关的回忆录。

在这些回忆录中，处处都证明水是危险的。

水淹死人。我也可能被淹死。水淹入城市。人们投水自尽。

这是说明水是危险的有力证据。

这无疑使婴儿害怕，告知他，他的婴儿的脑中所形成的有关水的表象是正确的。

这种“貌似正确”的证据是可能陪伴我一辈子的。这是无可怀疑的，因为事实上就是如此。水具有令人害怕的因素，能使婴儿产生恐惧。大脑皮层上所产生的同水的暂时性联系非但可能不消失，反而可能越来越强化，越来越牢固。

这么说，人的智力的发育并不能消灭暂时性的条件联系，而只能改造它们，使貌似正确的证据提高到人的智力的发展水平。人在寻找这些证据时，怀的是迎合的心理，找到后是不会挑剔地对它们加以检验的，因为它们落入病态的土壤中时，不经检验就已同逻辑相安无事地共处了。

这些貌似正确的证据经常鱼目混珠，同真正正确的证据混淆在一起。水的确是危险的。然而神经过敏的人对于这一危险的感受，对这一危险所做出的反应，超出了正常的程度。

## 6

如果事实真是如此，如果水真是令我害怕的诸因素中的一个因素，真是引起我精神神经官能症的综合活动的诸刺激物中的一个刺激物，那么摆在我眼前的景象是多么可悲而又可怜。

要知道医生恰恰是用水来治疗我的病。恰恰试图用水来让我摆脱忧郁。

医生给我开的处方是双管齐下地用水治疗，既要内服，也要外用，他们把我浸在浴缸里，用湿被单裹住我，要我采用淋浴疗法。还要我去海滨旅游和洗澡。

我的天哪！单单这种疗法就可能使我发作忧郁症。

这种疗法可能加剧冲突，可能酿成走投无路的绝境。

幸而水只是我整个苦难的一个部分，也许还是微不足道的一个部分。

再说治疗也并未酿成走投无路的绝境。这种治疗是可以设法躲避的。我也正是这么做的。我终止了治疗。

为了终止治疗，我挖空心思地想出了一个颇为荒唐的借口，说人祛除百病的健康之道就是工作，就是时时刻刻不停地工作。我不再去疗养地，认为那是穷奢极侈。

我借此摆脱了治疗。

然而我无法摆脱同我所害怕的那些东西的频繁接触。恐惧依然存在。

这种恐惧是无意识的。我并不知道它的存在，因为它被拒斥在我心里的底层。我理性的警卫哨不准它出来。只有在夜间，当我的意识不再做检查时，恐惧才有权跑出底层。

这种恐惧过的是夜生活，出没于梦境之中。白天，在遇到恐惧载体时，这种恐惧只能迂回曲折地表现自己，造成莫名其妙的症状，再高明的医生也会给闹得懵头转向。

我们都知道什么叫恐惧，都知道恐惧对人体的影响。我们都知道恐惧所引起的自卫性反射。这类反射的基本点是：竭力逃脱危险。

恐惧的症状是多种多样的，这取决于恐惧的强度。其症状表现为：血管收缩、肠痉挛、肌肉抽搐性收缩和心悸等等。极度恐惧能导致全身或者局部瘫痪。

造成这类症状的正是我所感受的那种无意识的恐惧。在我身上，症状表现为不同程度的心脏病发作、窒息、痉挛、肌肉抽搐。

这首先是恐惧的症状。恐惧的慢性发作破坏了肌体的正常机能，造成顽固的抑制，导致各种慢性病。

这类症状的基础是“合理性”。它们挡住了我陷入“危险”的道路，使我做好逃跑的准备。

动物在来不及避开危险时就装死。

幼时每当我不可能避开“危险”时，我常常装死，装病，装成弱者。

所有这一切都是对来自外界的刺激的回答动作。这是复杂的回答动作，因为条件神经联系极端复杂，关于这一点，下文将要谈及。

## 7

可以假定，婴儿为了逃避危险会采取这类行动。那么成人会采取什么行动呢？

我又采取过什么行动呢？难道我从未同这种空穴来风的恐惧感做过斗争？难道我只知道脱逃了事？难道我果真是一粒可怜的灰尘，任何偶然性都可将其刮走的吗？

不，我曾同这种无意识的灾祸做过斗争，抵御过它的侵袭。而且这种抵御每一次都同我智力所达到的水平相适应。

童年时我的行为反应归结起来主要是逃跑，其次是在一定程度上希望掌握水，“驾驭”水。我试图学会游泳。可我没学会。恐惧把我牢牢地捏在它的手心里。

我直到青年时代才战胜了这种恐惧，学会了游泳。

这是我第一次获胜，大概也是唯一的一次。我至今记得，我当时为此感到自豪。

此后我的意识从未令我回避这种斗争。相反，我的意识引导我去进行这种斗争。每一回我都迫不及待地渴望同我的强敌遭遇，以便再次同它一决雌雄。

这正是矛盾之所在，明明恐惧，却又加以掩饰。

我不回避乘轮船乃至小划子，我不回避航海。我不顾内心的恐惧，存心单枪匹马去进行搏斗。我的意识不愿认输，甚至不愿承认胆怯。我至今记得当年在前线遇到的一件这种性质的事情。我率领全营进入阵地。途中有条河横在我们面前。有片刻工夫，我犹豫了。其实泅渡并不困难，可我却派出侦察兵去左右两个方向寻找更方便的渡口，暗暗希望找到一条得以穿过河去的干涸的河道。

那时是初夏，根本不可能有这样的河道。

我只是犹豫了短短片刻工夫，就下令把侦察兵召回，随即率领全营泅渡过河。

我至今记得我们走下水时我那种激动的心情。我至今记得当时我的心狂跳不已，好不容易才经受住了。

事实证明，我采取的行动是正确的。要过那条河，到哪里都只有泅渡一法。我很高兴我没有耽误战机，果断地采取了行动。

可见我并非是被我的恐惧所左右的盲目工具。我的行为每次都受天职、良知和意识的制约。而与此同时，两者所发生的冲突，则往往使我的身体感到不适。

恐惧是在我的理性之外活动的。对刺激的激烈的回答动作是在我的意识之外做出的。然而病态的症状却极其明显。这些症状的病源是什么，我不知道。医生们自然无意去深究病源，他们判定这是因疲劳过度，因劳累而引起的神经官能症。

尽管我感觉到力量悬殊，可我还是继续同无意识的恐惧做斗争。但这是一种古怪的斗争。而且为了取得那十分渺茫的胜利而采取的途径，也是古怪的。

## 8

一个行年三十的人想通过对水文的研究这条途径，摆脱恐惧。斗争是按知识的路线、科学的路线进行的。

令人惊诧的是意识参与了这一斗争。怎么会采取这样的途径，我至今不甚了了。也许因为意识并不清楚我不幸的机制，所以采取了一般的途径，这途径看来像是正确的，可是在这一情况下却是错误的，甚至可笑的。

在我的笔记本里、备忘录里，记满了有关水的资料。

这些笔记本都搁在我面前。我含笑逐一翻阅。其中有世界上最大的暴雨和洪水的记录。有世界各大海洋的深度的备极周详的数据。有最湍急的河流的资料，有船舶无法靠近的、坡度最为陡峭的海岸与河岸的资料。有瀑布的资料。

有溺水而死的人的资料。有对溺水者进行急救的资料。

下面这段笔记还用红笔画了个圈：

地球总表面积的百分之七十一为水圈，仅百分之二十九为陆地。

有句话我是用红笔写的：

地球面积的四分之三是——水！

这真是悲剧性的笔记！可悲剧性的笔记不止这一句。有一段关于人体、动物躯体和植物所含的水分的笔记也是悲剧性的：

鱼——70%—80%，海蜇——96%，马铃薯——75%，骨——50%……

我所做的笔记真是包罗万象！然而又多么无谓。

有本小笔记本里记着有关风的资料。这是可以理解的：风是造成洪水暴发、造成暴雨和风暴的罪魁祸首。

不妨把这个笔记本里的资料摘引一小段于下：

风速每秒三米——树叶微动；

风速每秒十米——粗树枝晃动；

风速每秒二十米——大风；

风速每秒三十米——暴风；

风速每秒三十五米——暴风转飓风；

风速每秒四十米——飓风，能毁坏房屋。

在这段笔记下面还有一个资料：台风是极猛烈的风暴。1892 年，（毛里求斯岛）的一次台风，风速达每秒五十四米！

还有一个笔记本上记着列宁格勒历次发大水的情况。

起初我含笑披览着我的这些笔记本。后来笑容消失了，取而代之的是悲痛。这是一场悲剧式的斗争。意识指望通过知识来“驾驭”敌人，消灭恐惧，取得胜利，为此而找到的途径是多么“书生气”，多么迂腐。

意识所找到的足一条悲剧性的途径。这符合我当时的智力水平。

## 9

这条途径也反映在我的文学创作中。

不过我要附带申明一句，我绝不是想说这条途径——恐惧和扑灭恐惧的愿望——主宰了我的生活、我的步伐、我的举止、我的忧郁症和我的文学意图。

全然没有。要是我不存在恐惧，我的举止也会如此。

恐惧不过使我的步伐复杂化了，加剧了我的不适，加深了我的忧郁症。何况没有恐惧，由于其他原因，由于环境的使然（环境对所有的人都不分厚薄），我也可能患上忧郁症的。

恐惧并不能决定全局。然而它足作用于人的各种力量的复杂总和中的一个被加数。

不考虑这个被加数是错误的。可如果把这个被加数视作总和，视作唯一作用于人的东西就更加错误。

只有看到了这个问题的复杂性，问题才得以迎刃而解。

我们已看到我举止中的这种复杂性。基本动力并不是恐惧，而是另外一些力量——天职、理性、良知。这些力量远比低级力量强大。

我的举止基本上是有理智的。恐惧并不能把我像瞎子一样牵着走。然而在我身上存在有它。它破坏我身体的正常工作。如果我没有更崇高的感情，或者说没有义务感，它便会迫使我逃避“危险”。

它是在一台总的压力机中给我以压力的，而且主要是影响我的身体状况。

我的意识力图消除恐惧感。智力的发育选择了知识的途径。作为一名文学家的职业习惯也参与了这场斗争。我以往感兴趣的许多题材中，有一个题材就同水有关。我当时对这个题材有偏爱。

我花了半年时间阅读水下特种作业队①的材料，研究“黑王子”号沉没这桩不幸事件。

我在写作《“黑王子”号》这部小说时，凡与这条船有关的事，我都做了仔细的调查。我还去了打捞现场，了解潜水作业。凡这一领域内有创见的著作我都加以收集。

小说《“黑王子”号》刚一脱稿，我立即着手收集第55号潜艇沉没的材料。可是这部小说没有写完就辍笔了。这个题材不再使我着迷，因为其时我找到了一

① 苏联的舰船打捞队，这个机构建于1923年，撤消于1941年。

条更理智的斗争途径。

总而言之，我曾想通过对水文的研究来摆脱不幸，摆脱无意识的恐惧。这种恐惧甚至与水无关。但是水能引起恐惧，因为水同另外一件触发恐惧的物体建有条件联系。

我再重复一遍，反对这类恐惧的斗争是同我智力的发展水平相一致的。

这是一场悲剧性的斗争。它势必会使我遭受巨大的痛苦和损害。它注定要给予我可怜的身躯以沉重的打击。

那么我究竟有哪些灾祸可以说是产生于高级意识的呢？

眼下可以说的只有苦于缺乏知识的理性。可以说的是：有个不幸的小野人，步履蹒跚地攀登着狭窄的山径，最初的一线晨曦刚模模糊糊地投射到他身上。

## 10

总之，探寻那件不幸的事故的最初几步已经迈出。

那件不幸的事故是在同周围世界的最初的认识中发生的，是在黎明前的黑暗中，在日出之前发生的。

这甚至谈不上是事故。这不过是个错误，是个不幸的偶然事件，是偶然性的异常的综合活动。

这一偶然性在我脑中构成了对某些事物体，包括水在内的不正确的、病态的表象。

这是一出悲剧。我在这出悲剧内的过失充其量就是时时感到痛苦。

但这出悲剧尚未彻底揭开。

> 我们没把蛇砍死，仅把它砍伤
>
> 一旦伤口愈合，它又要猖狂。

必须找到由水通向某一未知物体的条件神经联系，这某一物体也许更加可怕。没有这一物体，水就未必会成为惧怕的对象。

我深信自己是有力量的，因此继续前去寻找我那件不幸的事故。

# 把门关上

我们没把蛇砍死，仅把它砍伤，

一旦伤口愈合，它又要猖狂。

## 1

我经常梦见乞丐。他们衣衫褴褛，浑身稀脏。

他们敲我卧室的门。或者冷不防出现在路中央。

我由于惊吓，甚或恐怖而醒了过来。

我寻思为什么我常常梦见乞丐。他们有什么地方令我害怕的？乞丐对我来说会不会是某种条件刺激物？

我翻阅我的回忆录，指望在其中找到乞丐令我害怕的场面。

不，在我的回忆录中没有乞丐的形象。只有一个小小的插曲与此有关，那是在我三岁那年，母亲开玩笑说，要把我送给一个乞丐。

也许那个乞丐吓着了我？也许从此留下了无意识的幼稚型恐惧，并常常在梦中复苏？

我回忆我在大街上遇到的那些乞丐。不，我对他们没有任何恐惧。没有引起我任何焦灼的感觉。

如果我对乞丐存有恐惧之心，那么这种恐惧心白天也应该存在，哪怕程度极其微弱。上文我谈到过我对水就有这种变相的恐惧感。这种恐惧感在白天表现为一些古怪的症状。在我整个生活中处处都可以找到这种恐惧感的反应。我通过意识的途径与这种下意识的恐惧做斗争，名副其实的斗争。这一悲剧式的斗争在我的笔记本中，在我的文学作品中留下了痕迹。看来水对我来说是第一条件刺激物，而乞丐想必是第二条件刺激物。

于是我打开我那些笔记本，指望在其中找到又一场斗争的痕迹，找到同下意识的敌人进行又一场厮杀的痕迹。

然而这回在我那些笔记本中，未曾找到我要找的东西。既无数字，也无资料。没有任何东西可以说明我对这一客体存在有超出正常范畴的好奇心。

于是我披阅我的文学著作。

我发现我对乞丐这一题材无疑是极感兴趣的。然而这是一名文学家对于社会现象的正常的兴趣。

这个题材在我的文学著作中所占的地位，丝毫也没有越出在一名讽刺作家的著作中所应当占有的地位。我甚至觉得我没有把这个题材充分加以展开。

我疑惑不解了。怎么会有这种事？我梦见乞丐。乞丐令我害怕。这是显而易见的。可是黑夜过去，太阳升起，乞丐的踪影便在阳光下消失了。

## 2

于是我重又回顾我的生活，竭力想记起与乞丐多少有点关系的场面。

然而在这方面我未能记起任何重大的事。我无法从遗忘中唤来任何一个乞丐。

不过我曾做过一个荒诞的梦。

一艘轮船。甲板上满坑满谷的都是乘客。他们朝我鼓掌。从人堆中走出一个面相非常年轻的老头儿。他精神抖擞，腰板硬朗，满面红光。衣襟的纽孔里插着一朵花。

老头儿毕恭毕敬地朝我鞠了个躬，说道：

“啊，年轻人，我感谢您！您还记得吗，我八十岁那年是那么老态龙钟，身子骨糟透了。可现在我六十岁了，却觉得自己生龙活虎的。”

我回答说：

“巴维尔·彼得罗维奇，我很高兴我曾有幸帮助过您。”

老头儿挽住我的手臂。我们得意扬扬地大踏步走着。我们走到了一扇大门跟前。大门打了开来。老头儿不见了。

整个梦就是如此。乍看上去，这个梦是荒谬的，毫无意义的。起初我甚至都不想去思考这个梦。

应当说明一下，这个梦是在我着手为我的《重返的青春》一书搜集素材的时候做的。所以才会有个什么老头儿为我这本未来的书感谢我，这本书使他得以返老还童。

我竭力回想我在现实生活中有没有见到过这个肥头大耳的老人。没有，这张紫气腾腾的脸膛我过去从来没有见到过。

既然如此，我为什么要称呼他巴维尔·彼得罗维奇呢？要知道只有对认识的人才这么称呼的。

我绞尽脑汁地回忆那些业已淡忘了的名字。可是巴维尔·彼得罗维奇这样的名字和父名，我怎么也回忆不起来。

于是我把注意力转到门上，就是我领着老头儿走进去的那扇大门。我究竟在哪儿见到过这扇沉甸甸的雕花橡木门？无疑我是在哪儿见到过这扇大门的。我至今记忆犹新。我甚至记得门上那块铜牌。铜牌上刻着屋主的姓——契斯佳科夫。

这个契斯佳科夫是什么人？

我开始翻阅我的姓氏备忘录。没有，我认识的人中没有姓这个的。

有个大名鼎鼎的画家姓契斯佳科夫[①]。可他跟我有什么关系？

出于好奇心，我打开了百科全书，想看看这位画家的名字和父名。使我大为惊讶的是他的名字和父名同我在梦里称呼那老头儿的一模一样。

这是著名的俄罗斯画家巴维尔·彼得罗维奇·契斯佳科夫。

我突然想起了他是先父生前所在美术研究院的院长。

我立即活灵活现地记起了一个久已遗忘了的场面。

## 3

冬天。大雪纷飞。瓦西里耶夫斯基岛。

我跟母亲在街上走着。我们在一扇大门前站停下来。门上有块铜牌，刻着：“巴维尔·彼得罗维奇·契斯佳科夫”。

我按了门铃。司阍开了门。母亲说：

“请您禀报大人，画家左琴科的未亡人前来求见。”

司阍通报后出来说：

“大人请您在这儿等着。”

我们在一条长凳上坐了下来。我们久久地坐着，目不转睛地望着气概非凡的宽大的楼梯。我们等了很久。我忍不住抱怨起来。我感到闷得慌。叫我等这么久我受不了。我跟母亲说：

“他这么久还不来，就是说他用不着我们。妈妈，我们走吧。”

妈妈压低声音对我说：

① 巴维尔·彼得罗维奇·契斯佳科夫（1832—1919），俄国教育家和画家。

“不是他用不着我们，是我们用得着他。如今爸爸死了，我们得领取抚恤金。我们能够领到多少钱，全要看巴维尔·彼得罗维奇。”

足足一个小时过去了，一个穿一件黑色常礼服的老头儿总算从楼梯上走下来了。老头儿非常老，瘦骨嶙峋，面如纸色。

妈妈恭恭敬敬地朝他鞠了个躬。向他央求着什么事。

老头儿嫌恶地回答着什么，老是把重音放在“O”字上。

总共只谈了三分钟。

我们走了。

妈妈拉着我的手。我们又在大街上走着。我说：

“妈妈，换了我，才不会像你那样低声下气。”

妈妈回答说：

“有什么办法呢，米申卡，我们得靠他。”

“那也一样。瞧他跟您讲话时，态度那么坏。跟你告别时态度也坏，马上就扭过身去了。”

妈妈哭了。

我对她说：

“他对我的态度比对你还坏。他甚至没跟我问好，也没跟我说再见。可我也没哭鼻子。”

妈妈哭得更伤心了。

为了安慰她，我说道：

“我有二十个戈比。你愿意的话，我们雇辆马车，乘车回去。”

我雇了辆马车，我跟妈妈坐进了车厢。

## 4

我觉得门厅里发生的这件事对我的一生是有影响的。

我觉得这个场面令我害怕。

的确如此。在我面前又出现了乞丐的形象。不过这一回乞丐是我自己。

我站在门厅里伸手乞讨。人家给了我一点儿施舍。也许我是害怕沦为乞丐吧？是害怕落到可怜巴巴地求告者的田地吧？这就是乞丐的形象何以令我害怕的原因吧？

我回想旧时我们国家有许多乞丐，他们绝大部分到处流浪，无以为家。我又联想到了以消灭这种贫困现象为己任的伟大革命。

我回想着我生于彼、长于彼的那个旧世界。回想着制造了乞丐、求告者，使多少人卑躬屈膝，低三下四，苦苦哀求的那个世界。

大概那个世界令我害怕，使我没有信心，它制造出了乞丐状的稻草人。

我回忆着那个世界，回忆着当时我周围的人，回忆着人际关系。

无疑那是一个悲惨的世界。它所传播的疾病，危害的程度不下于我在本书中所描绘的。它能使人感到惊慌、不安、恐惧。毫无疑义，它能制造出乞丐状的稻草人。

总之，我忆起我所出生的那个世界。那是个既有富人也有穷人的世界。是个既有求告者也有施舍者的世界。是个令我害怕的世界。

可我在忆及这一切时的心情是多么古怪又多么矛盾！我突然意识到我从此再也见不到那个世界了。我感到惆怅，抱憾，这是人们常有的一种伤逝之感，尤其涉及的是孩提时代。而与此同时我又欣喜莫名！

可我有什么可抱憾的呢？我有什么东西留在旧世界？为什么我恰恰是对我所害怕的那个世界有所留恋呢？

我自己也莫名其妙。我无法用语言来表达我何以抱憾的原因。于是我把我这种心情讲给一个孤身女子听。她虽然与我同龄，却以为对旧世界比我了解得深。

她告诉我说：

“我的心情也一样。不同的仅仅是我不像您那样只是偶尔才有这种想法。我从没有停止过对旧世界的悼念，虽说我们失去它已经整整八个年头了。”

我说：

“可要知道旧世界是个恐怖的世界。那是个贫富悬殊的世界。它能使人害怕。那是个不公正的世界。”

“虽然不公正，”她回答说，“可我宁愿看到贫富悬殊，也不愿看到我们现在天天看到的这些个虽然公正，却灰不溜丢、枯燥乏味的景象。新世界是个粗鲁的世界，庄稼汉的世界。其中没有我们习以为常的那种雍容华贵。没有那种使我们的视觉、听觉、想象力为之喜悦的美。这就是我们何以痛苦，何以抱憾的原因所在。至于说到公正，我没有什么可同你争辩的，虽然我认为有一只脚上鞋子的后跟是歪的。”

我告别这位女子后想，果真像她说的那样吗？

我很想回忆起我在旧世界中遇到过哪螳赏心悦目的优雅场面。我开始去回想绫罗绸缎、客厅内的音乐、人们酬酢时文雅的谈吐、街上熙来攘往的金碧辉煌的马车。

我回想起了一些场面。不，它们同我心灵的激荡一无联系。它们并未使我念念不忘。想必它们对我来说已司空见惯。想必它们没有任何惊人之处，不过是日常生活而已。

## 5

要是我没有去思索我现在思索的事，不竭力想弄清楚何来这种痛苦、这种欣喜、这种惆怅和抱憾的心情的话，十之八九我是不会忆及下述这些事情的。

## 在海滩上

我穿着大学生制服，手里拿根手杖，漫步在海滩上。

那是在谢斯特罗列茨克海滨浴场。时值盛夏。天气燠热。

交响乐团演奏着一支支乐曲。

人们分坐在发烫的沙滩上。仪态优雅的淑女们戴着帽子，撑着阳伞。弱不禁风的绅士们戴着夹鼻眼镜，穿着西装。

孩子们循规蹈矩地走来走去。他们也都戴着帽子，穿着长筒袜子和皮鞋。

有个小姑娘憋不住了。

“好妈妈，”她说，“请允许我脱掉袜子。”

“不行，这是不文雅的。”做母亲的说。

“只有洗海水浴时，我们才可以脱掉袜子。”

到处彬彬有礼，枯燥乏味。几乎看不到晒黑了的身体。几乎听不到喊声、欢叫声、笑声。有人在下水时尖叫了一下。有人在念着难听的诗。侍者用盘子托着啤酒端给什么人。

我的天哪，乏味得难以忍受……

## “精神高于一切，年轻人”

我一面用手杖轻轻地拍打着我的紧身裤，一面朝我的两个熟人走去。他们是名律师 H 和他的妻子 H.H 女士。

我对这位律师的妻子颇为爱慕，常常向她献点儿殷勤。

我走到他们跟前时，H.H 女士朝我嫣然一笑，羞涩地掩住紧箍着一件漂亮的游泳衣的身躯，不时轻轻地摇几下雪白的鸵鸟羽毛扇。

我在她身旁坐了下来。

H.H女士向我频频投来秋波，可是我们俩却无法一诉衷曲。丈夫就在旁边，这真是大煞风景。

“谢尔日，”她对丈夫说，“说实在的，你也该下海去。即使不去游泳，也该在海水里泡一会儿，这是必要的，我的朋友。这对你的健康有益。”

谢尔日顺从地脱下黄绸的西服上装，松掉丝背带，把衣服一件件脱掉。

我看到了他病弱的身体，肺痨病患者的凹陷的胸脯和没有肌肉的干枯的手臂。

这位法律工作者发现我的目光注视着他，便嘟囔着说：

“精神高于一切，年轻人。我们要操心的是精神而不是肉体。精神是我们美的所在。”

谢尔日像踩在钉子上那样，小心翼翼地踩着沙子，向海水走去。

他那双干瘦的、没有生命力的手臂，像两条绳鞭那样晃荡着。

## 我们听诗朗诵

一间陈设雅致的会客室。锦缎面子的沙发。花边。透花纱。瓷器小摆设。宾主用法语交谈。

男主人——苍白、委顿、满面倦容。他脸上有某种颓废的神情。

他在朗诵他的诗作，辅之以从容不迫的手势。他朗诵的是首长诗，讴歌人们应当倾其全力去追求的某种“原始的”美，喟叹一颗高雅的、柔肠寸断的心灵不得不踯躅在这粗俗的、卑鄙的、人欲横流的世界上。可朗诵被门厅里某个人的叫喊声打断了。

男主人蹙紧了眉头。一名侍女走了进来，轻声地向他禀报着什么，他听着，前额上皱起了悲天悯人的纹路。

没料到一个女子突然出现在客厅门口，她已上了年纪。衣着蹩脚。苍白的头发蓬起在帽子下边。

“彼埃尔，你怎么可以这样对待我？”她说道，向会客室里扫了一眼，虽然看到有客人，可还是自顾自说下去：“不，我可不管你有客。让人家都知道你是多么卑鄙的人，你已故的父亲，我的亲哥哥，立有遗言，按月给我一百卢布。可你是怎么做的？你这个没心肝的东西，怎么，想侮辱我？”

男主人像牙疼似的皱紧着脸，轻声说道：

“莉泽特姑姑，您走吧。父亲生前从未跟我谈起过这件事。你到法院去起诉好了。”

女仆和男主人一齐把姑妈推出去。不料姑妈在门槛上倒了下去。

“装腔作势。”男主人说。他从口袋里摸出一张钞票，掷给姑妈。

会客室的门关上了。下文如何我们没看到。男主人用一只手捂住眼睛，请客人们原谅发生了这么一件始料所不及的事。有个客人说道：

“这件事跟您的诗完全吻合！多么粗俗的世界！幸好还可用诗歌，用心灵的孤独来回避这个世界，摆脱这个世界……”

男主人继续朗诵被打断了的长诗。

## 在后门的楼梯上

楼梯上坐着好些工人，全都蓬头垢面，衣衫褴褛。其中有好几个穿着树皮鞋。

这都是些打短工的，他们在盖大院里的一幢房子。今天是星期天，他们来找房主，领取一周的工资。

他们中有个人说道：

“不，那些家伙总是不肯爽爽快快地付钱。总要作弄你一阵子，才肯把钱掏出来。”

有个工人站了起来，走到后门前，畏畏缩缩地敲了敲门。

一名女仆把门打了开来，她束着白围裙，头上戴着浆得硬硬的白头饰。

那名女仆说道：

“魔鬼，你们敲什么门……我不是已经跟你们说过了，老爷正忙着呢。晚上来。”

有个打短工的说：

“晚上来了，又会打发我们第二天早上再来。没一个礼拜不是这么拖拖拉拉的。求您行行好吧，禀报老爷一声，说我们都在等着呢……”

女仆恼火地说：

“老爷忙着呢。今儿不发工钱了。全给我滚。”

后门砰的一声关上了。

我这时正同瓦丽娅坐在窗台上。瓦丽娅是房主的女儿。

我们俩都十五岁，彼此似乎挺有意思，所以已经在窗台上坐了整整一个小时，海阔天空地神聊着。

我问瓦丽娅：

“瓦丽娅，您爸爸在忙什么？”

瓦丽娅发窘地垂下眼睛，说道：

“阿涅莉又来找他了。妈妈活着的时候，她可不敢来。现在她三天两头儿来。我真怕爸爸娶她。她今儿一大早就来了。他们准备去赌跑马。”

我望着坐在楼梯上那些打短工的。他们中有的在吸烟，有的在喝酒，吃着下酒菜。

我同瓦丽娅望着窗外……

## 6

曩日生活中这些小小的场面，犹如原已遗忘了的幻景，重又在我眼前掠过。这是一些多么令人不快的场面，多么苦涩的回忆呀！这是一种多么贫穷的美呀！

正因为如此，我很高兴我再也不会见到那个逝去了的世界，再也不会见到那个一方面穷奢极侈，一方面赤贫如洗的世界，再也不会见到那个空前不公正的、穷苦的、大发不义之财的世界！也正因为如此，我很高兴我再也不会见到那种患有肺痨病的、胸脯窄小的人，在这种人的心里高雅的感情是同野蛮的意图交织在一起的！

总之，我没有任何理由抱憾。然而它，这种抱憾的心情，这种痛苦却明明存在。于是我又如坠五里雾中，不明白何来这种痛苦。

也许这种痛苦之所以会产生，是因为我曾目睹与旧世界诀别时的凄凉情景。我是那个世界如何离去，那种脆弱的美，那种典雅、华贵如何从它肩上滑落的目击者。

我记起了一位诗人——A.T.

他不幸寿命过长，远远超过了该活的年纪。我与他分手还是在革命之前的1912年。我再见到他时已经是十年之后了。

我发现他发生了骇人的变化。我看到了一个令人震惊的例子。

高贵的气度消失了。高雅的辞藻忘却了。高傲的思想丧失殆尽。

在我面前的是个比其他动物更加可怕的动物，因为它还扛着诗人的职业习惯。

我是在街上碰见他的。我记得过去他嘴角常常掠过一丝微笑，一种隐含讥嘲的谜一般的微笑。而现在龇牙咧嘴的贪婪的狞笑取代了那种微笑。

这位诗人以一种急遽的动作从他破旧的公文包里掏出了一本刚刚印就的薄薄的袖珍诗集。诗人在诗集上题了款，彬彬有礼地朝我鞠了个躬，把诗集送给了我。

我的天哪，这本诗集里都写了些什么呀！

而过去这位诗人曾写出过这样的诗句：

宛若处子在背叛的痛苦时刻，
花儿流露出凄楚哀伤的神色。

露珠从花朵苍白的粉腮上滴落，
好似柔肠寸断的泪水一般清澈。

可现在，十年之后，同样的那只手却写出了这样的诗句：

隆起的裙子，鲜红的嘴唇，
疯狂地叮咚作响的钢琴，
可爱的婊子，
我什么都舍得，为了你们。

各自出卖各自的东西，
这是天公地道的交易，
婊子出卖曲线优美的肉体，
我出卖——灵魂和才气。

这本诗集是作者所在的出版社出版的（1922年），其中的每首诗都不寻常，首先是有才气的，同时又十分可怕，读时令人不寒而栗。

诗集中有一首诗，题为《乞食》。诗中说道：

我的命运，行行好，
赐我甜食、美食，让我把肚子填饱，
只要施舍给我吃食，
叫我干再下流的事，我也决不害臊。

我把心中洁净的东西弄个稀脏，
我把思想的羽翼剪得精光，
我偷，我抢，

我还伸长舌头舔敌人的脚掌！

这些诗句写得异常有力。这首腐臭的、充满灵感的诗几乎可以称得上是有才情的。然而与此同时，在我国文学史上肯定找不到同这首诗一样恬不知耻，一样自甘堕落的作品。

不过称这为堕落，称这为虽生犹死，称这为蜕化、腐朽也不贴切。诗人跟早先一样体魄健壮，朝气蓬勃，强健有力。他如饥似渴地追求着生活的欢乐。他只是不愿意再撒谎了。他不再矫揉造作。不再呶呶不休地谈粉腮、处子、酥胸。他用另一些更符合他精神世界的字眼替代了这些字眼。他掷掉了革命前乔装出来的高贵的气度，还给自己以本来的面目：饥渴、贫困、卑劣。

## 7

诗人T后来真的成了乞丐。这是他自作自受。

有一回我在铸造街的拐角上见到他。他没戴帽子站在那里，向所有走过他身边的行人深深地鞠躬。

他仪容伟岸，满头白发的脑袋几乎可以用气宇轩昂来形容。他很像耶稣基督。只有目光锐利的人才能从他的仪表上，从他的脸上，看到某种可怕的、丑恶的东西——一张形同面具的丑脸，挂着呆滞的微笑，只有已无任何东西可以失去的人才会有这样的脸相。

我不知为什么，不好意思走到他跟前。可他喊我过去，喊得很响，直呼我的姓。他嘻嘻地笑着，讲给我听一天能讨到多少钱。唉，数目远比一个文学家的稿费要大得多。不，他对于自己落魄到这般田地并不怨天尤人。人活在世上，怎么打发日子还不都一样，总归有一天要两脚一踹，断气了事的！

我把我口袋里所有的钱几乎通通掏给了他。为此他竟然吻我的手。

我指责他为什么要这样自暴自弃，受这样的屈辱。

诗人冷冷地笑了笑。屈辱？没有东西下肚才叫屈辱。未尽天年就一命呜呼才叫屈辱。其他一切压根儿谈不上屈辱。其他一切都是同现在所过的生活一致的，而现在的生活是过去的生活换来的。

一小时后，我又走过这条街。使我惊讶的是诗人仍站在街角上，不停地鞠躬行乞。

这么说，尽管我给了他一大笔钱，可他甚至都没离开过他行乞的地方一步。我至今不理解——他为什么不离开。他为什么不立即奔进啤酒馆，奔进饭馆或者回家？不，他仍站在原地不断鞠躬。可能，这并不使他感到难受，也许反使他觉得有趣。或者诗人用早餐的时候还没到，他还要在街上做一会儿户外活动？

我再次遇到T已经是在一年之后了。他已经不像人样。

衣衫破烂，浑身邋遢，喝得醉醺醺的。像乱麻似的白发戳出在帽子外边。胸前挂着一块小牌子，上边写着："请施舍几个钱给当年的诗人。"T抓住行人的手，粗声粗气地詈骂着，硬向人家讨钱。

他以后的命运如何，我就一无所知了。

这位诗人的形象，乞丐的形象，作为我平生所遇见的最吓人的幽灵，留在我的记忆里了。

这样的命运我是可能畏惧的。这样的感情，这样的诗我是可能畏惧的。

乞丐的形象我是可能畏惧的。

## 8

我在回想这位不幸的诗人时，不由得忆起了我那个时代的诗歌。

我忆起了当时流行的几首多愁善感的、忧伤的情歌：《啊，这只是一场梦》《燃烧吧，烧烧吧，我的星星》《花园里的菊花》。

不瞒诸位说，当我突然忆起这些已经遗忘了的旋律时，泪水涌上了我的眼眶。

“这就是我伤逝的来由，”我想，“这么说来，我悲悼的并非那个既有富人又有乞丐的‘花花世界’，我悲悼的是那种忧伤的诗歌，这种诗歌同我是血肉相连的。也许这种诗歌的确是美好的吧？”

我开始回忆我那个时代的诗。

那都是些非常好的诗。是勃洛克、叶赛宁和阿赫玛托娃的诗。

然而在他们的诗作中蕴涵着多少痛苦呀！这几位诗人吟唱的是多么忧郁的旋律呀！为什么？

仅仅是因为他们对他们的生活不满意吗？不满意他们在其中生活过的那种社会制度吗？不，未必见得。

我突然记起了勃留索夫的两句诗：

你们，将要消灭我的人，
我高唱着赞歌欢迎你们。

他为什么要这么说？他为什么不说用赞歌欢迎那些将要消灭不平等、极端的不公正和贫困的人？不，我们知道诗人是欢迎革命的。他加入了革命的行列，追随革命，想见到新的世界，新的人。可他究竟为什么要把这么严酷的字眼用到自己身上呢？

我开始翻阅勃留索夫的诗集，他的日记和他的书信集。

我发现他是一位很不错的诗人。然而他又是个情绪大起大落的人！他经常要克服那么严重的忧郁症！

在他的音乐中，在他的思想里，可以听到那么明显的歇斯底里的音符！他的心中存在着灾难感！

毫无疑问，他不认为自己是个健康的、够格的人。所以他才这么说。

想必他是不愿让艺术掌握在神经衰弱者颤抖的手中的。

足不愿让艺术灌输旧的感情，培育旧的人的。

他讲的话是多么的严酷！他找到的出路是多么可怕！

也许这种灾难感、歇斯底里和忧郁症仅仅是大诗人所特有的，因为他们具有崇高的使命感、高度的同情心和高级的意识？

也许其他的诗人都是用高昂振作的嗓音唱出对大自然的赞歌的？

我开始翻阅我那个时代的诗篇。

不。也都一样，只是写得差些，苍白些，糟糕些。

勃洛克像变戏法似的把他那个时代的形形色色的感情通通融合到自己身上。然而他是个天才。他以他的天才使他所想所写的一切都显得高雅。

那些没有这种高雅和审美感的蹩脚诗人的诗句是非常糟糕的：

仙女睁大绿宝石般的眸子，
对着一棵小草久久地凝视。
她的衣裳美丽得出奇，
缀满蛋白石、黄玉和橄榄石……

多么雕琢而又贫乏的语言，多么肤浅可笑的想象力而这个诗人实际上还是个不坏的诗人！

我的女皇有座巍峨的宫殿，
殿内有七根黄金的柱子，
我的女皇有顶七角的皇冠，
上边镶着数不尽的宝石。

不，读这种诗叫人生厌。听这种平庸幼稚的音乐叫人受不了。看到这种浮华的诗句，这种可怜的，矫揉造作的象征叫人不舒服。

我又翻阅我那个时代的诗集。

我阅读我们当年都读过的，而且想必是爱不释手的那些诗，却无动于衷，没有一丝一毫的激动。

我不相信我，
只相信高空闪烁的星星，
星星通过银河，
赐予我切实可靠的幻想，
还在无垠的溟漠
为我栽下非人世的花朵。

不，我不惋惜这类诗歌的消亡，不惋惜失去了“非人世的花朵”。

我也不惋惜在有些诗歌中所见到的那种朝气的消失：

我信仰光明的肇始，
我洞悉黑暗的真谛，
夜晚在黑暗中摇我入睡，
以便我让白昼见到花卉。

去它的吧，这种所谓朝气蓬勃的诗歌。它是令人厌恶的：

我温存地握住你的纤手，似火一般炽烈，手被我折断了。
我把你拥在怀里，尽情地吻你，抚摸你，使你窒息得死去。

我改而翻阅我那个时代的豪华杂志。我看到了巴尔蒙特①如何充满诗情画意地讲述爱伦·坡的女友。

她既是个令人神魂颠倒的魔女，又是她那种妇女恐惧症的奴隶，她爱天使、魔鬼、

① 康·德·巴尔蒙特（1867—1942），俄国象征派诗人。1920年向法国要求政治避难，终老于巴黎。

精灵，凡是超于常人的人她都爱，因此她胆战心惊。她是个妩媚的女巫，诱使自己和别人的灵魂去受爱情的魔法的魔魅……

巴尔蒙特还说道：

不朽的爱伦·坡是超现实的报信者，是深刻性的喉舌，是奥秘的携带者。他在为世界服务的事业中肩负起了不可或缺的伟大重任，向我们显示一个人的心灵在人间完全可能是孤独的……

我眼眶中的泪水早已干了。不，我再也不对任何事感到抱憾了。我对我所失去的那个世界并不可惜。

## 9

“我走错了路，都不知走到哪儿去了，”我想，“我乖乖地跟着乞丐走，指望能找到我何以惧怕它们的原因。可它们却把我领进了心理学的林莽之中，到处杂树横生，跟迷宫一样。”

如果我再顺着这条路走下去，还不知会迈出什么步子，还不知会令我失望到什么地步。

幸好我及时回头，明白了我的推论是错误的，我走上了歧途。

我应当去找的是我在婴儿时期畏惧乞丐的原因，而不是成人时何以害怕的原因。

难道一个咿呀学语的婴儿会产生我上述那种惊恐和焦灼，会有我上述那种感情，会理解那些诗歌和我已与之告别的那个旧世界？

难道一个婴儿会懂得乞丐的形象？

不，乞丐的形象不是婴儿所能懂得的形象。

既然如此，这种形象怎么会出现的呢？为什么我会梦见这种形象的呢？

我想起了梦的原理。想起了从现代科学观点来看梦是一种什么现象。

我想再简略地复述一遍。因为这事是至关重要的。

我们的脑子有两个层次。高级层次是大脑皮层和皮层下中枢——这里是后天获得的习性的泉源，是条件反射的中枢，是我们的逻辑和语言的中枢。这里是——我们的意识。低级层次是遗传反射的泉源，是动物习性和动物本能的泉源。

就如我们已说过的，这两个层次时常发生冲突。高级的力量与低级的搏斗，在战胜后者之后，将其驱至更下面的地方，或者索性将其逐出体内。

夜间，高级层次处于睡眠状态。

意识消失。检查削弱。

由于抑制只扩散到皮层下中枢，不再深入下去，低级的力量便活跃起来，并利用检查的削弱，出现于梦境之中。受到压制的或者被意识所拒斥的恐惧感就这样趁机活跃起来了。

以上便是梦的一幅概括性的总图。便是构成我们梦的基础的机制。

乍一看来，借助于梦，似乎轻而易举就可找到病态抑制的原因，就可发现某种受抑制的感情，就可理解梦中出现的形象。

是的，的确轻而易举，如果高级层次与低级层次“沆瀣一气”的话。然而遗憾的是这两个层次的“居民”没有共同语言。高级层次用语言来思维。低级层次用形象来思维。

可以设想，这种形象思维是动物的特性，同样也是婴儿的特性。

由于这种形象思维，梦往往具有象征性。这是可以理解的，若干种最简单的形象交织在一起便能构成象征物。而这类象征物的复杂程度并不是一成不变的。其复杂程度的变化取决于人智力的发育。

我们已不止一次谈到过条件神经联系是随着智力的发育而变化，而日趋复杂的。同样梦的内涵，梦的意义也取决于意识的发展，取决于人的性格，人的个性。

因此要理解低级层次的形象，应当用婴儿的语言讲话，用婴儿的眼睛观察。应当破译出之于婴儿的形象思维的象征的含义，当然在破译时必须考虑到人的成长和智力的发育。

由此可见，乞丐的形象乃是具有象征意义的形象。这一形象只可能是由于幼童智力的进一步发育而产生的。构成这个形象的基础的，无疑是另外一些为婴儿所理解的远要简单得多的形象。

因此乞丐的形象必须加以肢解，把构成这一形象的最简单的成分逐一分解出来。

那么究竟是哪些成分构成了乞丐的形象，构成了这一使我恐惧的客体的呢？不妨认为这个象征物的产生源于乞丐的行为特征。

乞丐是做什么事的？他做的事就是伸出手来乞讨。他伸出来的手总是要拿走些什么。

说到这里就有些东西能为婴儿所理解的了。拿走东西的那只手是有可能吓着婴儿的。渐渐地，以这类成分为基础，产生了乞丐的象征性的形象。

## 10

于是我恍然大悟，我害怕的不是乞丐而是他的手。我害怕的不是从我这儿拿走什么东西的乞丐，而是夺去我什么东西的手。

我顿时明白了，这手就是我所要寻找的东西。我明白了这令我害怕的手是激起我在婴儿期的精神神经官能症的复杂的综合行动的第二条件刺激物。

我曾经梦见我为了不致被滔滔的黑水卷走，顺着蓝色的田野狂奔，可是有只什么手却想把我抓住，不让我逃命。

正是这只手想拿走什么，夺走什么，偷走什么。

这只乞丐的手，窃贼的手，也可能是杀人凶犯的手，具有此后构成令我如此恐惧的乞丐这一象征性形象的那些成分。

这下清楚了，是水和手。

那么是什么样牢固的条件联系，能以把我所找到的这两个条件刺激物联结在一起的呢？在婴儿的生活中这两个条件刺激物怎么会如此不祥地一再重复的呢？

不过先要弄清楚，这只手表明的是什么？它要拿走我什么东西？

乞丐，更确切地说，他的手拿走我什么东西？手拿走的是我所给予他的东西：钱、面包、吃食。总之，拿走我施舍给他的东西。

幼童见手拿走了属于他自己的东西，无疑会觉得舍不得。然而这种舍不得的心理何以会伴有恐惧呢？这难以理解。于是我开始回忆一个梦的情节，这个梦里出现了乞丐。我坐在一张大桌子后面。门铃响了。然后是敲门声。我连忙奔到门边，不是去开门，而是去检查一下门有否关牢。乞丐站在门外。他想拉开门。我用足力气不让乞丐把门拉开。两人各不相让。由于恐惧，由于用力，我的心剧烈地跳动着。

门被拉开了一条缝，吓得我浑身打战。可我使出了吃奶的力气，终于把门关上。我把门锁上，还插好了链条。我放心了，回到桌子跟前。

难道门外的那人必定是个乞丐吗？也许是个窃贼呢？不，窃贼是不会按门铃和敲门的。这肯定是个乞丐，想从我这儿夺走什么东西。

他想夺走什么东西呢？

我又无法理解了。不过我知道这种恐惧感不只是梦里才有。白天也有。要知道我不但在孩子的时候，在少年的时候，而且长大成人之后，总是大声关照："把门关上！"每天晚上，我都要仔细地检查门窗上的钩子有否钩上，门是否闩好。要是房门开着，我是怎么也睡不着觉的。要是房门上没有插销，没有钩子，我就把椅子顶住门，再在椅子上放上箱子或者其他什么东西，指望要是有什么人推门闯进我的房间，椅子和箱子便会翻倒在地，把我惊醒。

可见这个梦并非空穴来风，有其现实的根据。可见恐惧感不仅在梦里才有。

这是一种什么样的恐惧感呢？乞丐要夺走我什么东西呢？我这人从来不是个守财奴。相反，我要是丢失了什么东西，反而会感到高兴。我觉得一个人要是什么坛坛罐罐也没有，日子过得就会轻松得多，容易得多。

既然如此，是什么使我如此害怕呢？什么样的损失在我看来是无可挽回的呢？我如此害怕，如此提心吊胆地要保住的是什么东西呢？

这只要把婴儿投入水中，迫使幼小的不幸的心脏吓得怦怦乱跳的可怖的手，究竟要拿走什么东西呢？

# 老虎来了

只有从未受过伤的人

才会嘲笑伤痕。

## 1

当我想弄清楚手的含义以及它究竟要拿走我什么东西时，我不由得骇然了。这是一种非同寻常的恐惧。

如此强烈的恐惧感，我过去即使在夜间也不曾有过，可是现在连白天也有。尤其是在大街上，在电车上，跟人们接触的时候。

我心里明白，所以会产生这种恐惧，是因为触动了最深的创伤，这种恐惧每一回都震撼我的整个身心。为了摆脱它，我总是拔腿逃回家去。

这是荒唐的，难以相信的，甚至是可笑的，然而当我刚一逃回家里，脚刚一踩到楼梯上，恐惧便销声匿迹了。

其实还在大门口，它就舍我而去。

我试图面对这种恐惧感，与之斗争。想靠意志、嘲讽将其制服，乃至消灭。然而它不肯就范，反而出现得更加频繁。

于是我避开街道，避开人们。我几乎足不出户。

可是恐惧很快便破门而入，闯进了我的房间。我开始惧怕夜晚、黑暗、食品。我不再睡在床上，而是把垫子铺在地板上睡。我几乎不再进食。偶尔强迫自己咽下一小块面包，便会恶心，呕吐。

看来，就要一了百了。看来就要收场，丢脸地、荒唐地、可耻地收场了。

已经什么都引不起我的兴趣。看来这场赌博我已输定。

斗争以我的失败告终。我完全被恐惧主宰了。黑暗已笼罩了我的头脑。覆灭已经逼近，远比我想象的要可怕。①

我终于到了既没法躺下也没法坐下的地步。极度虚弱的我，从房间的一个犄角晃晃悠悠地走到另一个犄角，由于心脏病大发作，由于遍体难以忍受的痉挛而喘不过气来。

在我的写字台上放着一张纸片，上边记着这些天来使我惊恐万状的梦。我不时走过去看看这张纸片，怀着一线希望，想把这些梦弄清楚。然而这些梦都难以索解。

我寻找那只手，探究它的含义以及它令我如此惧怕的事件之间的联系。可是在这些梦中压根儿没出现过手。我梦见的是老虎闯入我的房间。

---

① 但愿我这种状况足对读者的一种警告：不要去做类似的尝试。只有在医生的指导下才可去剖析心理和解析梦。我这种自我治疗导致了严重的后果。直到我具有了思索和分析的职业性本领之后，才使我免遭更大的灾难。我的例子应当使读者引以为戒，不然的话，是十分危险的。——原注

我过去也做过类似的梦。可现在这些梦活灵活现得跟真的一样。

老虎走进我的房间，甩着尾巴，注视着我的一举一动。

我感觉到了老虎炽热的气息，看到了它们像两捧火一般灼灼放光的眼睛和吓人的血盆大口。

这些个老虎并不是每回都走进我的房间，有时就守在门口。这时便会响起令人魂飞魄散的虎啸。虎啸震得我的房间都抖动了。杯盘发出嗡嗡的响声，家具纷纷倒下，窗帘和挂在墙上的图画摇来晃去。

不过这些个老虎并不来伤我。它们在我屋里或者门外站了一会儿之后，便走掉了，虎爪橐橐有声地敲响着地板。

有天白天，我灵机突然一动，找到了答案。

“老虎会不会是一种象征？”我想。“就跟乞丐的形象一样，是种象征？”

要知道梦的原理对这两者都是适用的。心理低级层次的形象思维随着儿童的成长必然会构成象征物。

我从乞丐的形象中分解出了构成这一形象的最简单的成分。这便是手和手的动作，手要拿走和夺去我的东西。因此也应当从老虎的形象中分解出某种为婴儿所能理解的最简单的成分。

老虎是一种猛兽。它是干什么的呢？它扑向它的牺牲品，将其叼起、带走、撕裂。将其吃掉。用牙齿和利爪撕咬它的牺牲品的肉。

突然间，我联想到了手。联想到了可怕和贪婪的手。手也同样拿走、夺走、抓走什么东西。

已毋庸置疑，这两个形象同出一源。

乞丐的手，窃贼的手具有了新的性质。这便是野兽老虎、掠夺者、杀人凶手所特有的那些性质。

## 2

我记起了很久以前做过的一个梦。也许这并不是梦，而是我的记忆保存下来的当年的一件真事，只不过这件事在我的记忆中变得像梦境一样扑朔迷离了。

透过邈远的遗忘之雾，我记起了一间狭小的房间。

从黑乎乎的墙壁中戳出一只巨手，朝我伸过来。这只手眼看就要伸到我头顶上。我惊叫一声，吓醒了。我想跳下床，可是不行，床上罩着帐子。

如果这的确是个梦，那么无疑是在很久以前做的。罩着帐子的小床说明那是在婴儿年代。这是一个毫不复杂的简单的梦。必定是在婴儿时做的。

婴儿梦见了一只手。手叉开五指，显然是想把婴儿抱走，抓走。这个梦未必是毫厘不爽地重演白天的事。在白天不至于吓成这个样子。否则就不会做这个梦了。

既然如此，白天究竟发生了什么事呢？

显然，白天有只手拿走了，抓走了，夺走了婴儿的什么东西。

可这只手究竟拿走了，抓走了什么东西，令婴儿如此害怕呢？显而易见，这东西是极其重要，极其珍贵的，其珍贵的程度几乎不亚于婴儿的生命本身。

在婴儿的生活中，究竟有什么东西如此珍贵呢？玩具？橡皮奶头？母亲的乳房？食物？

肯定是食物。而且多半是母亲的乳房。母亲的乳房喂给婴儿乳汁，赋予他生命、营养、欢乐。

肯定是有只手夺走了母亲的乳房。

既然这只手夺走了母亲的乳房，夺走了乳汁，那么根据婴儿的逻辑推论，这只可怖的手还会犯下更加可怕的罪行。那个梦讲的正是这种罪行。乞丐的手，窃贼的手到了夜间具有了新的含义——它是冲着婴儿来的。手要抱起婴儿，把他抓走，拐走。

然而婴儿白天的恐惧感是怎么产生的呢，而且这种恐惧感到了夜间怎么会强烈了许多倍，复杂了许多倍的呢？白天究竟发生了什么事？

其实白天也许什么大不了的事都没发生过。也许发生的只不过是每个婴儿的生活中经常会碰到的极其常见、极其普通的事——母亲用手把奶头从婴儿嘴里拔了出来。

很可能这种经常重复出现的动作吓着了贪吃的小不点儿，因此他不无激动地注视着夺去他食物、乳房、生命的手。很可能有一回父亲的手按到了母亲的乳房上，于是更加深了婴儿的恐惧。

但是在每个婴儿的生活中，手拔出乳头，手打他几下，手替他洗澡这类事，是家常便饭。为什么这并没有在其他婴儿的心理上留下任何痕迹，没有使他们精神上受到刺激，没有留下伤痕呢？那好吧，我们这就来分析这个特殊的例子。我们将要分析的这个婴儿是个未来的艺术家、幻想家。是个极度敏感的心理如何导致百病丛生的例子。

我们此刻要谈的属于非正常的情况……

## 3

就这样，手夺走了乳汁，营养。手出现在婴儿面前是为了要把他拿走，抱走，拐走。

可是为什么会从这只手联想到老虎的形象的呢？是否还发生过其他什么事？

说来也巧，就在我致力于分析老虎这一象征性的形象时，做了一个梦。这个梦证实这种象征并非无中生有。

我梦见了一条长长的走廊。光线非常亮，有许许多多的窗。我没命地在这条走廊里跑着。有人在追我。我稍微转过头去，看到那人手里捏着一把刀。刀非常之长，寒光闪闪。这把刀已举到我头上了。

我猛力往前奔去，冲出了走廊，到了堆满乱石的院子里。我跌倒在乱石堆上，头上是蔚蓝的天空，是太阳。周遭一片寂静……

我立刻理解了这个梦。走廊里的窗户给我指明了准确的方向。这些明亮的窗户是医院手术室里的。

毫无疑问，捏着刀的手是外科大夫的手。

我突然记起了母亲很久以前讲给我听的一件事。我在两岁那年动过一次外科手术。我突然血中毒，病情危急，连上麻醉都来不及就动手术了。

我还依稀记得母亲讲的这件事。其中记得比较清楚的是，母亲讲她一听到我的惨叫声，便晕了过去。

母亲讲给我听的这件事，我记住的就这些。

我查看我的身体，指望找到外科大夫的手术刀留下的刀疤、切口。

我找到了这个刀疤，大约有三厘米长。想必切口非常之深，否则刀疤不会终生留下的。

这个小不点儿够可怜的了。当那只给他带来那么多灾难和不安的可怖的手，用刀子武装起来，切割他可怜巴巴的小身体时，他的恐惧是可以想见的。毫无疑义，这只手，确切地说，生有这只手的人，就其性质而言，不啻老虎。这是猛兽的手，是嗜血的野兽的爪子。

这个可怜见的小不点儿甚至想象不出会切割他，也想象不出为什么要切割他。他躺在手术台上，两只小脚向上挺起，感到抽筋剥皮的疼痛，同时看到了那只捏着刀的手——这只手是熟悉的，是乞丐的手，窃贼的手，掠夺者的手，杀人凶犯的手。

这是多么惊人和不幸的巧合呀！

多么根深蒂固的创伤！多么痛苦的心理上的阉割！此后每接触到条件刺激物时做出了多么激烈的回答动作呀！

但仅仅是接触到第二条件刺激物——手的时候，才会做出这样激烈的回答动作吗？不。在接触到第三条件刺激物时也会做出同样激烈的回答动作。这第三刺激物是乳房，母亲的乳房。乳房同手之间存在着有条件的神经联系。

我重又记起了条件反射的原理。一个刺激物一旦同其他刺激物有条件地联系在一起（这种联系甚至可以跳越第二刺激物），便可形成两个力量相同的兴奋灶，因为两个兴奋灶之间存在着有条件的神经联系。

因此婴儿看到的母亲的乳房在婴儿身上构成第二兴奋灶，也就是婴儿看到手——窃贼的手，乞丐的手，掠夺者的手，杀人凶犯的手后所构成的那个兴奋灶。

在我面前展示出了一幅多么可怕的图画！这注定了我的童年时代、青年时代和成年时代要过多么不幸的生活！注定了我将会有什么样的性格，什么样的举止……

## 4

我开始回忆我母亲讲给我听的各种事情。她不止一次把我童年时代、婴儿时代的事讲给我听。每回她都微笑着告诉我，我当年是个多么难侍候，多么复杂和任性的孩子。

那还用说吗！我的生命刚一开始就处于剧烈的冲突之中了。我理应拒食乳汁，拒绝进食，这样就可不必长年累月地处于惊吓之中，受此焦躁不安之苦了。可是我办不到，我心心念念要吸吮乳汁。母亲含笑告诉我说，我直到两岁零两个月才断奶。

“这是不成体统的，”母亲微笑着说，“你已经会走，会跑，都会咿咿呀呀地背诵一些短诗了，可你却说什么也不肯断奶。”

母亲把奎宁抹在乳头上，想使我憎恶这种吸取营养的方法。我的确憎恶了。而且由于母乳中又埋伏着新的灾祸而害怕得瑟瑟发抖，可我还是照吃不误。

这是可以理解的。我那里在进行一场斗争。而且我要保住的东西失去的可能性越大，斗争就越激烈。

我的可怜的母亲把我童年时代的事讲给我听时，总是笑眯眯的。可是每回一讲到我当年某些怪脾气时，脸上的笑容便立刻消失了。

要是跟母亲同睡一张床，我就睡不着。我只有独睡一张床才能入睡，而且必须漆黑无光。哪怕圣像前的圣体灯的那一点火光也会刺激我。得用好几条被子把我的小床蒙住。

母亲提及我这些怪脾气时总是说，这一切大概得怨她。因为有一回她正在给我哺乳时受了大惊，感到了异乎寻常的不安和恐惧。

母亲说，很可能“我在吃奶时，把这种恐惧感，不安感也咽下了肚去”。

那年夏天的雷电可怕极了。她说，几乎天天打雷。有一天又雷电大作。一道特别强烈的闪电击中了我们家别墅的院子。一头母牛遭到了雷击。牛棚烧了起来。

可怖的雷霆震得我们家的别墅整个儿晃动了。母亲那时正巧开始给我喂奶。雷打得那么猛烈，那么突然，母亲吓得晕了过去，我从她的怀抱中掉到床上，扭伤了手。母亲马上苏醒了过来。可我这一夜却一直惊悸不安，不管母亲怎么哄我也不管用。

这个可怜见的小不点儿当时的心情怎样，是可以想见的。也许孩子的小嘴刚刚咬住奶头，焦雷就炸响了。本来孩子一接触到母乳就已提心吊胆了：会不会冒出一只手来把他抱走，拐走，打他……没料到突然一声巨雷，他摔倒在床上，母亲的身体失去了知觉。这不是又一次证明乳房的危险性吗？

雷声是什么，婴儿怎么会懂。要知道他还刚刚认识世界，刚刚接触事物。在他看来，这声巨响是因为他的嘴碰到了乳房才爆发的。谁会去向他证实并非如此呢？

母亲告诉我，那年夏天雷雨天没断过。因此完全有可能正巧在喂奶时不止一次雷声大作。这很容易就在婴儿敏感的心理中形成条件反射，何况这个婴儿的心理本来就在担心手和乳房会给他带来新的灾祸。

## 5

我夜间常常听到虎啸。这虎啸像是远方滚滚的雷声。也许这滚滚的雷声是当年的暴雨、雷鸣和雷击的余音。也许这些声音在婴儿的意识中以一种奇异的方式同母亲的乳房联系在一起，并给予后者以新的、非比寻常的属性。

请读者不要笑话我的这些想法。要知道我谈的是婴儿。他还处于生命的开始阶段。还不存在理性之光，还没有逻辑力，还没有意识。这头小兽正在认识周围的世界，这个世界是可怕的，每走一步都有危险，必须处处提防。

老虎这一象征形象是这一切危险的结合。

孩子在动物园内听到的虎啸或者狮吼，最终完成了这一象征性形象。我打开我的笔记本，指望找到有关的笔记，看到一场新的决战——随着我智力的发育，通过知识的途径，同猛兽斗争的痕迹。

然而在笔记本里，我没有发现有关老虎的任何资料。

那有什么可奇怪的呢！我生活中从未同老虎发生过冲突。我看到的老虎都是关在笼子里的。它们无法袭击我，我是安全的。

可我在笔记本里寻找老虎的资料时，却无意中翻到了一大串单调乏味的笔记。

这使我惊讶不已。这类笔记都是关于医学方面的，主要涉及的是瘫痪、中风、脑溢血。

在我的笔记本里有许多医学资料，可是关于中风的资料却特别多，既有解释病因的，也有列举症状、治疗和预防方法的。

看上去像是我担心脑溢血。可我并未患多血症。相反，我挺瘦，而且年轻。看来，我根本不用害怕会落此可悲的下场。

我在思考我何以要如此小心翼翼的原因时，猛然从这种疾病——中风、瘫痪、脑溢血，联想到了雷击[1]、雷鸣。当年雷击曾把我吓得魂飞魄散。

难道这就是我已淡忘了的当年的那次雷击吗？难道随着我智力的发育，那次雷击竟发生了这么大的变化，形成新的稻草人吗？

我突然想起了我的《重返的青春》一书。我在写那本书时还是无知的。我那里对许多东西还不甚了了。当时我的探索主要放在意识方面。而对意识门槛之外的一切却掉以轻心。

我在写那本书时，是什么在指引着我的手呢？

那本书仿佛是一本防御性的书。我在捍卫自己不要遭到危险。我提出了危险确实存在的证据，指出了同危险斗争的方法。

在那部中篇小说里，我写了一个年事日高的教授娶了个豆蔻年华的少女。正是由于这个原因，教授瘫痪了。他得了中风，脑溢血。

可见人会中风的这个想法亦步亦趋地跟踪着我。所以我要去证明中风是确实可能发生的。可见，神经联系同过去一样把两个恐惧载体[2]有条件地联系在一起。

眼下我还不打算把围绕着这两个“病源”体的锁链全部解开。可我已非常清楚，引起我精神神经官能症的复杂的综合活动的第四个条件刺激物是——雷击、雷鸣、枪声。

## 6

那件不幸的事终于找到了。

没有思想的小生物在认识周围世界的过程中，把并无危险的东西误当成危险的了。

乳房乃至一切食物都促使婴儿焦灼、惊骇，有时甚至恐惧。

幼小的生命刚一诞生，就出现了冲突。

---

① 在俄语中，雷击的“击”与“中风”系同出 удар 这个词，所以作者才会产生这种联想。

② 指雷击和中风。

惊人的巧合加剧了这一冲突，证实害怕是有道理的。婴儿敏感的心理证明了这类恐惧的有条件的正确性。

水、手、乳房、雷击。

老虎是危险的象征。

在刺激力和回答动作之间，看来像是横着一道难以逾越的鸿沟。由于回答动作是矛盾的——既拒绝又渴求，既怕又爱，既想逃跑又想抵御，就益发难以逾越了。

在婴儿摇摇晃晃的生活之途上，四个极其有条件的刺激物一直伴随着他。

这四个条件刺激物以巨大的、势不可当的力量影响着婴儿，因为这四个被有条件的暂时性联系捆在一起的刺激物，往往是聚心合力地，有时几乎是同时对婴儿施加影响。

是暂时性联系吗？是的，如果它们是产生在狗的简单的心理中的话，完全可能是暂时性的。如果智力是不变的话，它们很可能就断裂了，消失了。然而智力是不断变化的，逐步形成意识，危险的证据也随之而变化、改装。两者的相互关系是紧密的——危险的证据同样是极其有条件的。

然而不管怎么说，这手只可能在童年时代成为吓唬人的稻草人。不，不对！形象思维把这手升华为象征。手成为惩罚之手，想象之手，象征之手。这一象征跟人的智力同步发展。

这手为什么要惩罚我呢？

这手惩罚我的原因同它在我婴儿时代惩罚我的原因一模一样——为了食物，为了乳房。

有条件的证据——这些证据是真实的、合乎逻辑的，同时又是有条件的——存在于一切食物之中！

当初母亲为了叫孩子不敢吃奶，把奎宁抹在乳头上。于是食物使孩子觉得像是毒药，像是砒霜。这后来得到了证实。食物往往害得人中毒、疼痛、患病。

当年在给婴儿哺乳时，正巧遇上雷鸣、雷击。这后来也得到了证实。据说食物能造成多血症——促成中风，脑溢血。

如此说来，应当避免进食？然而避免进食是不行的。不食就会死。

左也不是，右也不是，那该怎么办？该吃，同时由此而生病。这就是准则。

我回忆我的吃相。我几乎总是站着吃，吃得非常急促（生怕有人会把食物夺走），同时漫不经心，兴味索然。我料定我吃东西必会有报应，这报应果然来了，那就是——疾病、胃痉挛、恶心。

我服用药面，以便中和食物带来的危害。我以为科学、医学能使我免于这种危害。

我吞服了大量药物，这些药物使我中毒更深。

服药的结果是可悲的，致命的。我停止进食了。大量的条件证据使我确信食物有置人于死地的危险。

在我的一生中，曾两次发生过这种拒绝进食的情况。

可我过去一直弄不懂何以会发生这种情况。直到现在才豁然开朗，拒绝进食的原因是清楚的，可怕的。是有条件的神经联系以越来越大的力量对我施加影响。

## 7

惩罚之手因我吃东西而降罚于我。然而母乳只是我婴儿期的食物。此后，母亲的乳房对我来说成了女性的标志，成了女性共有的要素。

这么说，在我看来，女性的形象也包含有惩罚之手吗？

这么说，我也应当同样害怕女人，避开她们，唯恐她们给予我报应、惩罚吗？

我翻阅我的回忆录，胸口像揣着一只小鹿似的怦怦乱跳。我激动地追忆我少年时代的生活。回首我最初迈出的几步。回首我最初的欢会。是的，毫无疑义，我见了女人是唯恐避之不及的。然而在我避开她们的同时，又迫不及待地接近她们。我接近她们是为了避开她们，生怕意料之中的报应。

我儿时见到的情景，在我成年后依然强烈地影响着我。

可我并非始终唯恐避之不及的呀？是的，并非始终如此。并不是每一个女人都令我害怕的。令我现在害怕的也就是幼时令我害怕的事。

那么究竟是什么在我成人之后还令我害怕的呢？我生怕有什么样的报应呢？女人会给我带来什么伤心事呢？

我记起了我幼时亲眼看见的那桩杀人案件（《一声枪响》）。丈夫开枪打死了妻子的姘夫。用雷鸣、雷击、枪声武装起来的惩罚之手，由于女人而降罚于男子，那个女人，几乎是赤身裸体地跑到我们家的凉台上的。

难道这还不足以证明女人的危险吗？难道在她们后面接踵而来的不是开枪、打击和动刀子吗？

我忆起了那个由于爱情纠葛而投水自尽的女郎。我忆起了我的舅舅格奥尔基，据妈妈说，舅舅得肺痨病是由于搞了许多女人的缘故。

我忆起了我读过的好些书，书中描绘了情杀，描写了因风流公案所施的可怖的酷刑，描写了为爱情下毒，决斗。

哪里有爱情，哪里有女人，哪里就有生命危险的条件证据。

枪子儿、打击、肺痨病、疾病、悲剧——这就是爱情的报应，爱女人的报应，做了不该做的事的报应。

这些条件证据中存在有某种真理性的东西。逻辑并不混乱。条件性显得像是真理。然而知觉却是病态的，有条件的。感知的力量和回答动作的力量同刺激不相适应。

一幅异乎寻常的图画在我眼前展示了出来。

我于一瞬间突然理解了我过去不理解的一切。我于一瞬间看见了我过去的本来面目——一个愚昧无知的小野人，见到每一个黑影都会吓得魂飞魄散。我屏息敛气，东张西望，竖起耳朵听着虎啸，在榛莽巾狼奔豕突。因此在我的心中，除了忧郁和疲惫还会有什么呢！

不，我并没有因为突然看见了，突然理解了而感到兴奋。相反，这使我震惊，害怕，使我处丁绝望之中。

我想起了某个人讲过的一句话：

“啊，我的痛苦的试验！我何苦要知道一切。如今我再也不可能像我所希望的那样平静地死去了。”

然而这不过是刹那间的软弱，刹那间的绝望。这种软弱和绝望感的产生是由于我深感愧怍：过去我怎么一无所知，怎么未料想到使我抑郁、痛苦的是如此荒唐的事。

我以冷静的理性，继续思索我那桩不幸的事所带来的难堪的后果。

## 8

我记起了我第一次发作心脏病的情况（《最后的乐章》）那天我干了些什么？我去参加晚会，宴会。女护士克拉娃把我领到她屋里。我们在那里亲吻。后来我回到村里，回到团部。我大约在凌晨五时躺到行军床上，可六时第一批炸弹便落到村子里了。

我至今记忆犹新。我是在对那个女人的回味之中睡着的。可我刚睡着，炸弹，可怕的爆炸便把房子都震得发抖了。

那天早晨我的脑子也许叫酒精搞得晕头转向，所以未能理解这是敌机在轰炸。久已存在的那些幼稚的想象又活跃了起来。我立即决定从今往后避免同这个女人相会，唯有这样才能避免晴天霹雳式的“打击”。

我感到浑身不适。我开始气促。肌体的回答动作是激烈的，神经官能症式的，而同时又是合理的：我离开了“危险”地带，以割断危险的联系。

不，我并未忘记天职和良知。我离开前方是为了治愈心脏病，好重返前线。我正是怀着这个坚定的意图离开前方的。

我还记起了我后一次发病的情况（《在图阿普谢》①）。

① 疑指《落叶萧萧》的最后一则故事《在旅馆里》。

那时是怎么回事？我仰卧在轮船甲板的躺椅上。我心情非常之好，高兴地想到我就要去莫斯科同朋友们会面，同一个女子会面了。这个女子爱我，我也喜欢她。

我清楚地记得我当时不无伤心地想到了她的丈夫。我对他是有好感的。因此欺骗他使我感到羞愧。他把我视作挚友，不但倾心以待，而且十分慷慨。我甚至觉得他对我和他妻子的“罗曼史”抱着睁一眼闭一眼的态度。既然如此，是什么叫我胆战心惊的呢？是他别在腰间的那把小手枪吗？我脑子里从未想到过他会向我开枪。可也许这种想法潜伏在我心里阴暗的地窖中呢？

我仰卧在躺椅上，欣赏着海景。我专注地眺望着粼粼的碧波。也许就在这个当儿，在意识的门槛之外产生了久已有之的联想，产生了久已有之的同水、手、女人的联系。

我躺在图阿普谢那家蹩脚旅馆的地板上。我至今活灵活现地记得我怎样从床铺上爬起来，躺到地板上。我是在猛地响起一声霹雳，开始下雷雨的那一刻躺到地板上去的。也许我是想从床上逃走，因为我婴儿时曾在床上发生过一件不幸的事吧？没有任何其他理由可以解释我改而躺到地板上去的这个古怪、荒谬的举动。我没有去割断联系，却采取了逃避的办法。

## 9

可见婴儿时的场面那时又重演了，而且其力量之大到了可以伤害我的地步。然而我那时不是已具有充分的意识了吗？是的，我那时已具有充分的意识。然而我的意识当时还不知道灾难缘何而来。意识没有修正行动，因为它不理解这些行动。我那时听凭我的恐惧感驱使我，而且全然不知道这种恐惧感的存在。我的意识当时没有看到这种恐惧感。它只看到这种恐惧感的畸形的症状。这种症状看上去像是病症，我所患的那些疾病的病症。

当时这种病态的回答动作是激烈的，因为四个刺激物几乎同时呈现在我面前。

然而这种回答动作中也具有合理性。我想由图阿普谢去莫斯科，然而我严重的病情，尤其是心脏病的发作阻止了我走这条路。① 我改道回家了。

我溜之大吉，这是最普通、最庸俗的自卫性反射。

这是逃跑，是佯装。

不过，我要再说一遍，并非每一次都逃跑的，并非每一次都佯装生病的。我只是在某种程度上与“病源体”接触时，才采取逃跑和佯装的办法。

我记起了一桩奇怪的事。即使今天，事情已过去了十五年，我一想起这事，脸就涨得通红。

我挽着一位女士的手臂走着。那是在彼得罗戈弗。我俩走到了海滨。我突然觉得浑身不适。我似乎觉得我的心要停止跳动了。我胸口闷得喘不过气来。

我心脏病突然发作使我的女伴吓坏了。她想帮助我。可我请她撂下我走开，说是我独自一人时病情通常会轻些。她不无委屈地走掉了。两天后她恶狠狠地责备我是在演戏，故意装作发心脏病，借此同她分手，把她抛掉。

我听了气愤至极，她的卑鄙使我惊骇。我同她大吵了一场。

直到今天我才意识到她是对的。

无疑我那时是在“演戏”，装作发病。但我当时压根儿没有意识到这一点。

我想起了娜佳·B，我在回忆录中多次谈到了她。

这么说，我也逃离了她？这是不可能的。我爱她。我这是胡诌。

---

① 后来当我把这团乱麻理顺之后，我准确地弄清了我的心脏神经官能症的病源。这种神经官能症由来已久。它之所以存在下去，全靠了医生们的恩典，他们竟用药水和水疗法来治疗我俯首帖耳地忍受着的这一慢性病。我甚至已习惯于这种病了。

在这团乱麻终于理顺之后，在恐惧感逐渐离我而去之后，我仔细地观察了我心脏病发作的过程。我没去就医，没去服药，任其发作到过去曾令我害怕的地步。不过我现在已能控制发病和全过程了，我惊讶地发现心脏方面我已习惯的那些症状是由肠胃痉挛引起的。肠胃痉挛得并不非常厉害，然而却压迫着横膈膜，心脏方面出现的症状正是这种压迫的结果。可见，心脏病发作的背后是恐惧感。心脏病的病症不过是恐惧感的最简单的症状。我在同这种恐惧感决裂后，便轻而易举地逐走了严重的慢性心脏神经官能症，仿佛压根儿没患过这种病。——原注不，不是胡诌。我的确逃离了她。

## 10

不，我已没有能力再描绘我的生活了。倒不仅仅是因为回首往事令我惆怅，忧郁。我感到苦恼，感到有失自尊，要我承认控制我的竟是这些荒唐的事。

我请读者阅读我这些内容贫乏的回忆，阅读我生活中这些短小的故事。现在这些故事被另一种光芒照亮了。如今这些故事中几乎可以看清一切了。

从这些故事中可以看到四个条件刺激物，这些条件刺激物以巨大的、势不可档的力量作用于我。

从这些故事中可以看到我的无意识的恐惧，可以看到我怎么自卫、佯装、逃跑。还可看到使我生活黯然失色的那种苦恼。

还可看到我对待女性的态度。她们并未加害于我，我不该这么对待她们。

我所过的是一种多么痛苦和悲哀的生活呀！

我要重新打开的是一个封闭得多么严密的心灵呀！

# 危险的联系

你竟然这么怕死，

惧怕小虫的一对刺……

## 1

如此说来，这是性的精神神经官能症啰？

不，这不是性的精神神经官能症。不过，在精神神经官能症的复杂的综合活动中也包含有性的动因。然而这类动因纳入综合活动的时间和程度是同人的成长和智力发展同步的。

在我精神神经官能症的本源中，不存在这类性的动因。

我们已经看到我患的精神神经官能症的诸机制是怎样产生的。它们是按照条件反射的原则产生的。有条件的神经联系把四个“病源体”结合在一起。其中有一个是母亲的乳房。然而在当初来说，乳房是——养料，食物。这个客体是同饿感而不是同情欲捆在一起的。失去这个客体，在婴儿看来会导致他的死亡。斗争和心灵的冲突没有超越自卫本能的范畴。

弗洛伊德把人的一切冲动都归结为性的愿望。他认为人的各种感情的基础，甚至婴儿的各种感情的基础都是情欲。可是笔者本人的例子，一如其他许多人的例子，说明并非如此。在这种精神神经官能症的诸机制中，不存在性的动因。直到孩子进一步长大后才会含有这个动因。

就算在童年时代便已出现这个动因，但是在构成诸条件机制的那一刻，这个动因还未出现。

儿童的恐惧感和心灵的冲突是在远要简单得多的物质的、物体的原因的基础上产生的。某些物体，婴儿错误地理解了它们的条件意义，这才是精神神经官能症的根源，才是造成恐惧感和失去欢乐感的根源。

解饿的欢乐感伴随着恐惧感。条件神经联系把这种欢乐感同灾祸结合在一起。正是这种条件联系消灭了欢乐，阉割了欢乐。

饿觉和失去养料的恐惧感，在意识的门槛之外找到了最活跃的反应和极其肥沃的土壤。

我们的无意识世界并不仅仅是由生物实质构成的。这个世界无疑经常要承受另外一种压力，外来的压力。为生存而作的斗争，获取食物，劳动，这一切都以巨大的力量作用于潜意识。

正是这个方面造成了恐惧感——惧怕失去养料，惧怕饿死，惧怕食物被剥夺……

可见远非人的所有的冲动都可一概归结为性的愿望。基于社会动因的恐惧感，其作用也是同样大的。有时这类动因甚至能主宰我们的潜意识，直到最深处。至少它们在相当大的程度上为病态表象培育着土壤。

无意识世界较之仅仅存在性冲动的那个可以想见的世界更加广阔得多，更加光怪陆离。当然在这个世界中性的动因是起着很大作用的。然而远非仅仅只有性的动因。性范畴内的病态抑制不过是精神神经官能症所特有的病态抑制的一个组成部分而已。

巴甫洛夫所发现的脑髓的诸机制，以数字的精确性证实了这一点。

## 2

无视条件反射的原理，就不可能发现精神痛苦的正确原因。

弗洛伊德无视已产生的机制，无论在正常的心理还是病态的心理中，他所看到的都是与已产生的机制无关的另外一些力量的作用，即高级层次与低级层次的冲突，返祖愿望同现代文明人的感情的抵触。

弗洛伊德认为这类本能愿望之被压制是造成精神神经官能症的原因。

然而这类动物性的愿望之被压制的这一领域内的一切斗争，都属道德范围内的事。这势必导致弗洛伊德的学说去探究道德痛苦。

情况正是如此。而且还不仅如此。他的学说在碰到一些与性风马牛不相及的力量时，也硬把性的性质加之于这些力量。这种学说甚至把饿感也视作为情欲。在唯恐失去养料的恐惧中，这种学说发现了生怕阉割掉睾丸的恐惧。

这种学说不得不这么做，否则就无法“自圆其说”，就无法证明其唯心主义的基本立论是正确的。

这种学说局限于探究性的痛苦。我丝毫不想否认性痛苦的巨大力量，不想否认这类痛苦的精神神经官能症形成过程中所起的影响和作用。但我不认为最大的灾祸源于这类痛苦。把性的痛苦视作为一切灾祸的根源是错误的。

我在上实践的第一课时就遇到了这种错误。一位弗洛伊德学派的医生并不理解我在孩提时代梦见的手的意义。他认为孩子是从象鼻联想到手的，而象鼻据他说——是象征男性生殖器。

夺走食物的乞丐的手，窃贼的手，猛兽、野兽、老虎的爪子，变成了毫不危险、毫不可怕的荒唐的标志男性的象征物，而且这种象征物是婴儿怎么也不可能理解的。

这个例子说明弗洛伊德学说试图把一切都归结为性。然而这个例子极其清楚地表明这是错误的。

可是实践又证明弗洛伊德精神分析学能够治愈疾病。无可否认，有时的确能治愈疾病。这个领域内的一切知识，对低级力量的任何检查，哪怕是浮泛的，也能减轻病情。

逻辑之光能把低级的力量逐走或者击退。

弗洛伊德的精神分析学是经过非常缜密的思考而建立的，凡存在有性的刺激物的情况下，更确切地说，凡最初的条件刺激物已转变为性的条件刺激物的情况下，是应当能治愈患者的。

然而可以料定这种治愈是不完全的，更确切地说，不是根治。因为医生和患者自始至终都纠缠于道德范畴内的各种事情，而无法超越这些事情看到应当加以修正的机制。无法看到必须予以割断的神经联系。

这些条件神经联系将继续存在下去，继续起作用。这必然导致旧病复发，而且抗药性大概会更强。

根治之道是找到这些联系，将其割断，把恐惧载体加以剖析，揭示它们实质上是渺小的，不足为惧的。

## 3

总之，在意识的门槛之外有一个鲜为人知的广阔世界，这是低级的世界，动物性的世界。

我婴儿时所取得的最初的印象以巨大的力量进入这个世界，以此滞留其间。这些印象是错误的，不正确的。由于这个原因，这些印象导致了疾病，制造了冲突，阻碍了智力的发育，使行为反应和性格复杂化。

我智力的发育并未修止错误，相反加深了错误，赋予它们以逻辑性，将“病源体”升华为象征。

条件联系继续存在。条件证据——不论真伪——继续滋养并巩固着神经联系。

这是一种疾病，是反逻辑的、反健全的理性的疾病。这是精神神经官能症，要发觉这种病症起初是并不容易的。

我的行为反应总的来说仍然是合理的。举止同正常、健康的人没有任何区别。另一种范畴的力量——社会的力量，首先给我以影响，并决定我行为的性质。只是有时候在我的举止中会出现某种“怪癖”，某种古怪的行为。

这种怪癖在日常生活琐事中表现得尤为明显。

在床上睡觉要舒服得多，可我偏偏经常睡在沙发上。

坐在桌子旁吃饭要舒服得多，可我宁肯站着吃，吃得很匆忙，有时甚至边走边吃。洗澡时我总是站在浴缸里，匆匆忙忙地洗。我总是谨慎小心地把我房间的门锁好，也不知害怕些什么。

我有几十种古怪的举动。这些举动都是荒唐的，不合乎逻辑的。然而实际上，这些举动都有其自身的铁的逻辑，希望避开“病源体”的人的逻辑。殊不知只有在同这些病源体接触的情况下，才能发现疾病。

医生如能不断地探究人的古怪的举动，探究其怪癖，也许就能勾勒出他疾病的图像，找到他的举止何以会如此荒谬的泉源。这也许比梦中寻找病因要简单得多。因为“怪人”的一切举止都是幼稚的，几乎毫厘不爽地再现婴儿期的场面。

有一个时期，我曾害怕街道。我避不上街。非上街不可时，也绝不步行。起初我认为这是一种怪诞的行径。然而这种怪诞的行径却包含有“合理性”。在家里危险要少些。街上有牛、狗、顽童，他们可能打我。上街可能迷路，可能走失，可能失踪。吉卜赛人、扫烟囱的都可能扒窃我的东西。马车、汽车可能把我辗死。户外有——水、战争、毒气、炸弹、飞机……

神经联系把街道和数十种灾祸联结在一起。

表明上街是危险的条件证据不胜枚举。街道与危险合二而一。两者间的联系是割不断的。大量证据所导致的结果是——恐惧感，力求避开街道。正是在街上，我第一次产生了恐惧感。

## 4

有大量证据表明街道是危险的。同样，条件神经联系还把女人和众多的灾祸联结在一起。

在这个问题上，感情领域内的斗争和矛盾更要激烈得多。然而这类斗争和矛盾全然不是循着道德的道路展开的。

弗洛伊德认为，我们通常总是把母亲和姐妹笼统地作为女人来看待。这便是压制和潜抑的起因。因此文明和道德，据他说，便成为导致人痛苦的灾祸。孩子最初的印象，最初的感受无疑同母亲和姐妹有关。这是自然的。然而造成冲突的并非仅仅是这种道德范畴，并非仅仅是害怕惩罚的恐惧感，冲突是在碰到“病源体”的情况下产生的。病源体表现为母亲，此后是女人。不是情欲，也不是由此而萌发的道德斗争带来抑制。抑制源于同病源体①有条件地联系在一起的恐惧感。

存在于我们无意识的决定中的不是俄狄浦斯情结②，而是远要简单和幼稚得多的东西。

毋庸置疑，道德斗争是存在的，而且很可能是激烈的，然而并非这种斗争造成了病态的冲突，也并不仅仅是这种斗争决定疾病的性质、行为反应的性质。

条件联系和存在危险的条件证据，才是决定性的。条件证据众多的数量及其

① “病源体”这一术语，我取之于杜布瓦[疑即德国生理学家杜布瓦—雷蒙（1818—1886）。他对弗洛伊德心理学理论深有影响。——译者。]我所谓的病源体是指给予婴儿以病态印象的物体。这类物体总是同某种灾祸、痛苦、外伤有条件地联系在一起的。——原注

② 弗洛伊德根据古希腊神话中俄狄浦斯误犯杀父娶母罪的故事，称男孩爱母憎父的本能愿望为“俄狄浦斯情结”。

正确性，才是造成和加深疾病的罪魁祸首。

这类证据积累到最大限度时便使得患者断然拒绝接触“病源体”。

所以惨剧往往不是发生在青年时代，而是发生在成年时代，从三十五岁到四十岁之间。在此之前，人见到病源体，只不过改个道，绕开它们，避开它们。它们还未把人完全吓倒。

然而大量的“证据”消除了最后的一线希望。

就像石灰质在我们的动脉中硬化、淤积，以致使动脉破裂那样，这些证据也会在我们的心理中日益淤积，使我们胆战心惊，使我们逃避生活，使我们肌体组织坏死，把我们阉割，最后导致我们死亡。

也许，未老先衰、早夭的原因之一就在于此。

## 5

然而毫无疑义，这是精神神经官能症的极为严重的病例，涉及的是生命在其间流动的主动脉。

食物、爱情、水和惩罚之手，注定了我的最后的乐章是悲惨的。曾有一度，死亡看来已难以避免。冷漠、恐惧，或者甚至欲念都会将我置于死地。对惩罚的恐惧和迫害狂都可能在我最后的乐章中占有一席之地。

这个最后的乐章很容易被称之为精神病。其实这只不过是对条件刺激物的激烈的回答动作（更确切地说，是回答动作的综合活动）罢了，从无意识的动物心理的角度来看，这类回答动作是合理的。这类回答动作的基础是自卫性反射，是逃避危险的自卫行动……

理性未曾检查这类回答动作。逻辑被破坏了。恐惧感起的作用达到了致命的程度。

这种恐惧感把我紧紧地捏在手心里，有很长一段时间不肯松手。我越是想深入到我长久以来无法理解其规律的那个惊人的世界，恐惧感捏得我越牢。

可我还是深入了这个世界。我的理性的光芒照亮了那些可怕的角落，那里潜伏着各种恐惧，成为未开化的力量的栖身之处。正是这些未开化的力量使我一生黯然失色。

当我逼近这些力量时，它们并未退却，相反，竟起而迎战。然而在这次战斗中，它们已无法与我匹敌。过去我愚昧无知，因而屡战屡败。那时我不知道同谁在战斗，也不懂得该怎么战斗。可现在太阳照亮了战场，我看到了我的敌人猥琐的未开化的嘴脸。我看穿了它们幼稚的诡计。我听到了它们气势汹汹的呐喊，过去这一声声呐喊曾使我为之战栗。而现在我已懂得了敌人的语言，它们的呐喊已不再令我害怕。

于是我一步步进逼我的敌人。它们且战且退，忐忑不安地试图保存自己，活下来，继续活动。

然而我的意识检查着它们的行动。我轻而易举地击退了它们的反击。我含笑迎击着它们的反抗。

恐惧感那双捏住我的手越来越没有力气，终于放开了我。敌人落荒而逃。

然而这场斗争让我付出了多大的代价呀！

我为之卧床不起。我的武器——纸和笔——搁在我身旁。我有时甚至都没有力气伸出手去把它们拿起来。

看来，生命即将舍我而去。

正如歌德说的：

> 谁想研究什么活的东西，
>
> 总是首先被它置于死地。

我已被置于死地，撕成碎片，砍成肉泥，看来只好重投人生了。

我卧倒在床，几乎已停止呼吸，只要我的敌人再回击一次，我便将一了百了。

可它们没有回击。

不时出现习见的症状，然而并未伴随着恐惧。

生命又回到了我身上。而且回来得那么快，那么有力，使我惊讶，甚至于不知所措了。

我从床上起来时已非旧日的我。我离开了病榻，身强力壮，心里充满了巨大的欢乐。

我生命的每一个小时，每一分钟，都洋溢着兴奋、幸福和欢快。

过去我从未这样过。

我的头脑变得异乎寻常的清晰，心扉打了开来，意志是自由自在的。

我在震惊之余，注视着我的每一个动作，每一个举止，每一个愿望。一切都极其新奇、古怪。

我平生第一次觉得菜肴是鲜美的，面包是香喷喷的。我平生第一次领会了何谓睡梦、宁静、休憩。

我几乎慌了手脚，因为我不知道该把我浑身的蛮力使到哪儿去。对我来说，它们已变得那么生疏，从锁链下彻底解脱了出来。

我就像一辆坦克，在我生活的坦途上行进，轻而易举地碾过一切障碍。

我由于未去适应我的新的步伐和举止，差点没惹出许多祸事。

于是我开始思考我的新生活。我发觉它并不像起初那么诱人。我觉得我给人们带来的痛苦反而比过去我被锁链束缚住的时候，被病魔缠住身子的时候，要厉害得多。是的，正是这样。

> 于是新的忧郁压在我心间，
> 我开始留恋已挣脱的锁链。

我面临着抉择：放弃已占领的阵地，退回原处，或者继续前进，把我的新的力量奉献给艺术。过去我从事艺术是出于需要，并没有能力把我的感情充分地形诸笔墨。

可如今我的理性是自由的。我毫无约束，可以随心所欲。

我重又从事我所掌握的事业——艺术。然而我现在从事这桩事业时，我的手已不再是颤抖的了，我的心已不再充满绝望了，我的目光中已不再噙有忧郁了。

一条前所未有的坦途展现在我面前。我在这条坦途上已行走了许多年。这许多年来我不知道什么叫抑郁，什么叫忧郁症，什么叫伤感。我早已忘了它们是什么颜色的。

有一点要说明一下，我不再无端忧伤，然而心情不佳之类，当然直到今天还在所难免，因为其起因是外来的。

## 6

为什么我的沉疴会霍然而愈？我生理上的哪些机制得到了纠正？为什么多年来的形形色色恐惧感会同我分手？

它们所以会同我分手，无非是因为我的理性之光照出了它们的存在是不合逻辑的。

跟这种种恐惧捆在一起的客体，其实并不像婴儿所以为的那么危险。

割断这种错误的、有条件的、不合逻辑的联系——这便是任务之所在。

我割断了这类联系，把真正的灾祸同有条件的恐惧载体分享了开来，还给这些恐惧载体以本来的面目。于是沉疴便霍然而愈。以逻辑治愈了缺乏逻辑。

然而要割断这类有条件的神经联系并不总是一蹴而就的。有些联系是极其错综复杂的，充满了矛盾。有些是极其荒唐，甚至滑稽可笑的，以致使人误以为起不了任何作用。然而在这件事上必须考虑到婴儿的观点，必须用婴儿的眼睛来观察，用婴儿的形象来思维，用婴儿的心理来恐惧。

雷电、水和手会有各种各样的变形。由这三种物体产生的神经联系有时会延伸至其他客体。人所想象的这些客体的危险性往往可笑得令人喷饭。然而这类危险性尽管可笑，其所激起的恐惧感却会在你整个一生中作用于你，时时叫你上钩。

惩罚之手既涉及食物，也同样涉及女人，涉及工作。涉及我所有的行为举止。而且程度是相同的。雷击、枪击、脑溢血，这便是我所等待的报应。在这件事上，感受的力度同刺激的力度显然是不相符合的。

我在上文中曾谈起我做过一个梦，梦见水从我房间所有的地板缝中冒出来，淹没了整个房间，而且越涨越高，我觉得灭顶之灾正在威胁我。即使在这个荒谬的噩梦中也应看到婴儿的恐惧感及其后果和这种恐惧感的象征物。

我不可能在这里把我所遇到的一切逐一列举出来。拙著并非医书……

然而还是有必要就条件联系再讲几句。

我在割断这些有条件的神经联系时，每一回都惊讶不已，都大为纳闷：这种联系怎么会存在，怎么会起作用的。然而它们的确起了作用，且作用之大，危及生命。于是每一回都必须“同狗交谈”，以便粉碎这种联系。

我割断了并粉碎了这种给我造成那么多灾祸的条件联系。

割断条件联系后，我摆脱了抑制，摆脱了我每回遇见“病源体”时便会产生的病态抑制。

这种抑制的基础是常见的自卫性反射。

我不敢说这种反射已在我身上全部消失。若干机制性的病状依然存在。不过逻辑已使它们无从危害我，它们不再伴随着恐惧。正因为如此，它们在逐步消失……

## 7

我曾答应我认识的一位生理学家不在我的作品中做任何概括性的结论。

我记得他的警告：千万别诱使人相信任何东西。

哪能呢！要知道我讲的不过是我自己的生活，不过是我自己忧思重重的岁月和我摆脱了忧思后的日子。

我所谈的没有越出我患的疾病一步，这种病最终被我根治了。

然而毋庸置疑，与我素质相同，具有我这样敏感心理的人，也可能遭遇到类似的灾祸。因此我想，我不妨做出某种程度的概括性结论，将其局限在概括地称之为“精神神经官能症”的范畴内。

但是如果科学界不同意我的结论，或者认为我的结论过于大胆，我是不会固执己见的。

总之，我意识到我的疾病从某种程度上来说是反常的。

于是真主便帮助我的双脚逆着现实的准则走去，而本来我会遵循这些准则凄凉地走完我短暂的尘世之路的。

此外，我还不得不下一个结论，即：条件联系的规律同所有的人有关。即使对那些心理并不像我这么敏感的人来说，它们也是危险的，只是程度不同而已。

这种条件联系对所有的人都是危险的，它们不受理性的检查。我记起了一则不寻常的故事。紧接着我又想起了一连串的故事。现在我把其中的几则讲给诸位听。

## 一名少妇的故事

少妇没有提高嗓门，用一种漠然的口吻把她的痛苦讲给我听。

她想有个孩子，这样她和丈夫就会感到幸福。他俩认为只有生儿育女才能充分体现他俩的爱情。

然而造化弄人。她两次流产，现在正第三次怀孕。可是看来第三次她也不可能产下个孩子。妊娠极不正常，伴有许多病态症状，以致医生坚持要她堕胎。她将不得不第三次躺到手术台上。

我望着少妇憔悴的、极度疲惫的脸庞。她的泪水早已流光了。剩下的是——冷漠，听天由命，几乎对什么都无所谓了。只有从她痉挛地攥成拳头的双手上，我看到了她内心的骚乱、痛苦和正在进行的、势必以她的失败告终的、力量悬殊的斗争。

我不由得对她痛苦得这么厉害感到几分惊讶。

突然，我发现她对这种痛苦的反应并不符合痛苦的真实程度。

于是我问这位少妇，她第一次怀孕期间有没有什么伤心的事。

“没有。”少妇沉着地望着我，说。

可过了一会儿，她涨红了脸，羞涩地说道：

“第一次怀孕？最早的一次？可那次怀孕不是现在的事，那时我还没有嫁人。”

少妇极度羞愧地告诉我，她第一次受孕是在她十七岁的时候。那时她还是中学生。她不得不把有了身孕的事瞒过父母和学校。直到最后一个月她都没有露出破绽。然后她去城郊的一个女友那儿，产下了一个死婴。她早已把这事忘了，所以回答说没有伤心的事。事实岂止有，简直伤心得无以复加。

于是一切都清楚了。她那时隐瞒了怀有身孕的事，为此而惶惶不安，胆战心惊，感到绝望。她面临的阻力是巨大的，痛苦是非同寻常的。怀孕和痛苦联结在一起，合二而一。

这种条件反射保留了下来。即使情况改变了，神经联系也没有被割断。大脑并没有注意到命运的变化。新的受孕重又被视作为痛苦。肌体做出了激烈的回答动作。

我还未向少妇说出我的看法，她自己已恍然大悟。她用双手抱住后脑勺，问道：

“难道是这么回事吗？难道那时的事还影响到今天吗？”

我对少妇说：

“是的，是这样。您应当切断这种条件联系。应当把今昔分离开来。应当控制自己的行为和情绪。”

我在这位少妇的脸上看到了惶惑的表情，后来喜悦终于替代了惶惑。

一个星期后，她打电话告诉我，她的情况好多了。一个月后她告诉我，她几乎已痊愈，她将生产。

果然，她顺利地产下了孩子。

## 一名青年男子的故事

一个异常英俊的青年男子走进我的书房。

他高高的个子，一无病态，甚至可以说身强力壮。可他的眼睛却忧郁得出奇。从他的目光中我觉察出他有某种痛楚。他双眸下面蒙着几乎是墨黑的阴影。

他说道：

“打扰您了。我知道您不是大夫。可不知道为什么，我认为您能治好我的病。”

我坦率地告诉他，我自己还刚刚好不容易摆脱病魔，我断然拒绝插手别人的疾病。

他听了，放声痛哭。我毫不夸大，泪水像线一样从他眼睛里流出来。他像孩子那样，用两只手去擦眼睛。

他这个动作中有某种极其稚气的东西。

这使我恻隐之心油然而生。为了安慰他，我请他谈谈他究竟有什么病。

他开始详尽地讲述他的疾病。他有胃神经官能症，严重到了他不得不离群索居的地步。他已医治了很久，还去疗养过。可病情未见好转，相反，越来越严重。他陷于痛苦之中。他避开一切社交。他丧失了一切生活的欢乐。恶心、呕吐、肠胃痉挛——这便是他可悲的命运。

我问他有没有做过化验。

那个青年男子说：

“做过的。化验结果是胃酸过多。医生的诊断是——严重胃神经官能症。”

我问他：

“您什么时候，什么情况下，病情会发作？”

“在跟人们接触的时候，在参加社交活动的时候，就要发作。”

“那么在家里发病吗？”

“在家里很少发病。”

“在家里什么时候会发病？在等待什么人的时候？等待女人的时候？”

他默默地点点头。我向他提出了一连串的问题，并请他原谅我打听他的隐私。

他回答了我的问题，脸由白转红，由红转白。

后来我又问他儿时的情况。儿时的情况他已记不大清。

突然他讲给我听一件他母亲告诉他的事。有一回他母亲给他哺乳时，迷迷糊糊地睡着了。等她醒过来时，孩子已被她压得脸都发青了。好不容易才使他回过气来。

我没再向这个青年男子问什么。神经联系的存在是显而易见的。肌体的回答动作是明显的。触发这种幼稚型的回答动作的是希望逃避死亡。条件联系没有被割断。

然而首先必须进行仔细的连续化验。我写了张条子，讲了我的结论，让那个青年男子去找医生。

## 物极必反

我在青年时代，曾同一个令人诧异的女子有过交往。

她异常美丽。可是看来她生到世上来仅仅是为了爱情，而不是为了其他任何事。

她的全部心思都用于恋爱。其余任何东西都不能引起她的兴趣，都打动不了她。好比一支军队，她把全部兵力都集中于一个方向。

她的禀性中有某种狂放的东西。她好似一颗流星，飞快地划破一个个人的生活。

同她交往的许多男人都被她的情欲熔化了。

其中好几个由于爱她而断送了自己。一个吊死在她家的地下室内。另一个开枪打她，把她打伤。第三个差点儿没把她掐死。第四个为了她挥霍掉大量公款，被判处流放。

她的倒霉的丈夫下不了狠心同她分手。备受凌辱的他，眼睁睁地看着她与别人通奸。他原谅了她的一切过失。在他眼里，她是非凡的，不可替代的。他不认为她的行为是放荡的。他认为这是她的处世态度。

当他得知我同她交往时，便来找我，默默地把一张名单放在我的写字台上，上边开列了她所有情夫的姓名。他想用这个办法来警告我，要我离开她，他想用这个办法来保住她，不让我夺走。

不，她并未给我带来不幸。在那个年代，在我患忧郁症的年代，任何事我都无动于衷。

我漠然地同她分手了。她见我没有上吊，没有流泪，甚至显得挺高兴，而大为委屈。

她去了乌拉尔，再由那儿去了远东。我有十一年没见过她。

有一天我在街上遇到了她。原来她早就回到我们这个城市了，可我却一无所知。这没有什么可奇怪的，因为她闭门谢客，哪里都不去。她对一切都厌倦了，无论对人和对感情都如此。

我打量了她一眼。她仍像过去那么美丽。她的狂放的生活并未在她外表上留下痕迹。我甚至觉得她比以前更漂亮了。可与此同时，在她身上发生了某种奇异的变化！

她变得迟钝、呆板、冷漠了。她的整个外表都显得疲惫、木然。她的眼睛失去了光泽。可她才三十岁。怎么会这样的呢？

“对一切都厌倦了？”我问她。“谁也不爱？”

她耸了耸肩，回答说：

“谁也不爱了。我对一切都厌倦了。除了憎恶以外，我没有其他任何感情。”

“这是物极必反吗？”

“想必是的，”她说，一种非比寻常的忧伤蒙住了她的双眸。

“这些年来出了什么事吗？”

“没有，”她说，“什么事也没有出。一切同过去一样……”

“是呀，”我说，“可是过去出的事不少呀，有悲剧、丑闻、枪击、一年三次堕胎……”

她冷笑了一下，说：

“那还消说，既然这一切只能使我伤心，我何苦去自讨苦吃呢。”

从她这句脱口而出的事实中，我突然发现了她所以“物极必反”的全部原因。

她的爱情，她的欲望，自始至终都是和不幸联系在一起的。迟早总得有个结束吧？果然结束的时候到了。爱情同不幸合而为一。条件联系把两者牢固地联结在一起。与其重又发生灾祸，还不如清心寡欲的好。

我又打量了那个少妇一眼。我已打算把她不幸的根源讲给她听。可我没有讲。倒不是因为我担心她未必能理解我。

而是因为我认为还是让她处于现在这种心态更好些。

我们告别了。她向我伸出软绵绵的手。用一种冷漠的眼光扫了我一眼，然后慢吞吞地、有气无力地顺着街道走掉了。

我不由得怜悯起她来。我想叫住她，告诉她患的是什么病。可我没有这么做。

我想还是让她处于现在这种心态的好。

## 8

如今我对我周围发生的一切，都取一种温和的态度，我没有分析别人言行的习惯，也不认为管闲事有多大乐趣。

我按做人之道，安分守己地过着日子；我不去东想西想，不让自己的脑袋充当侦查别人灾祸的工具。

可当年我一遇见人们有这类事情，便怀着极大的兴趣，激动地加以观察。

特别使我激动的是人们越过理性的检查而作出的那类病态的“回答动作”。这类回答动作有时是那么荒谬，那么不合情理，使人难以理解其意义。然而经过思索后，我每回都确信这类回答动作是合理的。当然，从健全的理性的角度来看，这种合理性是荒唐的。然而只消把这种荒唐性翻译成动物的语言或者婴儿的语言，我立刻就看清了其中的意义。

神经过敏者的任何行为反应，有时甚至于他的死亡，都意在逃避，意在回避“病源体”，都是由于无力割断条件联系造成的。

我这就向诸位讲述几则惊人的故事。全是真人真事。

## 出乎意外的终场

有个女大学生走进我的房间。她非常年轻，非常可爱。

她毕业考试都及格了，现在需要有关我文学创作的材料，用于毕业论文。

她同我交谈时几乎没抬起过眼睛。可是快要谈完时她胆子却大了起来，甚至频频地向我投来媚眼。

话已经谈完，该走了，可她还不走。

后来我同意她明天再来，听取我对她论文的意见，她这才告辞。

第二天她如约而来，神情有点忧郁。她告诉我，她已嫁给一个大学生，他们有一个孩子。孩子和学习是她生活的全部内容。在她来说，这是非常美满的。可要是她喜欢上了别人，爱上了别人，那就乱套了。那将是一场灾难，因为她不愿意欺骗丈夫，瞒过丈夫。她将不得不毁掉生活和学习，毁掉自己的命运和丈夫的命运。

她的话使我惊讶不已。我告诫她千万别放任自己的感情。

她用轻得几乎刚刚听得见的声音回答说：

"看来为时已晚。我担心我已经坠入情网。"

不，她没有明说已爱上了我。可从她的眼神、她的整个外表和动作中，我发觉了这一点。

她窘迫得无地自容。她这种感情中的确有某种尴尬的东西。诚然，我那时还比较年轻，比较英俊，可她这种迅如闪电的情爱仍然有悖于自然。倾心得如此迅速我怀疑是一种盲动。她担心我会这样想她。我看出她内心在斗争，她想走，可是却没走，因为她明白我不会迎合她，不会迈前一步，好让她再来会我。

她表示隔两天再来。可是她没来。这使我打心里感到高兴。

两个星期后，她来了，形容大变，憔悴、苍白。她是拄着拐杖来的。

她告诉我她生了大病。一年前她在参加田径比赛时摔了一跤。一条腿摔伤了。现在旧病复发，膝盖全肿了。她勉强才能移步。她一步步挨到这儿，是想来告诉我，她应当把她的感情埋葬在心底里。

我立刻明白了她的病因。

我对她说：

"您立刻忘掉我，那么您立刻就可以康复。您所以生病，是因为您不愿来找我。您的两条腿不再为您效劳，因为您自己说过，如果您爱上了别人，那将是一场灾难。疾病保卫了您。它选择了最薄弱的地方。"

这个女子是聪慧的。她含笑地听着我讲。后来，她放声笑了出来，笑得拐杖都脱手落地了。

她笑着说：

“这太惊人了。的确是这么回事。”

我同她友好地分手道别。她把拐杖忘在我的书房里了。

## 可怜的费佳

这是很久以前的一桩事，我本来已记不起来。可我做出的结论突然使这桩事在我的记忆中复苏了。

基斯洛沃茨克的“瞬间”火车站。我借居的那幢房子再过去两家，住着一个叫费佳·X的大学生。他跟我一样是到高加索来实习的。

费佳是数学系学生，一个招人喜欢的小伙子，有点儿腼腆，会用吉他自弹自唱，唱得好听极了。

他几乎每天都来看我。我就每天听他弹唱。

每回弹唱完后，他就谈论姑娘们。他不走运。所有的大学生都找到了“情人”，可他却冷清清的孤身一人。究竟要到什么时候才能交桃花运呢？

到了夏末，他终于交上了桃花运。他爱上了他的一个女学生。他那时在教中学毕业班的数学。

他爱上了她。她看来也钟情于他。我们经常在戏院里和公园里遇见他俩。他俩情意绵绵地坐在公园的长椅上。

没料到乐极生悲——费佳病了。他患了湿疹。湿疹起初出现在下巴上，后来蔓延到了面颊上。

对费佳来说这真是祸从天降。他本来就够腼腆的了，现在湿疹更使他窘得手足无措。他不再同他的女学生约会。

他不好意思让她看到他那一片片赤红的斑点。

这是神经性湿疹。医生用软膏和石英灯光给他治疗。可病情反而加重了。医生怀疑他血液中毒，患了脓毒病。费佳几乎足不出户。他痛哭流涕地说，他命不好，才会碰到这样倒霉的事。要知道在女学生向他倾吐情愫的次日，他的湿疹就发作了。

八月底，我同费佳回转彼得堡。我们同乘一节车厢。第二天费佳的病情就好转了。他面颊上的赤红色斑点淡了不少。到旅途终点时，费佳的脸几乎已是光洁的了。

费仕一个劲儿地照镜子。他狂喜地确信，疾病已离他而去。随后他苦笑着说，他真不走运。如今他已失去了所爱的人，健康对他来说又有什么用处呢。

我再说一遍，我本来已忘掉了这件事。可我又记了起来，因为我现在清楚地看到了费佳的病因——这就是防御、自卫、逃跑。

恐惧感（何以会产生这种恐惧感的，须加以探究）挡住了他的脚步。无意识的恐惧感破坏了分泌器官的工作。身体的化学机理无疑一度趋于紊乱。中毒现象完全可以由于内因而发生，并不一定非外因不可。

## “我还是瞎了的好”

这件事我本来也不会记起来的，要不是我的结论适用于这件事的话。

我的一个熟人死了。他孤身一人，死得很吓人，甚至可以说可怖。

这事发生在 1919 年。

他是个老报人，由旧生活培育出来的。他成了新生活的死敌。

悲痛和物质的匮乏使他对新生活更加切齿痛恨。他怀着强烈的憎恨所写的一篇篇文章，自然哪儿都不会发表。他便把这些文章投给国外，是托形形色色的人带出去的。

我多次跟他争论，向他证实他错了，他不理解俄罗斯，不了解人民，他心目中的人民不过是狭小的知识分子阶层。不应当把自己的想法视作为人民的想法。

这正是他错误的所在。也是许多人错误的所在。

我同他争吵了起来。于是我不再去看望他。

可我得知他的境遇后，又到他那儿去了。

他患了神经性瘫痪。右半身偏瘫。可他仍然跟过去一样桀骜不驯。

他向一个熟识的女速记员口述他的文章，由她笔录下来。

他仍像过去一样把这些文章投往国外。他明明知道这件事迟早会暴露，他势必要遭殃。可他还是这么做。看来，他的仇恨超过了他的恐惧感。

他在去世前一个月双目失明了。

我去探望他。他躺在床上，既不能动弹，眼睛又瞎了，也没人护理他。我同他谈话。他的回答是温顺的，谦卑的，他所遭到的新的不幸使他颓唐。他最感到遗憾的是，他已彻底丧失了工作的可能性，连写好的东西再过目一遍的可能性也没有了。

突然他脸上掠过一丝微笑，说道：

“不过现在我安全了。谁会来找我这样一个废人的麻烦呢。”

他死了。我忘掉了他。直到此刻才记起他。我记起了他那丝微笑，我当时就发觉这笑蕴涵着如释重负的轻松感。我现在意识到，他所以会瞎掉眼睛，是为了可以不再写文章。他用瞎掉眼睛的办法来使自己免遭危险。

我当然知道世上还存在另外一种“真正的”疾病。这种疾病遵循病理学的一切法则导致病人瘫痪和失明。不过就我所举的例子而言，我认为这人健康的损害以及最后的死亡所遵循的并不是科学已确定的法则。

我还记起了一系列故事。

## 9

我还记起了许多故事。所有这些故事都使我确信我的结论是正确的。

这都是些没有割断条件联系的故事，是关于缠绵不休的沉疴、惨剧、悲剧的故事。

可我也记起了割断条件联系的故事，故事的收场都是好的，条件联系由于及时被割断而不再造成危害。

我记起了一个杂技演员。他的节目演砸了。他三次掉到安全网上。这是在正式演出时出的丑。观众喝倒彩，其他演员都摇头说，今后他未必再演得了这个节目了。

刚一散场，这位失败了三次的演员立刻把张在杂技场圆顶下的安全网卸掉，再做这个节目，一连两次都成功了。

他割断了已开始联结在一起的联系。他割断了节目和失败之间的条件联系。于是节目重又同成功联系在一起了。

我还记起了一桩把联系割断，不让其联结起来的惊人的事。

在安葬一位著名的飞行员时，电台广播员张冠李戴，把参加葬礼的另一位著名飞行员错报成了不幸遇难的飞行员。

当电台错报了这位飞行员的姓时，他脸色转白，有点慌张。葬礼结束后，这位飞行员立即驱车去机场，坐上飞机，腾空而起，打破了他自己所创造的高空飞行纪录，创造了高得多的新纪录。他以此向自己证明，广播员的这个错误是不足道哉的，是偶然的。这个偶然错误不会同他今后的命运联系在一起。

条件联系刚有可能形成就被割断了。这个举动是英勇的。

我记起了许多故事，既有未把条件联系割断的，也有把条件联系割断的，它们无不以数学的精确性证实了巴甫洛夫所发现的规律。

不论是在正常的还是病态的现象中，条件反射的规律都是毋庸置疑的。

这是一把可以解开许多痛苦之谜的钥匙。

## 10

于是我想起了那些已经亡故的人，他们生前备受痛苦，却不知道是什么原因造成的。

我激动地记起了我在极度忧郁的日子里所做的笔记。那时我把一切同忧郁症有关的人和事都记了下来。

在我的黑名单上有杰出的人，有伟人，他们以他们的创作，以他们的事业而闻名于世。难道连他们也受条件反射规律的支配吗？难道连他们也摆脱不了这种荒唐的事吗？

我迫不及待地想了解他们痛苦的原因，了解他们患上忧郁症，走上自毁之路的原因。我忐忑不安地翻阅着我记下的材料。我看到他们一切基本点都是正常的。他们何以会走上自毁之路的原因，已为历史学家和社会学家所发现。

其中的主要方面没有丝毫可以怀疑的。他们的言行举止的确是由另外一种压力，外来的压力决定的。然而在这些人的痛苦的总和中，我还是看到了被人们忽略的一个新的被加数。而这个被加数有时是相当巨大的。它所施加的压力有时大得足以置人于死地。

我激动地翻阅着我所做的一页页笔记。

往昔的幽灵复活了，这些幽灵那样的魁乎其伟，我们不能不匍匐在他们面前。

# “理性是祸患”

谁高居中天，谁便洞烛雷电，

可一旦坠落，就会摔成碎片……

## 1

是什么促使我写这本书的？为什么在战火纷飞的存亡危急之秋，我要呶呶不休地大谈自己和别人很久以前所患的疾病？

为什么要谈并非在战场上得到的创伤？

也许这是一本该在战后写的书吧？专给那些打完仗后，需要用这类方法医治灵魂的人看的？

不，我写这本书是为我们今天所用的。我把它视作投向敌人营垒的炸弹，以消灭在各处传播的卑微的思想。

要知道法西斯主义并没有自己的哲学。这种主义不过是“拾人牙慧”，杂凑而成的。那么我讲的卑微思想是指什么呢？我讲的卑微思想正是指这种拾人牙慧的大杂烩。这是一种肆意歪曲了的、无道德可言的、降低到衣冠禽兽水平的思想。

要是在沙龙中高谈阔论源于理性的苦难，那还不是大不了的灾祸。要是仅限于文学家先生们在笔战中奢谈穴居野处的幸福，那还不怎么要紧。他们尽可远离市廛的烦嚣，去林莽中找条活路，以逃避机器、文明和意识的进一步发展。

可是那名觊觎世界的大兵[①]也喋喋不休地讲这类话，那可就是祸患了。

那名大兵正在滔滔不绝地讲这类话，肆意加以歪曲、夸大、极端化。他声嘶力竭地胡诌："教育是对人的摧残……""知识分子，这是民族的渣滓。""我要我的青年成为猛兽………""意识给人带来无穷的灾难……"

把人类理性的早霞臆想为落霞，并且巴望这真是落霞！这是多么阴暗的心理，这种心理只有在阴毒、卑劣的灵魂中才会产生！

要是这名上等兵[②]骑着胜利者的灰马登上科学之犁还仅仅翻耕了一小部分的春日的原野，那么世界将要有一千年的时间暗无天日。

这样的事没有发生，也绝不可能发生！尽管如此，"为了捍卫理性及其权利"还是应当写作。

这便是为什么我要在战火纷飞的严峻岁月里写我这部作品的原因之一。

## 2

不过我并不仅仅因为这一点才写这本书的。

我写这本书是期望它能造福于人。

也许我这个愿望在某种程度上来说是幼稚的，徒劳的，是不切实际的妄想。我没有忘记那位生理学家的嘱咐："千万别诱使人相信任何东西！"

然而我还是要适度地劝使人相信一些东西。

---

① 指希特勒。

② 希特勒在第一次世界大战中当过奥地利上等兵。

也许我的书能使有些人得到休憩和消造，使另一些人恢复心态平衡。还能使一些人恼怒，迫使他们思索，迫使他们走下奥林匹斯山，听听一名凡夫俗子讲的话，这家伙犯了通常只有狗才会犯的毛病。

“上帝呀！”他们会惊呼，“这不是狗在那儿汪汪叫吗！这家伙赌神发咒地说，这一切都是在他那身臭皮囊里发生的。上帝呀，我们倒要来看看，是不是当真像他说的那样！”

于是他们也许会暂时把狗搁到一边，来研究婴儿。这些婴儿在发育成人的过程中，给科学界带来难以想象的麻烦和焦虑。

他们如若把注意力转向人，必能演出一幕幕壮丽动人的戏剧，从而使我仰望遥远的九重天的双眸大饱眼福。

正是这些遥远的戏剧促使我离开撒满玫瑰花的道路，而来写这本书。

是的，道路上将撒满玫瑰花，要是我用充满诗情画意的形式完成这本书的话。哎，要是我这本书由一则则取材于生活的优雅的故事构成，必能饮誉文坛！

读者将含着快乐的微笑，捧读这本书。

而且我也将轻松得多，便当得多。我的左手将毫无困难地，几乎可以说是易如反掌地写出这些故事……

可你们现在看到的这本书却不是这样的，而是几近于学术著作，尽是些彼岸的枯燥的术语，诸如：反射、症状、神经联系……

唉，这家伙干吗要写这种玩意儿！干吗要把杜鹃换成在空中飞翔的苍鹰？好好地当他的作家，干吗还要充什么江湖郎中？天哪，关照他，叫他照开始那样写！

我倒是非常乐意听从这个言之成理的要求的。可是作品的主题不允许我这么做。这个主题怎么也放不进文学作品优美的框框里去，尽管我出于对读者的尊敬拼命把它往那里边塞。

这个主题是不可轻视的。它极其重要，至少对我而言。

正是为了这个主题我才写这部作品。正是为了这个主题，我选择了一条坎坷的道路，伤心的道路！

是的，伤心的道路！我已预见到了恼怒的话语、阴沉的目光、刻薄的讽刺。

我仿佛已听到有人用尖酸的嗓音指出没有必要如此关心自身，指出对自己的过度的检查是有害的。他们说，警惕性这么高的理性有什么用处，这种理性中有某种陌生的、可疑的东西。

我预见到了这一点。不过我指望本书的结尾部分能把这些疑窦消除。

## 3

还是言归正传吧。我们前面谈到哪里扯开去的？是不是谈到拜伦的诗句：

你不妨数一数，在生活的筵席上，
你能喝到多少幸福之汁，
你就会确信不管你在世上生活得怎样，
最大的欢乐还是不要降生人世……

不，我们未曾谈到这些悲观的诗句。

我们是在谈到闻名于世的杰出人士的名单时扯开去的。

这些伟人的不幸和忧郁使我震惊，我想知道是什么原因使他们产生这些不幸的。会不会是和我相同的那些原因？

读者已经看到，由许多被加数构成的我的痛苦表现为多么复杂的和数。

如今我已有了经验，我想知道是些什么样的被加数构成了我名单中开列的那些人的痛苦。

确切地说，我想知道其中的一个被加数，正是因为那个被加数我才决定写这本书的。

不，要想知道这个被加数并非易事。必须非常谨慎，周密地考虑到这些人周围的一切。他们生活在不同的时代，具有不同的性格，不同的倾向。因此并非相同的力量从外界作用于他们。并非相同的原因造成他们内心的冲突。

人身上发生的内心冲突，几乎是绕过生物基础，在生物基础之外作用于人的。普希金的内心冲突显然就是如此。俄国的环境是他冲突的基础，也正是这种环境导致了诗人的自毁。

可见要在多么错综复杂的和数中来解决关于作用于人的诸力量的问题。

不过我将竭力避开这类复杂的例子。我只谈显然是生理力量在起作用的那些人。

我只谈临床方面的病例。

我取一种极其谨慎的态度来进行我的简略的学术研究。

不，甚至谈不上是学术研究。只不过是供学术研究的素材。这只是草图、略图、部分线条。用它们只能局部地再现真实的图画。

## 4

在拙著的开始部分，我已提到爱伦·坡的名字，他是位杰出的作家，对整个世界文学的命运产生了巨大的影响。

然而他个人的命运却是凄凉的、黑暗的、可怕的。

爱伦·坡写道：

> “我的心灵是那样的沮丧，如果长此下去，必置我于死地……”“任何东西都不能使我感到欢乐，连丝毫的乐趣都感觉不到……此刻我的心情真正处于凄风苦雨之中……”“请您说服我活下去……”

他写下这些句子时，还不满三十岁。到四十岁上，他死了。他自识人事以来，灾祸不断，一生都是在异常的忧郁中度过的。何以会如此忧郁，他自己也莫名其妙。

我手边没有足够的资料，可供我缜密地研究这人的一生。但即使有限一点资料也足以说明他有极端敏感的心理。

有病态意识，有神经官能症，这一点是不能忽视的。

我这就举出他传记中的若干史实。我举出的这些史实都是典型的，对爱伦·坡病态心理的形成是有影响的，或者说是起了作用的。

他的父母赤贫如洗。他们死时，他才两岁。由义父将他抚养成人。

传记中说，他义父收养他时，他呆得像个木头人。保姆为了安抚他，把面包用葡萄酒浸湿后，喂到他嘴里。

他五岁那年差点儿死掉。他从树上掉了下来，而且是掉进了池塘。把他从水里捞出来时，他几乎已经咽气，连脉搏都没有了。好不容易才把他救活。

他六岁那年，大人把他带往英国。所有他的传记作家都指出，这次远航给予了他异乎寻常的强烈印象。

其中有位传记作家写道："两次航海注定了爱伦·坡性格特点发展中的许多东西。"

另一位传记作家（哈里森）指出："两次远渡重洋对他敏感的性格起了极大的影响。"

也是这位传记作家指出，爱伦·坡花了许多年时间都未能学会游泳，尽管他竭力想学会。他以非凡的顽强致力于掌握这门本领。可是他直到成年才学会游泳。有一次他甚至打破游泳纪录，连续游了好几海里。

可他游泳时，经常出事。有位传记作家写道："有一回他出水时，浑身起了水泡。"（！）

游泳后，他往往要呕吐。

显而易见，这人无疑是克服了他内在的某些巨大障碍才跳入水中游泳的，而这些障碍产生于他的意识之外。可以大胆地推论说，水对爱伦·坡起着抑郁的作用。任何同水的接触都伴随着自卫性反射。每回同条件刺激物的相遇都会产生无意识的恐惧。

我无意再现爱伦·坡精神神经官能症的全图。然而我可以指出，恐惧载体以及通向恐惧载体的条件联系是显而易见的。爱伦·坡在给他所爱的一个女子（伊·惠特曼）的信中写道：

> 哪里有您，我就远而避之。我甚至回避您所居住的城市……

饶有趣味的是爱伦·坡之所以回避这位女士，是因为他（毫无根据地）认为她是个有夫之妇。直到很久以后，“这个疑虑才冰释”。

要回避这个女子的动因的确是不正常的。为了证明自己这种似乎不可解释的逃避是正确的，他需要臆造出一些子虚乌有的理由。

爱伦·坡在给这位女士的另一封信中写道：

> 我不敢谈起您，更别说见到您了。多年来，我的双唇没有一次吐出过您的芳名……只消人们一谈起您，即使是悄声絮语，我的心就会怦怦乱跳，这是有多种感觉混乱地交织在一起的心情，既有恐惧，又有喜悦，还有一种狂乱的无可名状的感觉，这种感觉用什么来比喻都不确切，只能说它非常近似犯罪感……

爱伦·坡以惊人的清晰展示了他的灾祸的图景。他自己也没料到，他给自己的心理状态做了一针见血的分析。他发现了构成他心理状态的三个因素：恐惧、胆怯、犯罪感。

毫无疑问，弗洛伊德学派会从其中找到俄狄浦斯情结。换句话说，会从其中找到对生母的隐秘的、潜抑的性愿望。这个学派会在其中看到道德上的压制和对惩罚的害怕，而这种惩罚是在文明生活的条件下强加于人的。

传记作家们都指出，爱伦·坡爱他母亲的形象。他一生从未把嵌有他母亲肖像的鸡心颈饰从颈子上拿下来过。

即使这么一个琐细的事实，弗洛伊德学派也必定会认为足以证明他们所下结论的正确。

然而他们的结论是大谬不然的。即使在爱伦·坡的这件事上，我们看到的也并非俄狄浦斯情结，而是另一种东西。且听我讲明道理。

爱伦·坡的母亲弃世之时，他虚龄仅两岁。

说一个实足一岁多的孩子会因为他对母亲的天真无邪的感情而引起道德上的苦闷或者害怕惩罚，是大可怀疑的。

说他在两岁之后，仍会因这种感情而烦恼、苦闷，就更加可疑了。这是断无可能的。他已看不见他母亲了——她死了。

因此孩子不可能压制或者潜抑他对母亲的愿望。不管这是一种什么样的愿望。因此即使产生压制，那么压制的产生也基于其他原因，这些原因绝不证明弗洛伊德关于俄狄浦斯情结的想法是正确的。

那么这些其他原因究竟是什么呢？只可能是本书中我们所讲的那类原因。

既非道德动因，也非因为自己产生那种婴儿的“愿望”而惧怕惩罚，而是因为另一种性质的恐惧——对婴儿错误地理解其意义的物体的恐惧。这便是症结所在。

自卫性反射只可能产生于这类“物质”动因的基础上。其余的动因是随着此后智力的发育而出现的。这类动因无疑是能够对人起作用的。然而这类动因未必都具有病态性质。

总之，从爱伦·坡的病态的表象中，我们极其清晰地看到了三个组成部分：水、母亲和妇人。除此之外，不妨设想还有其他恐惧载体。

然而仅我们已发现的这三个恐惧载体即已把爱伦·坡对它们的态度的病态性质，相当清楚地告诉了我们。

爱伦·坡不理解他出了什么事，不理解他的不幸的原因，便开始纵酒。他想借酒来驱走他遇见他的恐惧载体时内心产生的麻木、忧郁和抑制。

爱伦·坡是奇怪地猝死的。他由巴尔的摩乘火车去费城。列车员发现他偶卧在地板上。人们把他送进医院。他很快就死在医院里了。目击者写道，他在医院里一直处于一种痉挛性的状态中。

他的生命、他的疾病、郁怫和惨死的整个道路上都刻有病态的印痕，依我看，都刻有神经条件联系的印痕，这些条件联系是在他最初认识世界时错误地产生的。

## 5

关于果戈理的疾病，我将作较为详细的研究。不过果戈理的心理矛盾百出，极端复杂，没有某些必要的文献资料无从做出缜密透彻的分析，而这类资料又恰恰是我们在果戈理同时代人的文字记载中找不到的。

下文我只谈我认为无可争议的事。

果戈理的疾病，毫无疑问，并不仅仅是由身体原因造成的。比方说，赫尔岑就认为是“尼古拉[①]的专制制度害得果戈理进了疯人院”。这句话是不无道理的。

果戈理以震撼人心的力量描绘了尼古拉的俄罗斯。他以无情的、准确的语言描述了地主的生活、尼古拉制度和卑鄙、伪善的社会道德。

从果戈理上述的文学立场而言，他是个革命者、民主主义者、人民真正的代表。

然而果戈理又被他自己所描绘的阴暗的图画，以及他自己所没意识到的革命性吓坏了。

作为一个艺术家的果戈理和作为一个人的果戈理之间的分歧是极大的，现实生活和他所期望见到的另一个俄罗斯之间的分歧是极大的。

他想从这种矛盾冲突的夹攻中脱身出来。可是他办不到。他不可能也不愿意

① 尼古拉一世（1796—1855），俄国1825年至1855年沙皇，在位期间曾镇压十二月党人起义，迫害普希金、莱蒙托夫、赫尔岑、谢甫琴科等自由主义思想家。

走别林斯基、车尔尼雪夫斯基和民主主义的革命青年所走的路。

果戈理终于跨出了同可悲的现实妥协的步子，然而这一步将他投入了他敌人的营垒。

这是果戈理的悲剧。这个悲剧加深了他的疾病，加速了他的自毁。

然而除了这个悲剧外，果戈理身上还有另外一个悲剧，即生理方面的冲突，这种冲突强烈地反映在他的疾病中，反映在他的精神神经官能症中。

从果戈理的整个一生中都可清晰地看到这样的精神神经官能症的症状。

早在他童年时，他周围的人就已发现了这种症状。

1815 年（果戈理约五六岁），"贵人和恩公"特罗辛斯基给果戈理父亲的信中说："兹有一事奉告，我曾与纳达林斯基（医生）研讨令郎尼柯沙[①]瘰疬病发作一事……"

后来，果戈理不仅在少年时代，而且成年之后，也曾莫名其妙地多次发作瘰疬病。

有时发作得十分厉害，闹得果戈理坐立不安——"坐也不是，躺也不是"。在这种情况下，他往往极度忧伤，有一回他甚至激动地喊叫道："对我来说，把我绞死或者淹死倒是一剂良药，倒是解脱。"

然而医生们并没有在果戈理身上发现什么严重的器质性疾病。他们给他医治的是瘰疬病、疑病、"痔疮"和肠胃病。

可是一无疗效。果戈理的健康状况急剧恶化。

然而有时，果戈理多年的顽症竟会在片刻之间霍然自愈。这时他又觉得自己是健康的，朝气蓬勃的。他不止一次向人谈起过他这种古怪的病情。

1840 年，果戈理在给波戈金[②]的信中说："旅途向我显示了奇迹，我从未像现在这样精神焕发，朝气蓬勃。"

---

① 果戈理的名字尼古拉的小称。

② 米哈伊尔·波戈金（1800—1875），俄国历史学家、作家。

果戈理在给A．N．托尔斯泰的信（1846年1月2日）中说：

> 我日益消瘦、憔悴、衰弱，而同时我又清晰地感到我身体中存在着某种东西，只消至高无上的神一挥手，这种东西便可在片刻之间把一切疾病逐出我的身体……

可见，果戈理本人也感觉到了他的病并非无法根治的器质性疾病。这种称之为疾病的“东西”会离去，会消失，会霍然而愈。仅此一点，我们即有理由假定，果戈理所患的疾病就是本书所探讨的那种病。

不妨认为我们的假定是正确的，果戈理在婴儿年代曾受到过某种创伤。

然而怎样来探究这种创伤呢？怎样来分析这种疾病的病史呢？

我看，只要研究果戈理私生活中有典型意义的行为特点和“怪癖”，这一点就能办到了。

在果戈理的行为中我们发现了哪些“怪癖”呢？

怪癖不少。其中果戈理对女性的态度可以算得上是主要的“怪癖”。

大家都知道，果戈理终生未婚。他对结婚一无兴趣。

我们甚至都没听说过果戈理有什么风流韵事。

1829年，果戈理在给他母亲的信中谈到他对一位陌生女子的感情，称她是“女神，一位披着一袭薄薄的凡人的情爱之衣的女神”。

他用来描绘他所钟情的女子的话是非比寻常的。这些话对研究者来说极其重要。

> 极度的忧郁加上无限的痛苦在我胸中沸腾。啊，这是多么残酷的心态！……即使叫罪人下地狱，他也不致如此痛苦。不，这并非爱情……我感到一种疯狂的冲动，一种可怖的折磨，我如饥似渴地想再看她一眼，仅仅一眼……再看她一眼——这是我唯一的愿望……我惊恐地觉察到我的这种心态是可怕的。我发觉我必须逃离我自身，如果我还想保住我的性命的话……

即使这并非真正的爱情，而不过是一种幻觉、臆想、那么这种臆想中也仍有值得分析的特征。

害怕、恐惧、痛苦、死亡——这便是同女人牵连在一起的东西！这便是爱情的伴随物。

只有逃脱才能保住性命。因此我们看到果戈理一生都在落荒而逃。

他逃避女人。[①]虽然他明明知道如此长时间的禁欲会殃及健康。

果戈理在一封信中谈及K．阿克萨科夫时说：

> 如果一个人到三十岁上还不结婚，会生病的……

毫无疑问，这句话也适用于果戈理自身。但是他并未改变他的生活。他也不可能加以改变，因为障碍是巨大的，非他所能左右。

这是些什么样的障碍呢？

看来，这是一种产生于自卫性条件反射的无意识恐惧，关于这种恐惧，果戈理本人在那封信中谈及他所钟情的女子时，自己已明白无误地承认了。

这种恐惧感是怎么产生的？什么时候产生的？其基础是什么？

这种恐惧感只可能在婴儿期产生。因为只有在婴儿的年龄才会酿成如此缺乏逻辑的恐惧。

然而这可是对女性恐惧呀！那么最初这种恐惧感是因哪个女人而起的呢？

这种恐惧感只可能因母亲而起，更确切地说，因同母亲有条件地联系在一起的恐惧载体而起。要知道根据条件反射原理，无论母亲还是同她联系在一起的恐惧载体都能令孩子害怕，区别仅在于这种恐惧感由于矛盾重重而复杂化了，它是同快乐与渴望并存的。

---

① 曾给果戈理治过病的A. 塔拉辛科夫留下了这么一段有关果戈理的札记："并未发现他有什么病；他很久没有同女人性交，他自己承认并不感到有此需要，而且从未感到过这种事有什么特别的快感。"——原注

此后，任何一个女性的形象都可能唤起这种矛盾的恐惧感。

如果条件神经联系把女人的形象同不幸、灾祸，甚至自毁联系在一起，那么在对待母亲的态度上也必定会表现出这种感情。

难道果戈理的情况是这样的吗？

是的，正是这样，果戈理对母亲的态度是极度矛盾的、古怪的。

他既对母亲“怀着人子的敬爱”，又不愿同她见面。他以各种借口和遁辞为由，不回乡省亲，也不让她来看他。

他推说事情忙，身体不适，还说一回到老家就会犯忧郁症。

他在给母亲的一封信（1837 年 12 月）中说：

> 我上次来探望您时，我想，您也发现了我忧郁得不知怎么办才好……我自己也不知道这种忧思从何而来……

有一回，果戈理驱车去探望母亲，可一坐进车厢，忧思便涌上了心头。

果戈理一向不怕旅途劳顿，甚至认为旅途对他来说不啻良药，可这一回他却视为畏途。他的“神经”状态已到了想折回莫斯科的地步。

果然他行至半途就掉头往回走了，没去自己的领地。

果戈理爱他的母亲，却和母亲分居两地，千方百计地逃避同她见面，为此他甚至于不止一次把从莫斯科寄给她的信，写成是从外国城市——维也纳、的里雅斯特[①]寄出的。

这个情况使得许多果戈理的传记作家如坠五里雾中。他们觉得他这样骗母亲是莫名其妙的，不可理解的。

其实这个情况非常容易解释：果戈理不愿见到母亲，他避开她。让她以为他在国外，否则她又要坚持母子见面的事了。

---

① 意大利城市名。

可他这么做也许是不想长途跋涉呢？也许他十分繁忙，无暇及此呢？不，他母亲并不坚持非要他来省亲不可。她愿意自己到莫斯科去探望儿子。

也许是因为这位妇人如果来莫斯科，果戈理会为她感到害臊，为她那种外省人的土气感到害臊呢？不，从他们母子的通信来看，果戈理是敬重她的，对她有着真挚的感情，竭力不让她为他烦恼、担忧。

显然，有某种其他东西阻止他同母亲见面。

这“某种东西”是无意识的、幼稚型的。条件联系显然联结着恐惧载体——老家，母亲，女人。

在他整个一生中，这种联系没有被割断过，起着有害的作用。

有一回，母子相见已势所难免，果戈理以极其冷漠和不悦的语气谈到这次无从推却的会面。他在给达尼列夫斯基的信（1839 年 12 月）中说：

……为聊尽人子之责，只得让家母来见我一面，请她来莫斯科小住两周……

看来，母亲在无意之中成了婴儿内心冲突的肇始人。

要知道在婴儿的心目中，母亲不仅是母亲，还是——养料、食物的来源和解饿的欢乐。想必在这方面发生过什么怪事、“乖谬”的事、超出常规的事。这种可能性较之其他方面的想必要大得多，因为这方面的条件联系更为巩固，在这方面同这类客体的“接触”是经常性的、无从回避的。

我们都知道果戈理是怎么度过他临终前那些悲剧性的日子的，他拒绝进食，甘受饥饿之苦。

到最后几天，不管周围的人如何劝他，求他，他坚决绝食。

人们只得喂他吃，强迫他吃。他大叫着央求人家放过他，别折磨他。

但果戈理之拒绝进食并非因为有什么肠胃病或者已丧失食欲。

塔拉辛科夫医生写道：

脉搏细弱，舌净，无舌苔，但干燥，体温正常。从各方面来看，他并未处于谵妄状态，他之拒绝进食不能认为已丧失食欲……

仍是这位塔拉辛科夫写道：

他今天不愿食用任何东西，在领受圣饼后，他骂自己是个不可救药的饕餮之徒，是个没有毅力的草包，因而非常伤心。

也许这是一种“宗教狂”？许多传记作家认为他绝食是出于这个原因。

我看不见得。宗教的原因也许是起作用的，然而不是根本的原因，甚至不是重要的原因。

我们知道，神职人员——他的忏悔神父和教区的教士，都力劝果戈理进食。

大家都知道那位教士几乎强制果戈理吃下了“一匙蓖麻油”。

不仅如此。托尔斯泰曾请求都主教菲拉列特“感化那个忏悔的罪人，使其摆脱万事皆休的臆想”，命令果戈理进食，听从医生的嘱咐。

都主教吩咐传谕果戈理：“教会本身命令病人必须服从医生的意志。”

然而这道圣谕未能使病人回心转意，因为他所以绝食并非基于宗教原因。

那么果戈理本人是怎么解释他拒绝进食的呢？他提出的理由极其怪诞却又很能说明问题。塔拉辛科夫医生写道：

果戈理只喝一两匙燕麦粥或者腌白菜的汁水，就算是一顿饭了。人们建议他再吃点什么，他以生病为由，坚不肯吃，他解释说，他觉得肚子里出了什么事，肠子翻了过来。他父亲患的就是这种病，就是在他这个年龄死去的，是因为接受了治疗而被治死的。（！）

果戈理的这个幼稚的回答，清楚地说明了他拒绝进食的根本原因。

首先，肠胃的痉挛和抽搐（这是不是自卫性反射的症状？）折磨着他。其次，果戈理的这些话说明他讳疾忌医，换句话说，他不愿意康复。这就是他的疾病和自毁的实质所在。与其忍受他所忍受的痛苦，不如一死了之。

这便是果戈理何以绝食的答案。

然而果戈理生性食不厌精，脍不厌细，怎么会绝食的呢？无论回忆录和书信，无不提到果戈理是贪图口腹的人。

我们从回忆录中得知，果戈理有时把用餐当做“宗教仪式”一般对待，庄严肃穆地吃着饭菜，对珍馐佳肴总是赞不绝口。

果戈理在给达尼列夫斯基的好几封信中都把餐馆称作“圣殿”，甚至称作“大快朵颐的圣殿”。(!)

我们从回忆录中得知，果戈理有时亲自执炊。而且做这件事时极其庄严，极其认真。

谢·阿克萨科夫①写道：

> 他专心致志地掌勺烧菜，好像这是心爱的职业。我想要不是命运安排果戈理成为伟大的诗人的话，那他一定会成为名厨。

可见，他对饮食的态度有几分古怪，认真得过分了。

而且他从不掩饰这种怪癖，所有回忆他的人都指出了这一点。

米·波戈金写道，画家布鲁尼②在谈及果戈理时，惊叹说：“我们常在果戈理用餐时去看他，以便激起我们的食欲，——他的食量好顶四个人。”

巴·安年科夫③写道：

> 果戈理只要吃到一盘配他胃口的米饭，便会馋相毕露，把头伛得那么低，长发都落到了菜盘子里，一匙接一匙，狼吞虎咽地吃着。

---

① 谢尔盖·阿克萨科夫（1791—1859），俄国作家。

② 弗奥多尔·布鲁尼（1799—1875），俄国历史画家。

③ 巴维尔·安年科夫（1813—1887），俄国文学评论家、回忆录作家。

谢·阿克萨科夫写道：

果戈理自告奋勇地给我们煮咖啡、茶点、早饭和午饭……

米·波戈金写道：

果戈理最关心的事是张罗早茶。他总是备有好茶叶，从未断缺过。但对他来说最主要的事莫过于准备齐全喝茶用的各种点心。他从哪儿弄到各色各样的面包和面包干的，除了他自己以外，谁也不知道……然后开始煮茶、斟茶、品茶、津津有味地慢咽细嚼。一顿早茶将近一个小时才能喝好……

果戈理对饮食的这种惊人的嗜好，连他幼时的同窗都看出来了。

B．柳比奇写道：

他的裤兜里总是盛着许多甜食——糖果、蜜糖饼干。他不时从裤兜里掏出这些甜食，不停地吃，连上课的时候也吃……

还有一段回忆也是谈学生时代的果戈理的；

他经常吃蜜糖饼干，吃甜食，喝梨子格瓦斯。果戈理自己用渍过的梨做格瓦斯，或者到市场上去买现成的……

果戈理一方面如此贪吃，一方面又经常抱怨自己食欲不振，消化不良，浑身不适。但是对待饮食的这种过分的酷好和慎重其事的态度却始终如一。

然而果戈理每回用餐时，据目击者说，总是“很挑剔”，很烦躁，有时还要发脾气。

巴·安年科夫写道：

果戈理对待侍者那么挑剔，那么苛求，令我吃惊。他两次退换米饭，一次说是煮过了头，一次说是没煮熟。

费·伊·约尔丹[①]写道：

> 果戈理要了菜后，往往刚吃一口就把跑堂叫来，让他掉换，要掉换两次甚至三次，气得饭馆的跑堂几乎把菜盘子扔到他跟前，愤愤地说："尼古拉先生，您还是别光顾我们小店吧。您老谁也侍候不了。"

这颇像稚童在就餐前的胡闹。然而这种胡闹中却存在着面临庄严的事件时的异常激动的心情。

我们知道，一个未摆脱婴儿期的最初的表象的人，他的感情和愿望是矛盾地交织在一起的。有时，与愿望联结在一起的恐惧，非但扑灭不了愿望，反而使之益发炽烈。

结果，整个过程仿佛是一种为保住可能被夺走的恐惧载体而做的斗争。于是对恐惧载体的暂时性胜利加深了胜利者的凯旋感。然而到头来，最终的胜利还是属于恐惧。

这一胜利的作用过程有时是基于检查的减弱之上的。科学已经发现，大脑皮层在减弱其检查（由于疲劳、疾病、衰老）的同时，给了那些原已遭到拒斥的动物本能和婴儿本能以可乘之机，使其得以死灰复燃。[②]

疲劳过度的、病弱的果戈理的大脑（更确切地说，大脑皮层）已不再实施有效的检查，连他青年时代那种很不严密的实施程度都达不到了。于是我们看到了他绝食的悲剧性场面，看到了他进食时经常发作的无意识恐惧。不受意识检查的婴儿的表象和动物本能占了上风。

但是和危险联结在一起的有条件的神经联系并非仅限于饮食、女人、母亲。

---

① 费奥多尔·伊凡诺维奇·约尔丹（1800—1883），俄国版画家。

② 比方说，老叟何以会"返老还童"，言行举止如幼儿一般，原因就在于此。——原注

它们还同一系列恐惧载体——住宅、黑夜、眠床联结在一起。

由于这个原因，他步步遇“险”。而同这些“危险”做斗争是痛苦的，力所不逮的。只有逃脱才能解救自己。只有逃脱才能割断这些联系，才能摆脱“危险”。

正是逃脱构成了果戈理行为的特点。只有坐上马车时，他才感到自己得到了解脱，得到了休息，身体也康复了。

他曾多次写到旅途如何治愈了他的疾病。

据斯米尔诺娃说（1840 年）：“鲍特金把果戈理扶上四轮马车时，他已奄奄一息……”

而此行的结果，果戈理本人是这么说的：

> 一到达的里雅斯特，我就感觉自己好多了。旅途我的唯一的良药，这一回也同样起了作用……

那还用说吗，旅途使他摆脱了危险。无意识的恐惧不复存在。这就是他的病情得以好转的原因……

然而这种好转不过是暂时的。旅途仍然会导致他重新去接触女人、食物，重新去求医。只有求医才能恢复健康，然而健康恢复之后，会遇见更多的危险，会更加频繁地碰见令他害怕的东西。

他的处境是“走投无路”的，因为即使生病也不能使这种处境稍微轻松些。要知道生病总是同床铺、同病榻联系在一起的。而床铺却有条件地同他在婴儿期所遭遇到的一件不愉快的祸事“联结”在一起。

有趣的是，许多传记作家和回忆录的作者都注意到了果戈理对于床铺所持的乖僻的态度。他几乎从来不睡在床上，虽然卧室里摆着床。他甚至连沙发都不常睡。他宁肯坐在椅子上打盹。

巴·安年科夫曾亲眼见到果戈理的“这种怪癖”，他为此而感到“心酸和着急”。

安年科夫曾描写过同果戈理一起度过的那些夜晚：

> 我已经躺在床上，熄掉了灯，可果戈理仍到我卧室里来，起初三天两头儿来，后来则越来越频繁。他进来后，坐进狭小的藤椅，把头枕在手上，久久地打着瞌睡。然后蹑手蹑脚地走回自己的卧室，照式照样坐在自己那张小藤椅上，一直坐到天亮……

果戈理本人解释他的怪癖时说，他一睡到床上就觉得心里“发慌”，此外，他还“生怕醒不过来”。

安年科夫接着描绘说：

> 天一亮，果戈理就弄乱他的床铺，免得收拾房间的女仆生疑，发觉他行为乖僻……

可见果戈理除了幼稚型的恐惧外，还认为必须装得他并不存在恐惧，并不想逃之夭夭。

一个成年人竟会玩这样孩子气的把戏！这种把戏把果戈理抓得多么牢呀！

这是个惊人的例子，一位杰出的智者竟会听命于无意识的表象的主宰。

这位伟大的诗人忍受着多么沉重的痛苦！他的痛苦使我们多么悲痛！要是对低级力量实施检查的话，就不会有这类痛苦了。

果戈理所忍受的这类痛苦无损于这位伟大的艺术家、诗人和文学家的形象，不会使我们对他的缅怀蒙上阴影。

果戈理处于他那个时代的知识水平上。然而那个时代的科学水平是不够高的。在我们所谈的领域内，那个时代的科学还在黑暗中摸索。它不可能给予果戈理以帮助。或者说，它还不能像现在向我们作出解释那样向果戈理作出解释。

## 6

在我面前的写字台上还放着好几份研究心得。得出的结论是完全相同的。

我不想再唠唠叨叨地把这些研究心得备极周详地写出来，有渎读者的清神。我认为上文所举的两个例子就足以令人信服了。

信服什么呢？至少可以信服理性对低级力量的检查是必要的。

不过我还是想用三言两语再举两三个这方面的例子。

涅克拉索夫把他心绪的郁悒归咎于健康不佳，主要是归咎于肝病……涅克拉索夫写道：

> 齐麦尔曼医生告诉我说，我患有肝病。可见我脾气乖戾都是由肝病而起……

长年来，涅克拉索夫一直医治这个病。

可是他死后，解剖了他的尸体，发现他的内脏，包括肝脏在内，都无病变可见。

解剖时在场的别洛戈洛维医生写道：

> 他已五十六岁，身体能这样算是保养得不错的了。除了特殊型功能障碍，没有任何疾病。[①]

而忧郁症却伴随了涅克拉索夫一辈子。涅克拉索夫才十七岁，刚刚步入生活时，就写下了这样的诗句：

> 我怀着病态的忧郁，
>
> 茫茫然踏上陌生的疆域……

这种“病态的忧郁”并不是因为身体有病而引起的。忧郁的起因来自另外方面。即使只作肤浅的分析也可证实起因是无意识的表象。这种无意识的表象时常占据上风。

人们认为萨尔蒂科夫－谢德林患有脑瘤。因为他，据别洛戈洛维医生在一份回

---

①涅克拉索夫患有直肠癌，在他逝世前四个月切除了这一恶性肿瘤。不过这个肿瘤是早期发现的，一发现就动了手术。——原注

忆中说，“周身肌肉抽搐性收缩，严重到了不仅书写困难，而且几乎不可能书写了。”

别洛戈洛维写道：“至 1881 年，抽搐发展到极度严重的地步，已具有舞蹈病的症状。”

此外，他还出现“眼痛，然而他的眼球并无任何明显病变可见”。

这些症状和“他所固有的忧郁症不时痛苦地发作”，使得医生认为谢德林“脑部有肿瘤或者囊肿物”。

然而给他做解剖时（也是据那位医生说的），在他的脑组织中既未发现肿瘤或者囊肿物，也未发现任何病变。

毫无疑问，其起因潜伏在功能失常、无意识表象和错误的感情中，潜伏在对某些刺激的错误的回答动作中。这种回答动作无论就力度和合理性而言，都是与那些刺激不相适应的。

大概当代的科学会首先对心理进行分析，而不会在此之前就做出脑部有肿瘤的诊断。

像这样的心理分析也许还能保住最伟大的小说家巴尔扎克的生命。

巴尔扎克同甘斯卡娅的恋爱史就是他的病史和自毁的历史。

许多年来，他一直同这位女士通信。他热烈地爱着她，只有具有恢弘的胸襟、博大的智慧的人才能爱得这么热烈。

由于他俩居住在不同的国家，天各一方，她对他来说并不“危险”。可是一旦她想离开丈夫，前来看望他时，他便写信跟她说：“可怜的受束缚的羊羔，别离开自己的羊圈。”

然而她还是“离开了自己的羊圈”，不远千里到了瑞士，以便同巴尔扎克相会。但这是一次不幸的会面。巴尔扎克几乎避而不见甘斯卡娅。

他这个举动使传记作家们如坠五里雾中。

有位传记作家写道：“他害怕去见他所爱的女人。”

另一位传记作家写道：“他被过于巨大的幸福吓坏了。”（！）

第三位传记作家下结论道：“他只有一间陋室，不好意思请她去。”

真是瞎说一气！他们如此解释巴尔扎克所以逃脱、防卫、恐惧的动因，未免把他讲得太低下了。

后来甘斯卡娅的丈夫死了。一切道德上的理由都不复存在。再也没有退路了。

巴尔扎克只得去乌克兰，娶甘斯卡娅为妻。

有位传记作家写道，去乌克兰的决定使巴尔扎克极度不安，“巴尔扎克在马车上坐下后，差一点永远下不来。”

每路过一个城市，离目的地越近，巴尔扎克觉得自己的身体越坏，越痛苦。

他开始强烈地感到窒息，使他觉得再往前走已是多余的了。

他是由仆人们扶住手臂，架到甘斯卡娅面前的。

他嘟囔着说：“看来，在我把我的姓给您之前，我就要归天了。”

然而他的病情并未免除他业已安排好了的婚礼仪式。

婚礼举行前几天，巴尔扎克几乎已瘫痪。他是坐在椅子上由人们抬进教堂的。

他不久就死了，终年五十岁。他原是个体魄强壮、心胸豁达的人。然而这并没有使他免于溃败①。

通过这个例子，我们看到了敌手有时具有多么强大的力量。要战胜敌手，战胜令我们的无意识世界如此害怕的错误的、幼稚的表象，需要做什么样的防卫。

## 7

这类溃败的例子，忧郁、染病和自毁的例子还可以举出不少。可我无意再一一枚举了。

① 巴尔扎克在同甘斯卡娅结婚前，曾多次恋爱，有过不少艳遇，然而这类关系在他看来并不“危险”，因为可以将其割断。而结婚是另一回事，不让他再半途逃脱了。矛盾复杂化了，使他陷于“走投无路”的绝境。——原注

我只是要指出，有些人因为没有找到他们不幸的原因，便把理性视作是这些不幸的罪魁祸首。这就很容易步入歧途。人们会以为上述例子已明显地说明大智之人较之其他人会更加频繁地陷入痛苦。会以为痛苦与一切大智之人有不解之缘。会以为高度的智慧会带来灾祸、痛苦、疾病。其实这类痛苦根本不是大智之人必然会有的。这类痛苦主要是同从事艺术、从事创作的智者有关，因为这类智者有与众不同的特性，他们性好幻想，反应高度灵敏。正是这些特性（十之八九是遗传性格）使得他们有更大的可能产生错误的神经联系，而这类联系又几乎总是基于婴儿期错误的幻想！

然而这完全不是说所有从事艺术、从事创作的人和幻想家必然患有顽疾，必须唉声叹气。这类疾病是由不幸的偶合情况造成的。而智者的特性不过是为这类疾病的形成提供了肥沃的土壤而已。①

否则就大谬不然了，就会把不实之词加之于理性，高级意识并不是危险的。即使那些反应高度灵敏、性好幻想的智者，也绝非都是痛苦的，都患有精神神经官能症。

可以举出许多例子来证实，卓绝的才华乃至天才全然不是由精神错乱、神经官能症和疾病伴随着的。相反，我们从这许多例子中可以看到他们身心绝对健康，行为举止无不是正常的。

身心的绝对健康决不会妨碍一个人成为创作家、艺术家。相反，身心的绝对健康正是艺术的理想。只有达到这个境界艺术才能完美无缺。而艺术是应当完美无缺的。诚然，一个身心绝对健康的人往往会认为与其去做不切实际的幻想，不如思考现实生活的好。他或许根本没有时间把形形色色虚构的人物塞满自己的脑袋。他很可能认为最好还是再现真实的人和真实的感情。他宁肯把幻想的权利让给那些本来就终日徘徊于幻想之间的人。这些人在恐惧和抑制的作用下，是无力

① 大智之人的这类特性恰恰有助于揭示条件联系领域内的错误。

把自己的感情淋漓尽致地形诸笔墨的。

因此我们往往看到艺术与疾病之间只有一线距离，一线危险的距离。

因此形成了一种错觉，认为艺术是不健康的人的所有物。

不，完全不是这样！然而恰恰是这些不健康的人怀疑灾祸是由理性带来的。正是这些人宣称：“理性是祸患。”

就他们自身而言，他们的话也许并没有错。然而他们不过是一小部分人而已。他们不应当把自己的观点强加于并未陷身类似灾难中的人。

哲学家、文学家、诗人的通病就在这里。他们常常把自己的感情和臆想视作“全人类”的感情。

列夫·托尔斯泰认为“不抗恶”可以拯救人们免受许多灾难。也许这拯救了托尔斯泰。然而这个思想对大部分人来说是绝对格格不入的。

冈察洛夫在俄罗斯人民中发现了奥勃洛莫夫式的人。也许在他看来，奥勃洛莫夫性格是有代表性的，然而这绝不是俄罗斯人民的性格。

巴尔扎克在他的长篇小说《驴皮记》中断言，人每产生一个愿望，寿命就会减短一分，生命就会早一天熄灭。

巴尔扎克被他自己的感情和愿望吓破了胆，便要所有的人也怕它们，用死亡来吓唬不肯逆来顺受的人。

这是一种不能容忍的错误。

其实，有碍人生命燃烧的病态障碍越少，人的生命将燃烧得越旺，越久。人的身体并不是一只盛有贵重液体的水桶，不会因为同生活的无数次撞击而把桶内的液体泼洒一尽。这是一只消耗掉多少便能补入多少的“水桶”。要是桶内所盛的东西一点也不消耗掉，桶反会干涸。

许许多多人由于不认识这一点而陷于谬误。

这是一种反社会、反生理学、反逻辑的谬误。我们从这些谬误中看到的逻辑是身心不尽健康的人的逻辑，有时甚至是沉疴缠身的人的逻辑。

从这些极其明显的谬误的角度来看，陀思妥耶夫斯基哲学上的错误就可以理解了，他曾说过：“过于高级的意识，乃至一切意识，无不是——疾病。”

陀思妥耶夫斯基不是个健康人。他妻子留下的日记中有第一次见到他时的印象：

> 我看到在我面前的是个非常不幸、沮丧和疲惫的人。他的样子像是一两天前有个心爱的人死了，像是受到了什么可怕的灾祸的打击。

人们也许会认为，他的病情（癫痫）是由于过量的脑力工作而加剧的。因此他做出了如此极端的结论。

可是我们认为，并不是工作，而是对外界刺激所做出的错综复杂的“回答动作”，“回答动作”的综合活动，加剧了他的病势。

我此刻大谈别人的谬误，很可能有人也会从拙著中发现类似的错误。可我要说明一下，我仅仅对与我本人有关的，以及和一部分从市艺术的人有关的情况做出结论而已。至于从事其他事业、其他工作的人的情况，我未下任何肯定性的结论。我不过是提出我的初步看法。

巴尔扎克（1799～1850）

# 理性战胜死亡

送葬的喇叭声已响在旦夕，

冷却的嘴唇吐出的已是微弱的气息……

## 1

果戈理少年时代的一封信中有句令人诧异的悲观的话：

> 我正在思考欢乐和幸福的生活这门学问，我感到惊讶的是热望幸福的人，在终于遇见幸福时，却掉头就逃……

这么说，果戈理不但发觉自己“对幸福逃之唯恐不及”，而且发现别人也这样。

这些人逃往哪里？他们在什么地方找到了救星，使他们得以摆脱自己给自己制造的喀迈拉[1]?

他们逃去的地方根本救不了他们。他们逃入了疾病的疆域，精神错乱的疆域，死亡的疆域。

他们逃奔这些地方，以求用这些极端手段把自己从惊骇和恐怖，从灾祸和焦灼之中拯救出来，而实质上，他们甚至都没有意识到这些感觉的存在。

这么说，他们竟逃向死亡？难道人们会把死亡看作一种解脱？

我们知道，往往是精神错乱使人萌生自杀之念的。尽管如此，我们还是知道有许多精神并不错乱的人急于求死，把死亡视作救星、出路、解脱。

出路与死亡是两个冰炭不相容的极端，怎么可能“调和”在一起呢？毫无疑问，两者是可能调和的，如果我们留心一下发生在意识的门槛之外的事的话。

孩子（动物也一样）是不知道死亡为何物的。孩子可能认为所谓死就是失踪，就是离去，就是隐匿。死亡的实质他们是不清楚的。这个概念要随着智力的发展才渐次明晰。在心理的低级层次内，死亡显然并不被视为人的全部行为中最可怕的（更确切地说，“危险的”）行为。

1926 年，当我已濒临灾祸的边缘，当矛盾和冲突使我惶惶不可终日的时候，我找不到出路，做了个怪梦。

我梦见不久前上吊而死的叶赛宁走进我的卧室。他不时搓着手，踌躇满志，喜气洋洋，满面红光，显得很幸福。

他生前我从未见到他这样过。他笑容可掬地坐到我睡的床上。他向我伛下身来，想要跟我说什么话。

我打了个寒战，醒了过来。我想：“他是来接我走的。一切都完了，看来我要死了。”

可许多年过去了，我仍活得好好的。我已忘却了这件夜间发生的不愉快的事。

① 希腊神话中的怪物，前身像狮子，后身像蛇，中部像山羊，嘴里喷火。

直到现在，当我追忆往事时，才记起了这个梦，并立即明白了这个梦当时对我来说有什么含意。梦的含意是：你瞧，我现在有多好，瞧我现在多幸福，多健康，多么无忧无虑。亲爱的朋友，照我的办法做吧，那你就可以摆脱使你我痛苦不堪的灾祸，得到太平。

这就是低级层次巴结地、偷偷地塞给我的那个梦的含意。低级层次对于各种危险的惧怕，显然大大超过了对死亡的惧怕，因为低级层次并不理解死亡，更确切地说，不像我们的理性所理解的那样。

这是不是可以解释许多人何以会由于一些鸡毛蒜皮的小事，由于无足道哉的小病就轻生？那种像动物仓皇逃窜一样的自杀，这是否也是原因之一？

这类自杀行为是极其幼稚的。从这种急于求死的行为中，可以非常明显地看到稚童对子虚乌有的危险，对子虚乌有的冲突的“无意识”的恐惧。

这种急于求死的行为毋庸置疑是病态性质的。这就使我们又一次确信理性的检查是必要的。

## 2

然而在所谓的自然死亡的情况下，理性的干预可不可能是多余的呢？

不，我认为即使在自然死亡的情况下，理性的检查也是必要的。

的确是这样。当我们面对死亡时，我们会有什么感觉？当我们“目睹”死亡时，在我们的心理中，在我们的“高级层次”中会发生什么？

大部分人会感到害怕、忧伤，乃至恐怖。

蝼蚁尚且贪生，害怕有什么错？不，这是绝对错误的，危险的，甚至是致命的。

我不得不比较详细地谈论一下死亡。在人的一生中，死亡这种状态较之其他任何状态更加不可避免。

我认为谈论死亡与社会主义现实主义原则并不抵触。具有伟大乐观主义精神的社会主义现实主义会对周围发生的一切闭眼不看。不会对必须解决的问题抱着虚伪的态度远而避之。

对待死亡的态度——这是人在其生活中势必要碰到的最重大的问题之一。然而这个问题不仅没有解决（指在文学中、艺术中、哲学中），甚至很少加以思考，只得由每个人自己单独去解决。而人的头脑是软弱的，胆怯的。人总是把这个问题拖到临终时才着手去解决，可为时已晚。至于要与之斗争就更晚了。到这时再懊悔怎么不早点想到人会死的已悔之莫及。

有一位德国的反法西斯作家讲给我听过一件发人深思的事。这位作家的一个朋友被捕入狱。他在狱中遭到严刑拷打。可他挺住了。然而当他得知他将被处死时，他的灵魂动摇了。他平生第一次想到了会死这件事。他已被打得奄奄一息，可他对死却毫无思想准备。一想到死在旦夕，他吓坏了，以致为了保住自己的皮囊，丢弃了自己的理想。他从狱中递呈了，一封悔过信，以哀求的口吻解释了自己的遭遇。

这位作家讲完这件事后，对我说：

> 过去我一直认为，死亡的问题我们应当让旧世界的作家们去写。不，这不对，我们也必须写死，我们必须考虑这个问题，而且所花的精力不能少于人们对爱的思考。

这话无疑是正确的。我这就把理由详述于下。

## 3

几乎所有的回忆录作者谈到果戈理时，都指出他害怕死亡。

А.Л. 安年科夫写道，果戈理“最受不了的是目睹死亡”。

有一回，他和死神劈面相遇了，那时他虽然已经患病，但身体状况总的来说还是过得去的。死者是诗人亚济科夫[①]的妹妹，果戈理同她有很深的友谊。第一次追荐仪式刚刚举行，果戈理就觉得心惊肉跳，神不守舍。她的死吓得他瑟瑟发抖，死亡这个事实本身使他如此震惊，所有在场的人都发觉了。

塔拉辛科夫医生写道：

> 果戈理因她的死所受的惊骇超过了她的丈夫和亲属……他大概是破天荒第一次面对面地见到死人……

果戈理的这位同时代人的观察显然是正确的。当然果戈理过去也见到过死人，可是在这次丧礼上，他大概是平生第一回认真地思考死亡。他本人也直言不讳地告诉他的忏悔神父说，他"突然感到死的恐惧"。

还在第一次追荐仪式上，据阿·斯·霍米亚科夫[②]说，果戈理一边审视着死者的脸，一边讲："我一切都完了……"

果然，从这一天起，果戈理经常心烦意乱。有一回，他大概想到了死亡，想到了已经度过的岁月，说道："一切都是荒唐的，没有意思的……"

他病倒了，据潘·阿·库利什[③]说，他"患的是跟他父亲同样的病。他父亲就死于这种病，这使他陷于对死亡的恐惧之中……"

几个星期后，果戈理与世长辞了。

我们在上文曾描写过他临终前的情况。这是不作任何挣扎的死亡，是束手待毙式的死亡，是但求一死。他心里存在着恐惧。他急于一了百了，加速死亡的到来。他的举止已达到自毁的地步，周围的人都觉察到了这一点。

然而有这类恐惧感的并不仅止于果戈理一人。许多人，大部分人，都有这种感觉。

---

① 尼古拉·米哈伊洛维奇·亚济科夫（1803—1846/47），俄国抒情诗人。

② 阿历克谢·斯捷潘诺维奇·霍米亚科夫（1804—1860），俄国宗教哲学家作家、诗人。

③ 潘捷雷·亚历山德罗维奇·库利什（1819—1897），乌克兰作家、历史学家民族志学者。

历史、回忆录、书信集无不记载有这种对死亡的害怕乃至恐惧。

叶卡捷琳娜[①]的面首波将金[②]"由于害怕死而放声大哭"。他的同时代人写到他时，说道："对死亡的懦夫式的害怕和恐惧使他丧失理智，终日处于惶恐与忧郁之中。"

伊丽莎白·彼得罗芙娜女皇[③]"被死亡吓坏了"，以致纵酒无度，借以驱走心头对死的恐惧。

沙丘米哈伊尔·弗奥多罗维奇[④]想到自己终将一死，不由得"吓呆了"，他"由于坐的时间过多、喝冰凉的酒和忧郁症，也就是说由于郁郁不乐"而死了。

死使人们害怕。连具有高度天才的人也同样屈从于对死的恐惧。

作曲家格林卡的妹妹写道：

> 他那么怕死，怕得可笑，连各种各样鸡毛蒜皮的事都避之唯恐不及……

忧郁使莫泊桑五内如焚，他写道：

> 不管我们做什么，反正难逃一死。不管我们如何虔诚，如何勤奋，结果无非是死。我感到意识的重荷把我压垮了……

列夫·托尔斯泰惊恐地写道：

> 四十年来的写作，四十年来所受的痛苦，所取得的成就，都是为了使我懂得一切都是空的，我所能留下的不过是一堆腐肉和蛆虫……

---

① 指 1762 年发动宫廷政变后登基的俄国女皇叶卡捷琳娜二世（1729—1796）。

② 葛·阿·波将金（1739—1791），帝俄的一员骁将。1762 年宫廷政变的组织者。吞并克里米亚后获特级公爵爵位，1787—1791 年俄土战争期间任俄军统帅。

③ 伊丽莎白·彼得罗芙娜女皇（1709—1761/62），彼得一世之女，1741 年起为俄国女皇。

④ 沙丘米哈伊尔·弗奥多罗维奇（1596—1645），1613 年起为俄国沙皇。罗曼诺夫王朝的第一代沙皇。

托尔斯泰后来对死亡的态度有了改变，然而这段话对我们来说仍然是有意义的，至少可以将前后作一番比较。

勃洛克由于惧怕死亡，便希望尽快看到结局。他写道：

何时才能收场？已没有精力
去听取呶呶不休的声音，而得不到片刻的歇息。
一切多么可怕！多么野蛮！把手给我吧，
同志，朋友！让我们重又把一切忘记……

总之，我们看到一旦同死亡撞击，甚或想到死亡，都会产生强烈得过分的恐惧感。

而且我们看到这种恐惧感使得人们丧失自信，把他们变成逆来顺受、胆怯软弱的人。这种恐惧感解除了人们的武装，使他们更加屈服于死亡。

诚如莎士比亚所说的：

……恐惧带来死亡，
我们是死神的奴隶，逃不脱它的手掌，
由于怕它，我们听任它摆布
而不敢反抗……

这话是正确的、切中要害的，恐惧使人们丧失了反抗的能力，加速了死亡，更其迅疾地把人们引向末日。

凡是打过仗的人都很清楚这一点。我至今记得在上次大战时，士兵们都微笑着说：“子弹专找胆小鬼。”事实也正是这样。因为一个人如果吓破了胆，他的行为就不会是理智的、有头脑的。他就会像瞎子一样，不顾周围的情况乱跑乱窜。恐惧使他呆头呆脑，失去灵活性，不敢反抗。

这样的人总是不知所措、手忙脚乱，而且体质也会变弱，于是子弹很快就会找到他。

在日常生活的条件下，在和平生活的条件下，也同样如此。吓破了胆的人，胆小的人总是死得快些。恐惧夺去了他们控制自己的能力。

可见即使在所谓的“自然死亡”的情况下，理性也必须做出帮助。它必须扑灭恐惧。

## 4

这无疑是正确的，可怎么才能做到这一点呢？说起来容易：不该害怕死。你倒试着去说服一个人看，告诉他死并不那么可怕。他才不会相信呢。他会报之以大笑。而且十之八九，他将更加害怕自己会死掉。

理性要找到一条什么样的路才能扑灭恐惧，才能不害怕死亡？理性找得到这条路。我们对此深信不疑，因为我们可以举出许多大无畏的视死如归的例子，还可以举出许多蔑视死亡，根本不把死搁在心上的例子。

为此，我们无须去追溯历史。我们今天就有成千上万这类例子。

我们不妨举亚历山大·马特洛索夫[①]为例。他用自己的身躯堵住了敌人的机枪眼。他是自觉地这么去做的。他舍生取义。他在生发出帮助战友，救援他们，去夺取胜利的愿望时，对死亡的恐惧便消失了。

红军的一位军官告诉过我一件同样令人叹服的事。

在地下掩蔽部里有十二名军官和两名电话兵。一名军官不慎把一枚手榴弹掉到地上。手榴弹发出了咝咝的声音。眼看他的粗心大意将使战友们丧生。掩蔽部的门关着。没有可能立即把这枚手榴弹掷出去。

这位苏联军官怎么处理这件事呢？他只迟疑了几秒钟，便把身子扑到手榴弹

① 亚历山大·马特洛索夫（1924—1943），苏联英雄（1943 年追授），近卫步兵团列兵。1943 年 2 月 23 日，在一次战斗中，他用自己的身体堵住阻挡苏军前进的德国法西斯机枪火力点的枪眼。

上，用自己的腹部捂住了手榴弹。手榴弹爆炸了，把这位军官名副其实地炸成了肉泥。掩蔽部里的其他人安然无恙。这位军官自己承受了全部炸药和全部弹片。

他救了战友们。对死的恐惧同这位杰出的人心中的其他感情相比，就显得微不足道了。

这类事情，无论在历史上还是今天，能找到许多。

这类事情告诉我们，理性、理想和崇高的感情往往能战胜恐惧。

然而我们所说的对死的恐惧，主要不是指特殊情况下的死。在那种情况下，为了达到崇高目的是非死不可的。我们指的不是英勇牺牲，而是普通的死亡，即所谓的自然死亡。

我们想从这种自然死亡的事件中，找到不畏死的人。我们想通过这些例子了解这些人的理性是采取什么样的行动去扑灭恐惧的。

这类对死亡持无畏的态度的例子不胜枚举。

罗蒙诺索夫[①]在临终前写道：

> 我并不因自己死在旦夕而难过，因为我已活了不少年月，尝尽了甜酸苦辣，我知道祖国的儿女们会舍不得我……

他对科学院的一位同事（什捷琳）说：

> 我知道我该死了，所以我泰然地、平静地注视着死亡。我唯一感到遗憾的是我未能完成造福祖国、繁荣科学和为科学院增光的一切事情。

苏沃洛夫[②]死得十分泰然。他已被移到灵床上了，还微笑着问杰尔查文[③]将在

---

①米哈伊尔·罗蒙诺索夫（1711—1765），俄国自然科学家，诗人，现代俄罗斯标准语奠基人，画家，历史学家。

②亚历山大·苏沃洛夫（1729/30—1800），俄国名将，官至大元帅。

③加夫列拉·杰尔查文（1743—1816），俄国诗人。

他墓碑上题写什么内容碑铭。

拿破仑的大臣，著名的塔列兰[①]，聪明人中最聪明的人之一（我是这么认为的），写道：

> 我的身体日益虚弱，我知道结局将是什么，这并没有使我难过，也没有令我害怕。我的事干完了。我栽了树，盖了房子，还做了其他许许多多蠢事，难道还不到该死的时候了吗？

据古谢夫讲，列夫·托尔斯泰曾说过这么一句话：

> 我几乎可以高高兴兴地去死。

列宾故世前几个月在给K.H.楚科夫斯基的信中写道：

> 请您别以为我由于死日已近而心情沮丧。相反，我挺愉快……主要的是，我没有把艺术撂掉。我把我残年最后的心思都凝集在艺术上了……半年多来，我一直在绘制《戈帕克舞》[②]这幅画。如果不能完成这幅画，我必抱恨九泉……

然后列宾写道……

> 我的花园内一切如旧。但很快就要挖个坟墓了。遗憾的是我没有力气了，不能亲手去挖，再则我不知道人家是不是让我去挖……

像这种以平静的，甚至例行公事式的态度对待死亡的例子，还可以举出不少。

这些人究竟采取了什么行动把恐惧扑灭的呢？为此他们做了些什么呢？他们是怎样达到无畏的呢？

我当年遇见过的一件事向我提示了这个问题的答案。

---

① 塔列兰（1754—1838），法国著名外交家，拿破仑执政期间曾任外交大臣。

② 乌克兰一种民间舞蹈，粗犷、活泼。

许多年以前，我打猎归来，拐进一家农舍，想去讨杯牛奶喝。

我在门厅里看到了一个十字架。就是那种立在坟墓上的普普通通的橡木十字架。显然，这户人家死了人，所以为死者做了个十字架。

我打算走了，因为我想我来得不是时候。可是农舍的门突然打了开来，走出一个上了年纪的人，赤着脚，穿一条粉红色的裤子。他邀请我进屋去。

我喝了杯牛奶后，便问主人，家里死了谁，死者在哪里。

主人咧开埋在大胡子里的嘴，笑着说：

“谁也没死。因此没有死者。至于那个十字架是我给自己准备的。”

主人一点儿也没有死在旦夕的样子。两眼炯炯有神，步态矫健，胖乎乎的脸上甚至还有红光。

我笑了，问他为什么要这么着急地准备后事。

主人又笑开了，回答说：

“准备着呗，有过一段时候觉得不是滋味儿。可后来就过去了。”

我向他告辞，重又穿过门厅，主人用手掌拍了一下十字架，说道：

“老弟，你知道吗？这个十字架我是什么时候做的？十七年前。”

“那时是病了还是怎么的？”

“干吗非得生病。稍稍有点儿怕死。就给自个儿做了个十字架，提醒自己：人总是要死的。您想得到吗，日子一长就惯了，死就死呗。”

“现在不怕了？”

“不怕了。倒反而不死了。有时候，我还巴望死呢，可是这该杀的讨命鬼就是不肯来。看来，轮到它害怕了，怕我这倔脾气……”

我忆起这件往事后，明白了这人靠什么同自己的恐惧斗争。靠习惯。习惯于把死亡看做一件普通的、自然的、必然的事。不再是偶然地、突然地想到死。想到死已成为习惯，这个习惯扑灭了恐惧。

我们在上文中讲过，果戈理惧怕死亡。他周围的人都看到了他的这种反应。

据B．C. 阿克萨科夫讲，果戈理周围的人指望改变果戈理式的思维结构，认为“应当从小教育孩子认识到死亡对他来说并不是意想不到的事”。

不把死亡视为“意想不到的事”，就是同恐惧所作的斗争的主旋律。

能够如此平静地对待死亡的人，无疑对死是早有思想准备的，他们不会在措手不及的情况下才想到死的。

他们把死亡视作为合乎自然的事情，是生命一刻不停地新陈代谢的规律。他们惯于把死亡当做习见的结局来考虑。因此他们死时就死得不愧是人：不惊慌，不害怕，处之泰然。这就赋予了他们的生命以凝重乃至庄严的色彩。

这种理智地对待死亡的态度也许反而延长了这些人的寿命，因为他们的生命中不存在那个主要的敌人，即：并非始终都能意识到的动物性的恐惧。

## 5

把死亡视作为一种普通的、自然的事来加以思考的习惯，扑灭了恐惧。不过这种习惯也能造成某些极端，而这些极端在对待死亡这件事上是多余的。

我们可以举出一些例子，这些人对待死亡的态度不但过于若无其事，而且怀着好感，甚至趋之若骛。依我看这就完全没有必要了。

用这种极端态度对待死亡不免可笑，虽说在人的生活中也并非不容许对死亡持这种态度。

十八世纪末，艾尔米塔日博物馆有位著名的图书管理员，叫N．Φ. 卢日科夫，据他的同时代人说，他对不管什么人家的丧事，都异常热心，乐于操办。他几乎每天都参加他素不相识的死者的安魂弥撒。他不取分文地为穷人掘墓。他酷爱题写墓碑，有时会一连好几天在公墓中流连忘返。

他觉得这还不够，特意在奥赫京斯基公墓旁边给自己盖了幢小屋。小屋的窗户开向公墓，就像有些房子把窗户开向花园一样。

他有一名亲戚的石板墓盖上刻着一段铭文，这段铭文出于他的手笔：

> 巴沙，你在哪里？我在这里。瓦尼亚呢？他就在近旁。
>
> 那么卡嘉呢？她还在尘世无谓地忙碌。

还有一个人也是因为对生活持这种态度而出名的，他也认为生活是无谓的忙碌，与庄严的死亡相比，实质上是多余的。这人就是退职副省长舍维列夫（十九世纪四十年代人物）。

他总是向棺材匠打听，哪些人家死了人，然后根据棺材匠开列的地址，抱着个枕头，到各个丧家去。他看中了哪个丧事人家，只要主人同意，就住上两三天，积极地帮着操办丧事。他给死者洗身体，穿寿衣，夜里还给死者诵经。

他在死前很久就给自己定做了一口寿材，在眼睛上方开了个口子。不消说得，这样小的口子对死者并无多大用处。死者自己只能看见眼前一丁点儿的地方。至于人家，根本看不见死者。舍维列夫及时发现了这个缺陷。他吩咐把口子加大到整个脸部那么大小。

他让人购买了一块“厚实的航海玻璃”，安到棺材上。棺材安上玻璃后，真是妙不可言。不用掀开棺材盖，就可隔着玻璃观看死者的全貌。

然而死神并不急于来光顾这位乐于操办丧事的人。有好几年时间，这口寿材停放在他的书斋里。许多客人“好奇地躺进棺材”，想看看从头上这面玻璃小窗望出去是什么样的景观。

在给这位老爷大殓时，想必有人会哑然失笑。隔着玻璃看着死者严肃沉思的脸，联想到他生前就人的死亡，就如何把人从尘世的忙碌中拯救出来所讲的标新立异的话，一定会觉得滑稽的。

把生活视作无谓的忙碌，无疑是走极端。大凡动辄就想到死亡的人，往往会沦入这种极端。看来，在对待死亡这件事上，还是需要某种程度的审慎和合乎理智的分寸。

不过，也可能纯粹是丧葬庄严肃穆的气氛需要提醒一下生者：尘世的生活嘛，是无谓的忙碌。也可能无非是说句动听的话，借以告慰死者。

从下面这段碑文来看，大概正是这样。这段碑文至今还在斯摩棱斯克公墓中惹人注目：

> 地面上有些什么东西？
>
> 尘世的忙碌、苦难、喧嚣和悲凄。
>
> 亲爱的妻子，听我这句忠告：
>
> 别留恋尘世，在九泉下安息。

多么卑鄙的家伙！劝老婆在九泉下安息，可自己却赖在尘世，怎么引诱他也不肯去九泉之下。

看来，这么写不过是按照习俗，不过是想说几句超凡脱俗的话罢了。

然而即使从这类极端中，也可看到对待死亡的某种理智的态度——习惯于把死亡视作必然的、自然的结局。

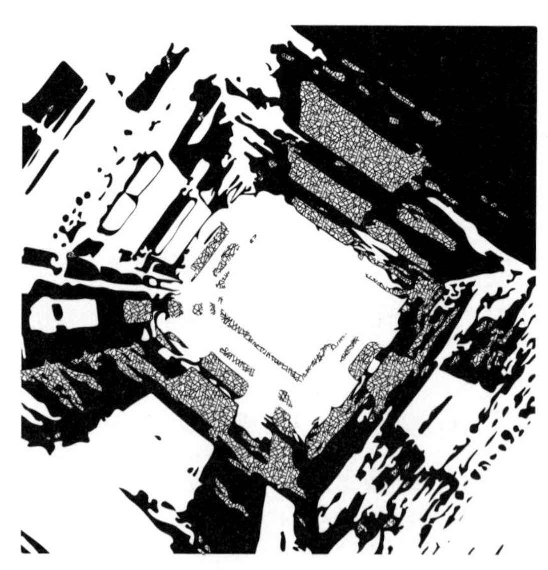

# 理性战胜痛苦

天空越是清澈明朗，

我们就越是觉得

飘过蓝天的乌云难看肮脏……

## 1

人有时候要经受的痛苦是那么多，那么巨大！

在苦难的人生中，他们几乎在所有情况下，在所走过的每一个十字路口，都要经受巨大的痛苦。

这许多痛苦有的出于肉体上的原因，有的出于埋藏在心理深处的原因，有的出于外界的原因。外界原因往往以不小的力量作用于各种事情和各种行为的复杂的总和。这总和称之为人生。

这许多痛苦往往由恐惧伴随。

恐惧完成了人生的图画。

恐惧加剧痛苦，解除人们的武装，并如我们上文所说的，往往把人们推向死亡。

然而理性能够战胜恐惧。理性能够找到通向幸福的道路。理性能够创造科学——合理、公正的人生的科学。

用这种科学武装起来的人，或已经学会或正在学习如何摧毁横在他们道路上的障碍，学习如何为自己创造另一种更好、更合理的生存环境。

人们在人生的道路上进行斗争时，一步步地拒斥紧紧地控制他们的恐惧。

比如说吧，在我们社会主义国家，人们已摆脱了同寻找工作，亦即同温饱有关的基本恐惧，我们国家已没有人再在这方面为自己的命运担惊受怕了。（我当然不会把战争年代包括在内，战时人们经受着闻所未闻的痛苦，有许多人陷于饥馑。）

理性已经学会解脱人们肉体上的许多痛苦。科学以顽强的毅力同这类痛苦斗争。这种毅力令人惊叹、高兴，给予我们希望。

科学对肉体上的许多痛苦做了研究。科学研究了这类痛苦的机制，为其中的许多机制找到了钥匙。

然而对于产生在我们心理深入的复杂而隐秘的机制，却尚无完全合适的钥匙。这类机制对于我们所起的作用，诚如我们所看到的，十分巨大。

我斗胆地试图配制这类钥匙。要是别人说我这些钥匙并不适用于他们的机制（可能他们的机制异常敏感）的话，那也没什么，我决不与之争执，而是一走了事，就像一名铜匠，倒腾了半天，由于本领不大，或者由于宿醉未醒，怎么也无法把锁打开，只好乖乖地走掉一样。

总之，我不知道这些钥匙对别人的门是否合适，反正对我的是合适的。

理性使我摆脱了许多痛苦。

诚如一位哲学家所说，谁理智地看待自然界，那么自然界也会理智地看待他。

## 2

有些人不知痛苦由何而来，甘愿逆来顺受。他们甘愿如此是因为他们认为这是上帝的意志，是天命。或许是由于性格使然，他们甚至为自己痛苦而感到自豪。我们都知道艺术、文学和绘画把痛苦置于崇高的地位。

我们都记得文学家们用多么崇高的语言来谈论痛苦，说痛苦使人高尚、纯洁，使人道德完善。

看到这些苦行僧式的人非但不跟痛苦斗争，反而鼓动人们去吹嘘苦的种种好处，真叫人啼笑皆非。

阿历克谢·马克西莫维奇·高尔基大约在他逝世前两个月，给了我一封非比寻常的信。

我把这封信称为非比寻常的，是因为这是一封抨击痛苦的大智大勇的信，是在高尔基自身经受巨大痛苦时写的。

高尔基写道：

> ……唉，米哈伊尔·米哈伊洛维奇。① 要是你能用同样的形式② 写一本以痛苦为主题的书该有多好。从来还没有一个人下决心去嘲笑痛苦。反之，无论过去和现在都有许多人把痛苦视为他们的心爱的职业。痛苦还从未令任何一个人憎恶。
>
> 痛苦被“受苦受难的主”的宗教神圣化了，它在历史上起了“首席小提琴手”的作用，成为生活主旋律的主导主题……当“凡夫俗子”同痛苦这一恶势力进行斗争的时候(哪怕他们可采用的斗争方法不过是互使对方痛苦，或者是出走到荒漠、修道院、“异乡客地”去，以逃避痛苦)，文学家们——小说家和诗人，却在深化、扩大痛苦和“普济主义”，而不去看看连受苦受难的主本人也已厌恶痛苦，祈求说：“天父啊，把这杯苦酒

---

① 左琴科的名字和父名。

② 指拙著《蓝书》。——原注

从我身边拿走吧。”

痛苦，这是世界的耻辱，应当憎恨它，进而消灭它……

……嘲笑那些以吃苦为业的苦行僧式的人，这可是做了件好事呀，亲爱的米哈伊尔·米哈伊洛维奇……嘲笑一切因个人生活中鸡毛蒜皮的小事和不适而敌视世界的人。

您是能做到这一点的。您肯定能出色地完成这项工作。我认为您是天生该做这件事的人。不过您做的时候得谨慎，非常谨慎……

此刻，我重温高尔基的这封信时，又一次对于他这些话，对于他自身在备受痛苦的折磨时还能思索出这些话，对于他能如此准确地猜中我那时所关心的是什么，感到惊讶。我当时所关心的恰恰是他所说的那些问题，正在为这本书收集第一批素材。这本书的名字最初叫《幸福的钥匙》。

我写了回信，可是没有寄出，因为我得悉高尔基的病况愈来愈恶化。我不想惊吵病人。

我在回信中说，我正好打算写这么一本书。不过（我在回信中写道），在这本书中，我不但想嘲笑“苦行僧式的人”，而且还想多少找到一些痛苦的成因，以便弄清痛苦由何而来。

我答应高尔基，书一出版，就把第一本寄赠给他。

可高尔基已不在人世，这使我痛苦、伤心。

我只能在心里把这本书奉献给他。

## 3

理性能够战胜痛苦。然而“苦行僧式的人”是绝不肯放弃他们的阵地的。

正是他们宣称理性是祸患，他们害怕理性，认定一切痛苦都源于理性，而不是源于其他任何东西。

理性究竟什么地方这么不讨人喜欢，究竟什么地方激怒了苦行僧式的人物？

我们找到了使理性，乃至它的未来都遭到怀疑的一些原因。

我们尽了我们绵薄的力量来打消这种怀疑。

可也许我们忽略了什么呢？也许我们未能审查还有某种例外的情况？在这种例外情况下，只能乖乖地承认理性是导致人类痛苦的有害因素或者说是祸首。

好像我们并没有忽略什么。我像过电影似的审视了与人有关的一切，构成他们生活的一切：远行、会友、工作、幽会、烹饪，向住房租赁合作社办交涉，律师的辩护，检察官的起诉，剧场上演的话剧，机关中的忙碌……

不，肯定什么都没有忽略！理性并未带来痛苦。在上述的任何一件事情上，理性都不是多余的。而是相反，恰恰相反。天哪！要是高度的理性存在于我们的每一步路中，每一件琐事中，每次呼吸中，我们的心头将燃烧起多么幸福的希望！

可也许有人认为，爱情的旋律在高度理性的参与下会不会变得低沉，从而给人带来忧郁症，带来悲痛？

不，看来不会。爱情的旋律将是正常的。

如果这样的话，爱情还留下什么呢？会不会失去飞鸟般的轻飘飘的感觉和绵羊般的一往直前的韧性？即使如此，给人们带来的痛苦也远比弃绝理性要小得多。

且听我讲一个小故事，从这个故事中诸位可以看到即使在爱情的领域内归根结底还是理性占上风。

有一回福楼拜动了手术。他面颊上长了个脓疱。

他因这件事给他的情妇（露易莎·库拉）写了封忧愤的短信，谈了人是多么不幸的受造物，不得不经受由患病至腐烂的全过程。

福楼拜信手写道：

腐烂和病源体在我们出生前即已存在，在我们死后也不肯放过我们，可还嫌不够……今天落掉牙齿，明天脱落头发，今天裂个伤口，明天脓疱灌脓……不仅如此，脚

> 上还要长出鸡眼，身子发出体臭，排泄各种形状和各种气味的东西——就是这一切构成了人的异常诱人的图画。真难以想象，人们居然还爱这样的图画！……

不，把这种话形诸笔墨是不行的。何况是写给所爱的女人呢。在这种事上，按理应当约束自己的高级意识。不要卖弄。要讲究分寸。如果理性把你引到了那么远的地方，讲了不该讲的话，至少得道歉。

不过那位夫人如果有理智的话，就不该生那么大的气。我们不知道福楼拜的情妇回信时究竟讲了些什么，但从福楼拜的复信中可以判断她讲的话是非常非常不客气的。

福楼拜没有意识到自己错在哪里，在复信中辩白说：

> 过去在您心目中我是个高尚的人，可现在您却觉得我这人卑下……我的天哪，我究竟做了什么见不得人的事，什么？您硬说我给您写那样一封信，是因为我把您当做最下贱的女人看待……我不理解您为什么这么气愤，为什么要同我绝交……

不，结果他俩并未绝交。福楼拜和他的情妇言归于好了。可见在这件事上理智占了上风，高级意识指导着行动。

这位夫人重又满心欢喜，继续认为福楼拜是个高尚的人。于是这个虽有理性，却缺乏直率的爱情小插曲就被两人遗忘了。

不，我绝对看不出有任何理由要害怕高级的理性。诚如诸位所看到的，甚至在爱情这类事上，一切都可处理得皆大欢喜，用不着悲伤、痛苦。

## 4

痛苦，这是世界的耻辱，应当憎恨它，进而消灭它。

这是高尔基的话。我完全同意他的意见。科学之存在，正是为了消灭痛苦。

科学已做出不小的成绩。今后还会做出更大的成绩。今后的道路是广阔的，光辉的。

也许将来会发现许许多多能打开痛苦神秘的机制的钥匙。也许将来会发现我们现在还不知道的造成痛苦的其他一些原因。

甚至可能彻底弄清楚科学现在深感兴趣的辐射问题。

在这个领域内，科学仅仅迈出了胆怯的几步。毫无疑问，理性终将打开那道帷幕，让我们看到被其遮蔽的东西。这些东西较之大脑半球神秘的机制更为我们所不了解。

也许将来会在这个领域内发现造成痛苦的某些原因，从而使人们得以摆脱这些痛苦。

一切生物都存在辐射现象。这是现代科学发现的，虽然现代科学对此还没有太大的把握。总之，一切生物组织都能辐射在性质上与电相近的能。

已经发现了各种各样的射线和各种各样的电流。

最初有一种意见，认为这类射线的产生仅仅是血液的化学反应。举例说吧，业已发现从青蛙的血液中可以分离出紫外线。

在许多动物和人身上也发现了类似的辐射。

还观察到病人（比方说，肿瘤患者、癌症患者）的血液无辐射现象，衰老使辐射趋于弱化。

后来又发现存在辐射现象的不仅有血液，还有肌肉、大脑、皮肤、神经……

已经发现大脑辐射电磁波。天线完全可以收到这些电波。还已经发现这些极其明显的电波构成电子运动，其速度相同于光速。

已经发现拥有不可胜数的细胞的大脑（拥有一百二十亿个细胞以上）原来能够容纳大量的电子。大脑原来是复杂的电路的中枢。

又发现大脑的病态活动会表现出特殊的波形和波频。换言之，电流值和电压随大脑的健康状况而变化。

癔病患者、神经过敏者、癫痫患者的大脑有时产生的电流要高出常人许多倍。某些类型的精神病患者的情况也是如此。

生物体组织产生的射线称之为分生射线。关于这一发现有大量的文献。不过这一发现的命运如何我不怎么清楚，听说这种射线好像受到了怀疑。这种极其微弱的射线的特性（和起源）都还未得到论证。

然而不管这一发现的命运如何，事情的实质并未改变。在我们的肌体内存在电流和各种辐射是不容置疑的。早在发现分生射线之前很久便已清楚，某些动物，尤其是深水动物，具有辐射的特性。比如说，早已知道海鳐能以极其强烈的电击（达到八十伏特）击昏其俘获物。

早已知道人是某种电能的携带者。

著名画家凡·高在一封信中谈到高更时说：

> 我们俩常常在异常强烈的精神电流的刺激下热烈地交谈起来。结束谈话时，我们的脑袋往往疲乏得像放电后的电池。

可见，发现生物体的生物电流和各种辐射并不是新近的事情。

这类辐射和这类电流显然是一种无可争议的存在物，是同一切有生命的东西不可分割的。

生物组织的这一特性同已发现的一切生物体的总原理并不矛盾。业已发现复杂的电荷是原子结构的基础。

这适用于任何物质的原子。①

因此物质乃是复杂电荷的携带者。②

① 一切物质均由分子组成，分子是物质最小的微粒。分子是最微小的单位，我们可以不改变物质的化学特性而取得它。比方说，冰是由水分子组成的。可我们要是把水分子加以分解，那么得到的将不是水，而是氧原子和氢原子。——原注

② 原子本身是能的巨大储备的贮存器。原子的裂变和聚变把物质变成能。——原注

因此，电荷在某种程度上是物质的基本成分，看来还是用于创造世界的原初材料。

科学尚未彻底了解何谓电，以及电能具有多少形态。

然而这个领域内有许多相互关系已经掌握。

最根本的相互关系之一是：任何种类的电流在其所经过的导体四周都能引发磁力。电场的任何改变都伴随着磁场的产生。

这一原理适用于任何性质的电流。

因此任何一种辐射无不是电磁辐射。

这既适用于光、热、无线电，而且显然也适用于生物电流，因为这种能的一切形态都是借助于电波产生的。

这类电磁波是呈辐射形向四周伸展的，一如把一块石头扔进河里，在水面上激起的波浪。

如果确实是这样的话，那么电磁波必然会影响四周的物质。

因此，处于复杂的电路和电的复杂的相互作用中的人脑，无疑会受到形形色色的影响。

可以大胆地说，大脑并不是某种孤立的、单纯的、与外界隔绝的单位。它并不拒斥任何影响。它并不自我封闭。否则的话就与根本原理相抵触了。

我们知道大脑半球的活动特点是两个基本过程——兴奋和抑制。

因此如果谈到来自外界的影响的话，那么这类影响正是作用于这两个过程。要是我们的脑器官的确不是自我封闭的，那么来自外界的影响便能在某种程度上改变这两个过程。而且这种改变既可与内部的脉冲相适应，也可以相逆。

至少可以认为，来自外界的影响是起作用的，即使程度微乎其微，兴奋和抑制的过程是不可能仅仅由于封闭在体内的单纯的内因而发生的。

还有一个问题，外界的影响究竟有多大力量，其起源是什么。

科学眼下对这个问题还没有能力解答。所做的一些假设（有的根本不能自圆其说）尚未进一步论证。

不过解答这个问题也不属于我们的任务。我们的任务仅仅是假设存在有这类影响，它们对大脑半球的活动可能产生后果。

依我看，外界的影响无疑是存在的。Г. 古尔维奇做了有名的实验。这位学者证实两株栽在一起的蒜头相互产生影响。在一株蒜头内产生的短波紫外线能促进和激发毗邻的那株蒜头的细胞加倍分裂。

如果用一块红外线无法穿过的薄板把这两株蒜头隔开，那么这两株蒜头的生长速度便会减缓，细胞分裂的过程便会大大减弱。可见紫外线是细胞分裂的近因。可见这类外界的影响对生物组织的作用是不容争辩的。

显然，一切生物都在一定程度上相互影响，这一点是不容争辩的。显然，不仅仅大脑处于电的相互作用的复杂电路中，而且动物的整个肌体绝非闭关自守的单纯的单位。

我们从现实生活中观察到一系列这类外界的影响。至少我们知道极度的神经衰弱、心理压抑对周围的人起着不良的影响。周围的人会因此在某种程度上也开始感到类似的压抑。有时甚至一个陌生人闯进房间，也会产生不良的影响，屋里的人会感到“尴尬”，“拘束”，感到“不自在”。

这类例子证实了外界的影响是存在的。证实了这类影响首先作用于大脑中发生的抑制过程。

如果情况的确如此，如果外界影响的确存在，如果人脑能收到外界产生的辐射，那么外界的振荡在人的心理中又会有什么反应呢？这种外界的“分贝”对于人的行为有什么作用呢？

我们认为不应缩小外界影响的作用。不管程度如何微弱，它们在心理活动中是据有一席地位的。

假定说，人脑接受了极其强烈的外界影响，造成加倍的抑制，而人又不知道这种抑制由何而来，就势必会去寻找某种物质的或精神的原因加以解释。

这种偶然的，有时是假的原因，对健康的心理不会有什么了不起的影响。抑制湮灭后，那个原因就被遗忘了。可是对于不健康的心理来说（尤其是对于精神神经官能症来说），这种不正确的原因却非同儿戏，因为人们是在曾经与之发生过“冲突”的“病源体”中寻找压抑的原因的，于是这些“病源体”便会在心理中更加被认作是危险物。换言之，有关危险的证据明明是错误的，却被视作是确凿的。

这些问题无疑很难加以分析。在这些问题上要提出设想必须极其谨慎，不过相互关系的原理已经可以看清楚了。

所有这些问题是科学需在将来加以探索的。

至于谈到外界影响的力量及这类影响的起源，更是没有提到议事日程上来。

科学已不止一次提出关于宇宙的影响，关于太阳和星辰对地球上有机体生命的影响的设想。这类问题早在古代就已提出。历史上科学已不止一次接受了这样的解答：把动物的有机体视作微观宇宙。

现代科学至少没有否认我们的星球从外界接收到的那些辐射和那种能的作用。

已经发现了所谓的宇宙射线。它们是一种由电荷组成的强大力量，轰击着我们地球。它们在入射到我们的大气边界时，能够变形，能够变成另外一种力量。①

这些电荷的能量是极其巨大的。然而在射入我们地球的过程中，这些电荷的能量大为减弱。

科学正在进行大量工作研究这种辐射的强度。由于同温层气球失事而不幸丧生的И．乌塞斯金生前进行的正是这方面的研究。他曾升到二十二公里高空进行测量。据他测定，在五公里的高空辐射强度大于海平面处五倍。在十公里的高空，辐射强度大于海平面处三十九倍。

可见射线的能量在穿越大气层时大幅度减弱。显然这类射线的影响并没有那些人想象得那么重大，那些人一直极力贬低人的生活，企图否定人的理性的作用。

① 一个中性原子（一个带正电的核子和围绕这个核子的若干负电子）能够分裂为两个带电粒子。这一分裂过程称之为电离作用。——原注

无论如何，未来的科学将会解决有关这种影响的力度和这种影响对人的心理和行为的作用的问题。要是那时发现这种影响是有某种作用的，能激发人们某种不知由来的痛苦，那么人的理性也会使人摆脱这种痛苦。

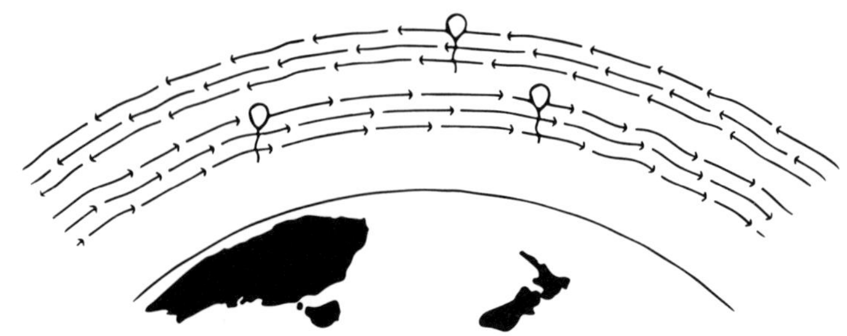

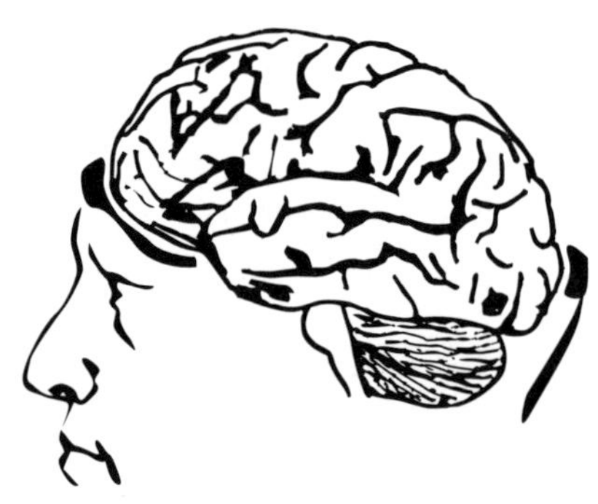

# 理性战胜衰老

可衰老，这该死的，扛着背囊，拄着拐棍

用骨瘦如柴的手，敲响人人的大门。

## 1

有一天，我同一个朋友漫步街头，谈论人衰老的事。

我的朋友倾向于认为老年并不像许多人所想象的那么可厌。他举出了列夫·托尔斯泰关于老年的一句话："我从未料到老年那么有魅力。"

我可不敢苟同，便同我朋友争论起来，同时不无惊恐地观察着那些年老体衰的人，岁月把他们变成了破烂，变成了可怜虫。

我同这位朋友争论，向他证明老年是可怕的，甚至比死还可怕。老年是感情、欲念、希望的减弱和丧失，还有什么比这更可怕的呢？

我那时对老年的看法是偏颇的。

我们一边走一边谈，从涅瓦大街拐到丰塔卡街时，出了一件不幸的事。我的朋友失足摔倒，恰好有辆卡车开过，擦着了他。不幸中大幸的是伤势不太严重，只是面颊和双耳有多处擦伤，上唇裂了个大口子。

我叫来了急救马车，把我那位哀哀呻吟的朋友送往医院。一到医院，人们立刻就把他放到手术台上，给他缝嘴唇。

做手术时我一直在场，紧紧地握住我那位朋友的手，他异常焦灼，不时地呻吟。

动手术前，外科大夫（是个年轻妇人）凡有什么问题都问我，因为那个遭到飞来横祸的人嘴唇肿得厉害，已无法开口回答。女外科大夫问道：

“您的熟人多大年纪了？”

我不知道，耸了耸肩膀，说道：

“这有什么关系。请您快动手术吧，您瞧他的伤势……至于他的年纪，大概四十岁左右吧。”

女外科大夫也耸了耸肩膀，说道：

“这有不小的关系。要是他不到四五十岁，我就给他做整形手术。如果有五十岁了，那我就……给他缝上……不，不会破相，不过当然唠……效果不能跟……做整形手术比。”

那个遭到飞来横祸的人，听到这活后，呻吟了一声，不安地在手术台上扭动着身子。他的破裂的嘴唇不让他向医生申辩。他举起手，翘起四根手指死劲挥动，像是说：我才四十岁，见鬼，才四十，请您给做整形手术吧。

女大夫有点儿装腔地犹豫了一会儿，才动手给他做整形手术。

手术很顺利，嘴唇上伤口挺小，可是精神上的震撼却久久地影响着我的朋友。他忘掉了被汽车擦伤的事，震撼他的并非车祸，而是女医生的话。照女医生说，人过五十就可像缝补褥子那样用粗线去缝他的嘴唇了，这话他怎么也忘不了。

这一精神上的痛苦，在我那位年事日大的朋友身上滞留了很久，在我身上也滞留了很久。我对老年的看法比在此之前更坏。

于是我决定同衰老斗争。

## 2

不，我从未奢望长寿，从未想活到一百岁，我并不认为这是福气，或者有什么吸引人的地方。

不过我不希望过于衰老，不希望成为可怜巴巴的弱者，身单力薄，心灰意冷。我希望真到生命终了，我仍然相对来说是年轻的。也就是说，希望在同生活的搏斗中，我的感情在某种程度上依然是生气勃勃的。如果这样的话，我可以同老年讲和，不跟他斗。我就不会那么嫌恶老之将至。我在等待老年的到来时，心中就不会那么憎恶，那么愤恨了。

“可怎么能做到这一点呢？”我思忖。我该采取什么行动，衰老的拥抱对我来说才不至于过于明显呢？我应当做些什么，在老年时才能觉得自己是硬朗的，精神抖擞的，相对来说是年轻的，即使不是青春年少的？

难道人的理性无力帮助人们达到这一合情合理的愿望吗？

于是我开始观察所有的老翁。我从中挑出那些满面红光、步履矫健、皮肤光滑、两手有力、眼睛年轻发亮的老人。

像这样的老翁并不是经常能找到的，只要找到，我就不让他们离开我的视野。我跟踪他们，观察他们的生活、他们的举止、他们的习惯。

我在观察他们时，想发现某种永葆青春的行为准则。

我没能找到这种准则，因为这些老翁中每一个人的生活方式都是不同的，各行其是，并不遵守任何定规。

我向许多鹤发童颜的老翁打听他们长寿的秘诀。他们都很乐意回答我。

不过他们每人讲的都不一样，各有自己的一套，各有他们认为自己何以老而不衰的原因。

有位七十岁的老翁这样回答我：

“我从不抽烟。烟草损害我们的生理组织，这大概是我不显老的原因。”

另一位年龄不小于他的老翁说：

“烟草并未对我起坏的作用。不过长年来我持之以恒地从事体育锻炼。晚上睡觉总是打开窗户。大概正是这两件事使我身心健康。”

第三位老翁是位出类拔萃甚至可以说是不同凡响的人，他像年轻人一样朝气蓬勃，精神焕发（这人就是萧伯纳）。在欢迎他的宴会上，他含笑回答我的问题说：

“我不食肉已经三十五年。您也许可以从这个情况中找到我返老还童的原因吧？”

不，从这个情况中我找不到七十五岁的老翁何以返老还童的原因。

何况我身旁还坐着另一位七十岁的老翁（这人是费·科恩[①]），我更加不能从这个情况中找到原因了。他跟我说：

“我一生食肉。可身体硬朗，精神健旺。原因在另外方面，在于工作，工作吸引着我，我工作时准确认真，有条不紊，就像钟表一样。也许这就是您要找的秘诀。”

还有一位老翁（是非常了不起的画家M．）告诉我说：

“我青春常在的原因是——作画和灵感。我正是从这两者中撷取我那相对来说蓬勃的朝气。画一旦完成，我就会泄气，活像戳穿了肚皮的橡皮猪。”

还有一位杰出的老人（是人民演员Ю）说道：

“您知道是怎么回事吗？我吃得很多，工作也干得很多，我干什么都尽可能地多，从不约束自己。不管什么，只要我想要，我决不克制自己。我深知，一旦我开始约束自己，就表明我开始害怕了。于是恐惧就会渗入我的内心，我就会一命呜呼。生命和朝气就将同告结束。”

我非常欣赏他的回答。不过这个准则不适用于我，我既无多吃的习惯，也无

---

① 费利克斯·亚科夫列维奇·科恩（1864—1941），俄国革命家，曾任全俄中央执行委员会委员。

随心所欲的习惯。而且我无意改变我的习惯。虽然如此，我仍然认为他回答的第二部分是有道理的。

还有一个人都七十岁了，可看上去才四十来岁（这人就是丹麦作家M．A．H）。他瞥了一眼他年轻的妻子，回答我说：

“我爱我的太太。”

他妻子发窘地说：

“不，不，不仅仅这个。我丈夫爱他的文学工作。他工作非常勤奋。这就是您要找的原因。”

还有一位精力充沛的老人，实际上已六十三岁，可脸相看上去才四十岁（这人是诗人Ц）。他叹了口粗气，告诉我说：

“我长相年轻是因为我吃西红柿、红莓和胡萝卜。可长相年轻有什么好处？!”

诗人讲到这里又沉重地叹了口气，讲给我听一个他亲身经历的小故事。有一个年轻的姑娘——大学生H．爱上了他。有一天她留在他那儿过夜。俩人都感到非常幸福。

清晨，诗人到走廊里去时，姑娘坐在镜子前梳妆，偶然看到了诗人搁在桌子上的护照。

诗人回到屋里时，看到姑娘在痛哭流涕。

她一边哭，一边说：

“我的天哪！我不知道您已经这么大年纪了。要是我知道的话，我决不会上您这儿来。我的天哪，我堕落到了什么程度！”

我安慰诗人说，这是个蠢丫头，否则不会说这种话的，可我的心却揪紧了。但转念一想，我寻求青春完全不是为了同姑娘幽会，心头又释然了，退一步讲，即使同姑娘幽会，也尽可先把护照藏好。

还有一个酒气熏人的老头儿这么回答我说：

“是酒，仅仅是酒给予我力量。是酒，仅仅是酒使我精神抖擞，返老还童，也可以说青春永葆，要是您愿意这么形容的话。”

我仔细地审视了一眼这个老人。不，他身上有的不是朝气，不是青春。他的脸是浮肿的。他布满血丝的泪眼和发抖的手说明的恰恰是相反的情况。说明这个老头儿行将死去，在他墓碑上应当刻下这样的两句碑文：

这儿长眠着与可怜的灵魂

分离的可怜的肉体！

总之，我问了许许多多老人。他们的回答千差万别。他们都找到了对他们本人适用的准则，可对别人来说也许并不完全适用。

但他们的某些准则对我来说是有益的，我利用了它们。不过青春早在我三十岁上就离我而去了。

于是我想，我应当去找适用于我自己的需要、我自己的生活、我自己的特性的准则。

我认为我已找到了这个准则。这个准则是高度适用于我的。

我指的就是我在本书中所说的那个准则。

我指的就是检查。后来我进一步明确了进行检查是为了使我的理性和我的肉体摆脱低级力量，摆脱由低级力量引起的害怕、恐惧及其行为反应。这种行为反应表现为面对无须防卫的事物时，却作出毫无意义的、不合理的、错误的防卫。

由于这个原因，我的理性和我的肉体摆脱了许多障碍和灾难，也摆脱了痛苦，而有很长一段时间，我曾俯首帖耳地忍受着痛苦，认为这是命中注定的。

这给予了我希望：老年不像我们有时所看到的那样，可怕地降临我身上。

# 尾声

意识——这是一种不管人们愿意与否都必须为自己获得的东西。[①]

## 一

拙著即将结束了。

还有什么要说的呢？说得已经不少了。剩下的就是按文学作品终场中的惯例，交代几句人物的命运。

本书的主人公一部分是我，一部分是受痛苦煎熬的人，我的这部著作就是为他们而写的。

关于我自己，凡是可以说的都已经说了。

① 马克思 1843 年 9 月致卢格信。

我的青年时代涂上了黑漆，忧郁症和惆怅把我紧紧地拥在怀里。乞丐的形象跟我亦步亦趋。甚至我还没睡着，老虎就走到了我床前。虎啸、雷声和枪声完成了我忧伤的生活之画。

不管我把惶惑的目光投向哪里，到处看到的都是一模一样的景象。

在我生命的每一瞬间，自毁都在等待着我。

可我不想以这样可悲的方式死去。

我想改变我多舛的命运。

我对经过刨根究底的侦查发现的敌人，发起了进攻。

敌人为数不少。

其中之一是——无意识的恐惧。它被迫逃窜了，带走了它狡诈的防御武器。

我的其他敌人都无条件地向胜利者投降了。

其中有些被我消灭了。有些被我戴上镣铐，关进它们原先蹲过的黑牢。

我大获全胜。在这次战斗后，我判若两人。说判若两人还不够，应当说是脱胎换骨了，因为开始了与过去截然不同的新生活。

敌人时常企图收复他们的失地。但是我的理性严密地检查它们的一切行动，制止了它们的这类企图。

## 二

这么说，胜利属于理性吗？

难道这种检查，这种经常性的戒备状态，这种警惕的目光本身，就不带来忧伤、不幸和惆怅吗？

不，不带来。这种检查、这种戒备状态、这种警惕的目光，仅仅在作战时需要。战后没有它们也行，我和和气气地过着日子，跟绝大部分人一样。

可一次次的战斗难道没有殃及我作为艺术家的业务吗？难道获胜的理性没有

在逐走我敌人的同时，把我视为至宝的艺术也一齐逐走吗？

没有。恰恰相反。我的手变得更加坚强有力。我的嗓音更加嘹亮。我的歌曲更加欢乐。我近一二十年来写的书可作佐证。我这本书也可作佐证。本书运用了多种风格。

这些风格，我敢于相信，并不是最差劲的。

这么说，对低级力量实施的这类检查，可以不给实施者带来任何危害 ？

是的。不过这类检查应当由善于作职业性思考的人，由善于分析的人来实施。这类检查必须要在医生的帮助下方可进行。我要告诫读者切勿轻举妄动，要以我最初的败北作为殷鉴。

我知道现在和将来都会有不少论敌，痛斥这种检查方法和检查本身。

论敌反对什么，会提出什么论据?

其中有的人会认为这种检查是不可能实施的。即使可能实施，那也完全不是检查，而是自我催眠之类的东西。

这当然是无稽之谈。退一万步说，即使偶尔有自我催眠的成分，那也不会带来危害。

还有一些论敌会认为这类检查以及分析的全过程只有少数人能做到。因此这只是为少数人服务的科学，作为治疗方法缺乏群众性。

那又怎样呢。患心理方面疾病的只有极少数人。这种疾病本来就没有群众性。因此论敌的这个论据是不成立的。

论敌还会提出一个论据。他们会说，抑制从某种程度上讲是生物的必然性。如果产生抑制（哪怕是病态的），那是由于某个天生有缺陷的器官要求这样。这类抑制从某种程度上讲是正常的。应当容忍它，就像应当容忍惆怅和忧郁症一样。因为人的幸福并不在于意志不受羁绊，并不在于理性不受羁绊。幸福——在于对人的欲念的克制。

持这种论据的通常都是那些害怕反顾自身的人。恐惧和低级力量把他们捏在手心里，不让他们抬起头来看看阳光明媚的世界。

诗人下边的三句诗正是指他们而言的：

啊，真是可悲！躲开灿烂的阳光，

到监狱里去寻找欢乐的地方，

凭着一盏孤灯的光亮……

这些人只要不惊扰他们的恐惧，情愿在孤灯的光亮下过活。

本书的每一页都会使他们发作热病。

我已经听到他们刺耳的嗓音。

曾经有个人（这人并不愚蠢，可是被无意识的恐惧紧紧地钳制住了，他的私生活几乎毁于这种恐惧）给我写了封信说：

您别以为我的神经衰弱已经痊愈，我只是想出了一种对付它的办法……神经衰弱是因心情郁悒而致（主要是这样）。这么说，应当使自己与郁悒同化。这就是我的全部办法。我说服自己相信这种心理状态是无法避免的。必须习惯它。

诸位理解这人说的是什么吗？他说应当习惯于郁悒。不要逐走郁悒，不要消灭它，不要去探究它的成因，而应当习惯它、爱它。

这是多么胆小的心理！对恐惧多么奴颜婢膝！反对的原因是昭然若揭的！

这类持反对意见的“苦行僧式的人物”的例子，更使我确信理性的检查是不可或缺的。

我曾在 1936 年收到过一封可怕的信。沃罗涅什州一个农民为了报复泄愤，用斧头劈死了邻居全家。长久以来，这两家人一直不和，于是这个农民在疯狂地憎恨感的支配下，终于犯下了血腥的罪行。

这个人自然被判处极刑。这个没有什么文化的人在死牢里读了一些书，其中有一本是我的书《重返的青春》。

我不知道这人读完我的书后，领悟了些什么，但有一个思想他明白了。他明白了人能够而且必须支配自己。

这个简单的思想使囚犯大为震惊。他给我写了封信说，要是他早先知道了这一点，他就不会犯下这样的弥天大罪了。可是他早先不知道人是可以驾驭自己的感情的。

不应当让低级力量占上风。理性必须去战胜它们。

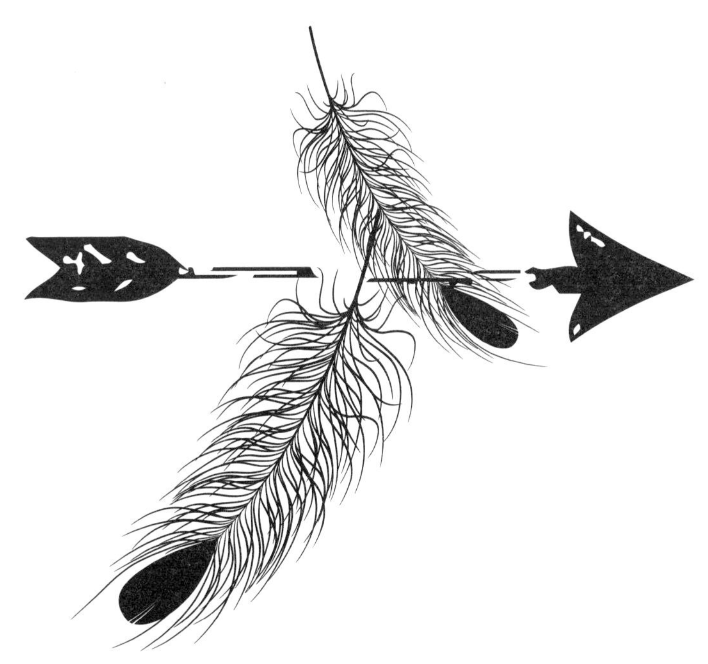

# 跋

拙著到此结束了。

我在一九四三年十月写完了本书的最后几行。

我在“莫斯科宾馆”十楼一间客房的写字台前写作。

收音机里刚刚广播了德军在第聂伯河溃败。我国英勇的军队强渡第聂伯河成功，现在乘胜追击敌人。

黑色的军队，法西斯的军队，黑暗和反动的军队就这样节节败退。

多么大快人心的消息呀！其实德军的下场不可能不这样。凡是对人所珍视的一切都加以反对的人，凡是反对自由、反对理性的人，凡是实施奴役，用野兽的嗥叫以替代人类的语言的人，是不可能获胜的。

我们英勇的红军正在追歼敌人。敌人黑暗的思想更加黑暗了。

深夜。我面前放着我的手稿。

我翻阅着手稿，作最后的修改。

遮着帷幔的窗户透进了曙光。

我推开阳台门，走到阳台上。

十月寒气森森的清晨。一片寂静。莫斯科还在沉睡。街上空荡荡的，阒无一人。

可是东方的天空已染上玫瑰红。早晨降临了。第一辆有轨电车铿锵有声地驶了过去。街上的行人渐渐多了起来。

寒气森森。

我回到房间里，把摊满在写字台上的本书的稿纸收拾拢来，在心里同它告别。整整八年，这本书一直占据了我的脑子。八年来我几乎天天为它绞尽脑汁。八年——这对人的生命来说并非短暂的时间。

我不由得想起了一些诀别的诗句。不，我将在今后的什么时候，当我不是同这本书，不是同我生命中这八年时间，而是同我的整个生命诀别的时候，才去吟咏这些诗句。

这些诗句是一位希腊诗人写的：

> 我走了，在人世留下了最美好的东西：
>
> 第一是泪光，第二是明月和宁静的星星，
>
> 第三是苹果、熟透了的甜瓜和蜜梨……

不过我对月亮和星星全然无动于衷。我将用某些更招我喜欢的东西替下星星和月亮。我将把这些诗句改为：

> 我走了，在人世留下了最美好的东西：
>
> 第一是阳光，第二是艺术和理性……

至于第三位不妨历数几种水果——西瓜、甜瓜和熟透了的蜜梨……

# 文学作品的生命力

## （译后杂谈）

青山遮不住

毕竟东流去

米哈伊尔·米哈伊洛维奇·左琴科是苏联卓有成就的作家，既工于讽刺小说，有幽默大师之称，又在苏联首先把巴甫洛夫的生理学和弗洛伊德的精神分析学引进文学创作，创立了“科学文艺小说”。他所走的这条创作道路，使他在僵化、教条、专横的氛围下，或用苏联作家的话说，“在颠倒黑白的混乱生活的年代”，被视作异端，于二十余年间，不断地遭到批判、攻讦、辱骂，不但他后期的代表作《日出之前》被查禁，连他前期所写的一系列名作也一概绝版，以致生活无着，神经官能症一再复发，最后于贫病交困之中，精神崩溃，无法进食而死。左琴科所遭到的这种不公正的、粗暴的待遇，作为一种文学现象无疑是苏联文学史上令人惊怵的可悲的一页。苏联大作家格拉宁说，他作为苏联作家，和其他许多苏联作家一样，“对左琴科有一种负罪感”，虽然他本人当年并未参与对左琴科的挞伐（见1988年苏联《星火》杂志第6期格拉宁所作《稍纵即逝的现象》一文）。

然而文学作品的生命力总是比作家本身的生命力更具韧性，血肉之躯或者经受不起狂风骤雨的摧残而过早凋零，或者在长年累月的风霜雨雪的销蚀下弃世而去。然而一部文学作品，只要是真正的文学作品，不管当时的统治者对其持什么态度，终归能流传下去的，少则几十年，多则一二百年，乃至无穷。这就是我在二十世纪八十年代后期译毕左琴科的《日出之前》的感叹。由此出发，我写了篇万余字的译后记《不废江河万古流》。但几经辗转，文稿佚失，寻之不得。二十世纪九十年代初，苏维埃社会主义共和国联盟已分崩离析，十五个加盟共和国各道拜拜，自闯天下去了。汹涌澎湃的伏尔加母亲河仍像七八十年前那样流经俄罗斯的土地，可是原来的“俄罗斯苏维埃联邦社会主义共和国”，已改称“俄罗斯联邦”，国旗已复旧为沙皇俄国的三色旗；美丽恬静的涅瓦河仍像七八十年前那样缓缓流淌，可是“列宁格勒”这个城市名已彻底复旧，连彼得格勒都不叫，而采用最早的名称——圣彼得堡。吾等夫复何言？

所以这篇译后谈我只向读者交代几句作者的身世、环绕《日出之前》这桩公案的来龙去脉，以及此书的写法，而不妄加褒贬和评论了。

左琴科1895年8月10日生于乌克兰波尔塔瓦市，父亲是一位颇有名气的画家，惜乎早逝，留下二女二男，依靠他做演员的妻子抚养成人。所以他们家虽为贵族，却家境清贫。左琴科是这一家的长子，生性敏感而忧郁，自幼爱好文学，少年时期就开始习作短篇小说。1913年中学毕业后，进入彼得堡大学修法律。1914年秋，第一次世界大战爆发，他即投笔从戎，在前线三年间，曾多次负伤，后受毒气伤害，殃及眼睛，损及心脏，而不得不退伍回彼得格勒。

1918年，新生的苏维埃政权处于存亡危急之秋，左琴科毅然参加了红军的贫农模范第一团，次年因心脏病复发而不得不退伍。此后他曾当过民警、会计、皮匠、饲养员、电话员、刑事侦察员等等职业，这使他熟悉民情并积累了丰富的社会知识。

1921 年，他的第一篇短篇小说在《彼得堡丛刊》上发表，次年他的第一部小说《蓝肚皮先生纳扎尔·伊里伊奇的故事》出版，此后又发表了名作《贵妇人》《澡堂》等一系列作品。这些小说以滑稽突梯的俗言俚语，妙趣横生地描绘了当时市民阶层的生活，拥有极为广大的读者群。据楚柯夫斯基回忆说："他的幽默讽刺作品受到了最广大群众的喜爱，他的书在书店一上架，立刻被抢购一空。没有一家剧院没有朗诵过他的《澡堂》《贵妇人》和《卖马记》等作品。每家出版社都争着出版他的书。"甚至许多群众大会，在报告人作报告前，也要念一篇他的幽默小说，以提高群众的兴趣。在整个二十世纪二十年代，他以他的文学创作——故事、小说、剧本，赢得了幽默大师的广泛声誉。《简明不列颠百科全书》认为"他的短篇小说和随笔是苏维埃时期最优秀的幽默作品"。

自二十世纪三十年代起，苏联的政治氛围日益严峻凌厉，左琴科的创作风格、作品的主题、体裁、语言等方面随之而发生了明显变化。他比以前更关心伦理道德问题，往往通过对人物心理的分析来说明养成新的道德风尚的必要性。作品寓教育于幽默之中，他献给高尔基的《一本浅蓝色的书》，如他自己所说"用自己的笔燃起一盏小小的提灯"，让人们看清是非，辨认善恶，有所适从，走向光明。然而标志他创作新的转折点的作品是 1933 年问世的科学文艺小说《重返的青春》。小说通过一系列虚构的和真实的人物，如尼采和康德，描述了大脑克服生理障碍的能力，以及自我心理疗法的效能。主张人应当自觉地树立远大的理想、健全的理性，以克制本能的冲动，只要修身养性，便能防止早衰、早老、早夭，使青春复返，反之就不能享尽天年。小说出版后，引起轰动，虽有争议，但自当局至一般读者，都持肯定态度。尤其苏联的生物学界更加重视这部小说，他们认为小说是科学的，有说服力的，把小说作者视作为他们的同行，多次请他出席科学院脑科研究所的会议，苏联著名生物学家巴甫洛夫还正式邀他参加每周的"巴甫洛夫星期三”，那一天是苏联生物学界的权威聚会讨论艰深的学术问题的口子。1939 年苏联最高苏维埃授予左琴科劳动红旗勋章，以表彰他的文学创作成就。这是左琴科一生中短暂地居于荣誉巅峰的时刻。

《重返的青春》刚一问世，左琴科便认为这部作品有缺陷，只注意到意识的作用，而对人的下意识和前意识却未加审察。他决意再写一部书，以自身的经历为主体，记述他如何运用巴甫洛夫的条件反射原理，并吸取弗洛伊德的精神分析学，特别是《释梦》中所阐述的科学方法，从下意识中找到他所患的药石无效的痼疾——忧郁症、多疑症、无端的焦灼感和恐惧感——的成因，然后通过自我心理疗法，凭借理性的力量，一一加以克服，终于使心灵达到和谐，获得幸福。这便是他的压卷之作——散文体科学文艺小说《日出之前》的主题。

为了写好这部小说，他以十年时间收集资料，写了重达八公斤的笔记，但未及动笔，德寇重兵便围困了列宁格勒。左琴科搁下这部正在构思的小说，废寝忘食地为电台和报馆写作反法西斯的故事、小说、活报剧。其中和舒瓦尔茨合编的活报剧《在柏林的菩提树下》曾多次在被围的列宁格勒演出，起到了极好的鼓舞士气的作用。苏联政府为了表彰他的功绩，授予他保卫列宁格勒奖章。1941 年下半年，当局动员他撤离列宁格勒，他多次请求允许他留在这个城市，同人民一起抗击希特勒法西斯。但在政府的坚决命令下，他只得搭乘飞机到了大后方阿拉木图。由于飞机载重量之限，他在机场丢弃了所携带的行李，只留下一两件替换衣服，而这八公斤笔记却一页不少地带到了阿拉木图。他在自传中说：“有整整一年时间，我在这座城市里创作伟大卫国战争的岁月所需的各种各样剧本。”直到 1942 年 8 月，他才正式动笔写作《日出之前》。

翌年初，他将所写就的章节寄《十月》杂志，杂志编辑部请著名作家吉洪诺夫、什克洛夫斯基和生物学权威斯彼兰斯基院士审阅此稿，三人都肯定了这部作品，尤其斯彼兰斯基院士从科学的角度给予这部小说以很高的评价，并致函左琴科，祝贺他取得“辉煌成功”。同年四月，他应《鳄鱼》杂志之聘去莫斯科任该刊助理编辑，其间联共（布）中央宣传部约见他，对这部小说已写就的章节表示肯定，并敦促他尽早完成此书。1943 年夏，《十月》杂志 6、7 期合刊和 8、9 期合刊连载了《日出之前》的前六章。

苏联文艺学家托马谢夫斯基根据左琴科的遗孀维拉·弗拉基米罗芙娜生前向其提供的左琴科 1943—1958 年书信、演说和文献所写就的《作家一旦吓破了胆也就失去了创作能力》一文（见苏联《各族人民友谊》杂志 1988 年第 3 期）中说，前六章刊出后，许多工程师、教师、医务工作者、作家以及前线战士写信给左琴科，感谢他写出了一部“促使人应当关心人自身”的有益的小说。不料到了 1943 年 12 月 4 日，风云骤变，苏联《文学和艺术报》发表了一个叫作德米特里耶夫的人的文章——《论左琴科之新作》，抨击《日出之前》的作者是个“以亮出自己见不得人的隐私为荣的猥琐的市侩”，左琴科所引用的巴甫洛夫的原理通通是“冒牌货”，小说是“下流的”“没有道德的”。这篇文章发表后两天，全苏作协主席团举行会议，法捷耶夫、马尔夏克以及什克洛夫斯基等谴责左琴科的这部作品是“反艺术的，与人民利益背道而驰的”。作家福尔什因在会上没有参与对左琴科的批判，也在会议公报中被点名批评。会议作出决定，停止连载这部小说。苏联作家出版社本来打算出版小说的单行本，也随即把手稿退回给作者。接着，《布尔什维克》杂志 1944 年第 2 期刊载了四名读者的联名文章——《一本有害的小说》，辱骂左琴科是“下流胚”“无赖”“无耻之徒”“诽谤者”“写了一本投合我们祖国的敌人所好的胡言乱语的书”。原持肯定态度的吉洪诺夫跟什克洛夫斯基一样，急剧地改变观点，在《布尔什维克》杂志 1944 年第 3、4 期合刊上发表文章，称《日出之前》是“同苏联文学的精神和性质冰炭不相容的现象”。但即使吉洪诺夫反戈一击，也难辞其咎，被解除了作协主席的职务。不久，《鳄鱼》杂志编辑部解除了对左琴科的聘约。

面对这种显然已超出正常文学批评的越来越激烈的政治性攻讦，左琴科不得不上书斯大林，请求斯大林“亲自看一遍我的小说，或者指示有关部门仔细审阅这部小说，……至少把全书审阅一遍再下结论”。

当然，左琴科不可能知道主张要批判他的恰恰是斯大林。左琴科失去了工作，因而也就失去了口粮、住所、经济来源，他在莫斯科再也无法待下去了，几经周折，总算获准回到列宁格勒。在失业将近一年半后，列宁格勒市委因外界盛传左琴科已被枪毙，为辟谣起见，于1946年6月批准他到《星》杂志编辑部工作，同时一些报刊重新刊载他的作品。谁知不久又因为他写了一篇供学龄前儿童阅读的短篇小说《猴子奇遇记》（原载儿童刊物《穆尔齐尔卡》月刊1945年第12期，同年《星》杂志又予转载，我国《苏联文学》杂志于1985年第1期全文译出），使斯大林大为震怒，认为这是“一本谤书”。小说刊出后一个月，即8月10日，《文化与生活报》便刊出两篇给作者“以毁灭性打击”的书评，而且所下的结论竟与数日后联共（布）政治局委员兼宣传部长日丹诺夫对左琴科的抨击几乎无一字之差。同月14日，联共（布）中央做出了《关于＜星＞和＜列宁格勒＞两杂志的决议》，决议公布后，日丹诺夫在列宁格勒党的积极分子会议和作家会议上作了与决议同名的报告，称左琴科是“下流胚”“无聊文人”“非苏维埃作家”。说《猴子奇遇记》是“对苏维埃制度的嘲笑”，“是恶毒反苏”的作品。而《日出之前》则是“一部诽谤的小说”，“在我们的文学中，很难找到比左琴科在《日出之前》这部小说中所鼓吹的‘教训’更可恶的东西，因为他把人们和自己描写成没有羞耻、没有良心、丑恶而且淫乱的野兽”。自1946年8月到9月，全国报刊和广播电台对左琴科和同时受批判的女诗人阿赫玛托娃轮番批判。左琴科对这样的突然袭击毫无精神准备，他的夫人维拉·弗拉基米罗芙娜在日记中写道：“他被吓破了胆”。对他来说，“所有这一切像是突然爆炸的炸弹，像是晴天霹雳”。然而对左琴科的打击并没有到此为止。9月4日，全苏作协主席团开除了左琴科和阿赫玛托娃的会籍。当时的苏联还实行战时食品购买证制。左琴科被开除出作协后，他持有的作协会员的食品购买证被吊销，他的妻子作为他的秘书和打字员的食品购买证也被吊销。一家四口靠左琴科的儿子和侄子的两份食品购买证果腹。左琴科的经济来源也告断绝，凡同左琴科签订了合同的出版社、杂志社都立即同他断绝关系，要他归还预付的稿费，左琴科自然都归还了。自此生活无着。左琴科夫人四处寻找工作，各单位提出的录用先决条件是改掉夫姓（按：俄俗女子出嫁后一律从夫姓）。左琴科夫人不愿接受这种侮辱性的条件，于是没有一个单位录用她。为糊口计，左琴科只得重操旧业，到残疾人劳动组合充当皮匠，做一百双皮鞋的报酬还不够上一家蹩脚饭馆去吃一顿蹩脚的午饭。左琴科对他妻儿说："变卖掉，把一切都变卖掉！"将近三年时间，这家人靠变卖度日。左琴科的夫人回忆说："那是一段漫长的沉重的年月，一回想起就心惊肉跳，痛彻心扉，在那些年月里，没有一天对明天是有把握的，没有一天对明天的收入和面包是有把握的，我们的生活已濒于赤贫。"

左琴科一家毕竟没有沦为饿殍，因为还是有正直的人在暗中资助他们。苏联大作家卡维林主动地按月将他收入的相当一部分拨归这位倒霉的朋友。苏联作协主席费定不止一次寄赠给左琴科数以千计的卢布。此外，像福尔什、楚科夫斯基、音乐家肖斯塔科维奇、生物学家阿姆拜楚缅院士等人，也都对左琴科时有周济。

就这样，左琴科作为一名作家，在沉默与落寞中度过了七年贫寒的生活。1953 年，斯大林去世后三个半月，沙金　、西蒙诺夫、特瓦尔托夫斯基等向全苏作协主席团提出恢复左琴科的会籍。主席团作出了折中决定：1953 年 6 月 23 日重新吸收左琴科入会。

然而左琴科的厄运并没有到此结束。1954 年 5 月初，有批英国大学生来到列宁格勒参观。临走前，苏方问他们回家之前还想看看什么，他们表示想看看左琴科和阿赫玛托娃的坟墓。苏方为了表示这两名作家并没有被处死，决定开次座谈会，要左琴科和阿赫玛托娃参加，但左琴科因身体不适，拒绝同英国大学生会见，官方不允，非要他去不可，迫于无奈，他只得出席了座谈会。他在答复英国大学生问他对日丹诺夫的那个报告有何看法时，说了"我不能同意他对我的指责，我不能同意我是非苏维埃作家。如果我同意，我就一天也活不下去！”这句话激怒了赫鲁晓夫，认为他是公然对抗苏共中央的决议。于是又招来一场新的打击。除了报章杂志连篇累牍的声讨之外，6月，列宁格勒作协分会召开全体会员会议。会议主席和《星》杂志主编德鲁津对左琴科进行了严酷的斥责，甚至人身攻击。

左琴科忍无可忍，在会上作了长篇申辩，他在据理一一驳斥了他们加之于他的罪名后，说：“人家说我在战时不想帮助苏维埃国家，说我是个懦夫，躲在阿拉木图。可我曾两次赴前线作战，我在同德国的战争中获得过五枚战斗勋章，我曾志愿参加红军。请问，我怎么能承认我是个懦夫呢？谁能够说我是逃离列宁格勒的呢？……我不愿离开列宁格勒，是硬要我走的，命令我走的。我毕生是个爱国者。我不能同意对我的这种攻讦！你们要我怎么样？非要我承认我是滑头，骗子，懦夫吗！我的最后一句话是：我可以说，我的文学生涯，我的文学命运，在这样的环境下，已走到尽头。我已摆脱不了绝境。一个老人应当在道德上是无懈可击的，可我却备受屈辱，就像一条最蹩脚的狗崽子！请问，叫我再怎么写作？我已经没有前途可言！我决不再央求什么！无论你们的宽宏大量，还是你们的德鲁津们的谩骂和叫喊，我都不需要了！我的身心已远远超过了疲惫！我愿意接受任何命运，就是不要现在的命运！”此时左琴科几乎晕倒，他跌跌撞撞地跑出了会场。

左琴科曾说过：“在我心中不存在对任何人的憎恨，这就是我的正确的意识形态。”这个善良、厚道，甚至有点儿木讷的人万万没有料到他一生中会遭到这样的憎恨，于是他身心俱毁，再也写不出一个字了。1955年，左琴科向苏联作协提出退休，申请退休金，未见回音。1956年楚科夫斯基、符谢沃洛德·伊凡诺夫和卡维林等联名致函苏共中央主席团，说左琴科是一位大艺术家，是无可争议的苏联公民，应公正地对待他，发予他优厚的退休金。但是这封信也石沉大海，杳无声息。

1958年5月，楚科夫斯基同一贫如洗的病弱的左琴科商谈出版他的文集。“他只挥挥手，用缓慢而冷漠的声音说：‘我的文集？我的什么文集？已经没有任何人知道它们，我自己也忘记了我的文集。’”

直到1958年7月，左琴科才收到了他的第一笔退休金。

可是两个星期后，这位曾经给人民带来过那么多欢笑、那么多启示的作家，终于走完了他受尽屈辱的凄苦的人生道路，在他窄小的书房里溘然长逝，终年六十二岁。

如今他的作品已汇成三卷文集，其中《日出之前》被大多数评论家认为是“他毕生最优秀，最成功的作品”。这是一部用三分之二的篇幅，以散文的笔触，探讨科学，特别是心理科学，用三分之一的篇幅作艺术描绘的科学文艺小说，全书共十三章，约二十二万字。前六章发表于1946年，后七章发表于《星》杂志1972年第3期，取名《关于理性的故事》。1987年，苏联文艺出版社才将上下两部恢复原名《日出之前》，收于他的三卷集中出版。

小说的题名，作者本拟用《幸福的钥匙》，直到发表前夕，才改用德国剧作家盖尔哈特·霍普特曼的剧本名《日出之前》，以示他要以这部小说与霍普特曼的那个剧本“争论”。霍普特曼的《日出之前》描写空想社会主义者洛特和酒徒的女儿海伦娜的恋爱悲剧，反映了资产阶级暴发户精神和道德的堕落，给人以生活没有出路之感。而左琴科《日出之前》的主旨则恰恰是要说明生活是有出路的。

作品用一半篇幅以倒叙手法追忆了作者三十岁之前，即他最终确立先进的人生观之前，生活中所经历的一百三十桩大大小小的事，作者企图根据巴甫洛夫和弗洛伊德的学说，从中找到他长年来无端地郁悒、无端地焦灼、无端地恐惧的起因。结果一无所获。于是他逐一解析他三十年来多次做过的噩梦和怪梦，把他的记忆上溯到了婴儿期，终于探索到了病源。原来有四个条件刺激物——水、手、乳房、雷击，在他婴儿的头脑里牢固地形成了不正确的条件神经联系，以致多少年来一直激起他貌似合理的条件反射，即自卫性反射。而这四个条件刺激物之所以成为刺激物，都和婴儿的本能——饿感有关。他母亲告诉他，他一岁那年的夏天，几乎无一日不雷雨交加，有一次她在给他哺乳时，冷不防打了一个焦雷，烧着了牛棚，她吓得晕了过去，小左琴科从她怀里跌到床上，扭伤了腿。于是在婴儿的头脑里便种下了错误的神经联系，以为嘴一接触到乳房，就会大雨如注，就会雷电大作，结果会使他备受皮肉之苦。至于手则是“掠夺者”“伤害者”的象征，每当他津津有味地吸吮着生命之汁时，母亲的手往往把乳头从他小嘴中拔掉。手还常常打他。他两岁时曾患过急性坏血病，连上麻醉都来不及，医生便替他施行手术，切开了他小小的肉体，于是手更令他畏惧了。在他渐识人事后，他曾多次看到人投河或淹死，使他坚信水能置人于死地。乳房是女性的象征，“而哪里有女性，哪里就有纷争、殴斗、情杀、早夭”，以致对他来说，女性便成了“恐惧载体”。然而刺激力和回答动作（条件反射）之间并不一定是相适应的，回答动作往往是矛盾的——既拒绝又渴求，既怕又爱，既想逃跑又想抵御。他一生中多次恋爱和艳遇之所以有始无终，半途而废，正是这种矛盾的自卫条件反射。

当他依靠条件反射原理，通过精神分析学所提示的方法，终于找到他久治不愈的疾病的成因之后，病便霍然而愈。从此他精神振奋地投入了写作活动。他还推己及人，在书中对爱伦·坡、巴尔扎克、莫泊桑、果戈理、叶赛宁、陀思妥耶夫斯基等名作家何以会郁悒终生的原因作了推理式的探索。他认为人只有从净化心灵、克制欲念着手，才能自觉地战胜痛苦与衰老，过有意义的长寿的晚年，使老年不再是“活人的坟墓”。

左琴科坎坷的一生，是他所处的那个时代的产物。左琴科的生命早已逝去，连他再三要证明他是一个苏维埃作家的苏维埃也已成为历史，然而他的《日出之前》我想不会随着作者的弃世，随着苏维埃时代的结束而结束的。这部作品的生命力究竟还能持续多久，非我所能逆料，但有一点可以肯定，在俄罗斯语系诸国，在美国，在欧洲，还有不少的人在研究它，还有更多的人在阅读它。

1990年初，我应苏联作家协会书记处之邀访问苏联，我在莫斯科向苏联作协外事处负责接待我的先生提出，我希望去列宁格勒时能有机会去左琴科坟前一吊，他们没有提出反对意见。可是待我抵达列宁格勒，列宁格勒作协的一位女士用虽然客气但是果断的语气通知我："左琴科的坟墓在列宁格勒远郊，现在正是三月天气，雪融了又下，下了又融，村道十分难走，我们非常遗憾地不能满足您的要求。"客从主便，我终于未能去成左琴科的墓地。所以我只能用这个译本寄托我对他的哀思。

戴骢

1995年5月6日第一稿

2011年9月修订

**图书在版编目（CIP）数据**

日出之前 /（苏）左琴科著；戴骢译．—北京：
金城出版社有限公司，2020.11
ISBN 978-7-5155-2047-6

I.①日… II.①左… ②戴… III.①长篇小说－苏
联－现代 IV.①I512.45

中国版本图书馆 CIP 数据核字（2020）第 167391 号

**日出之前**

---

| | |
|---|---|
| **作　　者** | [苏] 米·左琴科 |
| **译　　者** | 戴　骢 |
| **责任编辑** | 刘　荔 |
| **责任校对** | 杨　超 |
| **责任印制** | 李仕杰 |
| **开　　本** | 710 毫米 ×1000 毫米　1/16 |
| **印　　张** | 20.75 |
| **字　　数** | 180 千字 |
| **版　　次** | 2020 年 11 月第 1 版 |
| **印　　次** | 2020 年 11 月第 1 次印刷 |
| **印　　刷** | 天津旭丰源印刷有限公司 |
| **书　　号** | ISBN 978-7-5155-2047-6 |
| **定　　价** | 68.00 元 |

---

| | |
|---|---|
| **出版发行** | **金城出版社有限公司**　北京市朝阳区利泽东二路 3 号<br>邮编：100102 |
| **发 行 部** | （010）84254364 |
| **编 辑 部** | （010）64210080 |
| **总 编 室** | （010）64228516 |
| **网　　址** | http://www.jccb.com.cn |
| **电子邮箱** | jinchengchuban@163.com |
| **法律顾问** | 北京市安理律师事务所　　（电话）18911105819 |